영웅의 조건 2

영웅의 조건

후계자 2

이원호 지음

한결미디어
HANGYEOL
MEDIA

차례

1장 군수산업 연합체

쿠웨이트 왕궁에서 카심 대장을 만나고 나온 권철이 숙소인 알리바바 호텔로 들어섰다.

오후 4시 반이다. 쿠웨이트 시내는 평온했다. 거리는 다시 오가는 차량으로 가득 찼고 교통경찰이 신호 위반을 체크했다. 병원, 학교, 관공서는 문을 열었지만 상점 중 절반은 폐쇄 상태다. 그러나 시간이 지날수록 영업장은 늘어나는 상황이다. 아직 공항은 통제되어서 출입국자는 엄격히 심사되고 있다. 방으로 들어선 권철에게 부관 강재호가 보고했다.

"해밀턴 사장님께 전화를 하시라는 연락이 왔습니다."

권철의 전화는 이라크 보안군 통제를 받지 않는다.

전화기를 든 권철이 버튼을 눌렀을 때 곧 해밀턴과 연결되었다.

"아, 대령, 잘 들어."

해밀턴도 이제는 권철을 대령으로 부른다.

"예, 사장님."

"거기 페트리샤 리라는 미국 여자가 있다. 보석상 주인인데 아직 거기 머물고 있어. 그 여자를 찾아."

"예, 알겠습니다."

"주소 불러줄 테니까 적어."

해밀턴이 곧 주소를 불러주더니 말을 이었다.

"연락이 끊긴 지 일주일 되었어. 이라크군의 침공 직후에 끊긴 거지. 가서 대령 숙소로 데려와."

그러고는 이유도 말하지 않고 통화를 끝냈다.

워싱턴주재 쿠웨이트 대사 할리드는 핫산에게 절을 하더니 볼에 세 번이나 입을 맞췄다. 할리드는 50대로 마른 체격이었는데 이광에게도 정중하게 인사를 했지만 볼을 비비지는 않았다. 랜드의 핫산 거처 겸 집무실이 되어있는 코리아 호텔 56층 응접실 안, 이곳에서는 랜드 사면(四面)이 다 보인다. 사방에 바다가 펼쳐져 있는 것이다. 소파에 자리 잡고 앉았을 때 할리드가 먼저 입을 열었다.

"왕자 전하, 미 국무장관 켐벨이 전하께 드리는 메시지를 가져왔습니다."

핫산이 머리만 끄덕이자 할리드가 잠깐 입을 다물었다. 소파에는 셋이 둘러앉아 있다. 그때 핫산이 영어로 말했다.

"할리드, 이 회장님하고 같이 듣겠다. 구두 전갈인가?"

"예, 전하."

"미국 정부의 공식 입장을 전하는 것인가?"

"예, 대통령의 입장이라고 했습니다."

"말하라."

"예, 전하."

상체를 반듯이 세운 할리드가 똑바로 핫산을 보았다.

"이번에 쿠웨이트 해외재산 관리를 리스타 그룹에 맡긴 것이 유감이라고 했습니다."

"그것뿐인가?"

"지금이라도 군수산업연합체로 관리를 이전하는 것이 바람직하다는 것입니다."

"바람직하다고?"

"예, 전하."

"못하겠다면?"

"그것에 대한 언급은 없었습니다만……."

"계속해."

"다국적군 군비 조달은 경험자가 맡아야 한다고 했습니다."

그때 핫산이 탁자 옆의 벨을 누르자 금방 비서실장 칼리프가 들어섰다. 기다리고 있었던 것 같다. 핫산이 눈으로 할리드 옆자리를 가리켰다.

"거기 앉아."

"예, 전하."

"미 국무장관 켐벨은 얼마나 줬지?"

"켐벨이 7년 전 FBI 국장이었을 때부터 12차례에 걸쳐 2,400만 불을 줬습니다."

"국무부 관리들은 몇 명이나 되나?"

"전, 현직 관리들 포함해서 현재까지 35명이 기록되어 있습니다."

지금 칼리프는 서류를 펼치면서 대답하고 있다. 미리 준비하고 있었던 것이다. 고개를 끄덕인 핫산이 이광을 보았다.

"국무부뿐만 아니라 정치인, FBI, CIA 등 미국 각 기관에 로비 자금을 댄 리스트요."

턱으로 칼리프가 쥐고 있는 서류를 가리킨 핫산이 쓴웃음을 지었다.

"저 복사본을 이 회장께 드릴 테니까 이용하시오."

"감사합니다."

이광이 칼리프가 건네주는 서류를 받았다. 군수산업연합체는 전쟁을 치러본 경험이 많아서 예산이 책정되면 일사불란하게 군수품을 조달해 온 것이다. 물론 실전부대와 긴밀한 협조체제를 형성해 왔다. 미국 측의 우려도 이해할 수 있다. 리스타는 예산만 쥐고 있을 뿐인 것이다. 그때 이광이 웃음 띤 얼굴로 말했다.

"군수산업연합체의 압력에 굴복하면 쿠웨이트 해방은 안 될 겁니다."

핫산과 할리드, 칼리프를 차례로 둘러본 이광이 말을 이었다.

"그들이 주도권을 쥐면 첫째로 후세인의 이라크군이 쿠웨이트에서 절대로 물러서지 않을 것이고 전쟁은 쿠웨이트 해외재산이 다 고갈될 때까지 끌게 될 겁니다."

모두 숨을 죽였다.

"전쟁상인에게 전쟁을 맡기면 안 되는 이유가 바로 그것입니다."

이광이 말을 그쳤을 때 핫산이 할리드를 보았다.

"대사, 켐벨에게 그렇게 말해. '전쟁상인'에게 전쟁을 맡기지 않겠다고."

"예, 전하."

"그리고 한 마디 더."

핫산의 얼굴에 쓴웃음이 번졌다.

"미국의 지원에 감사하다는 말을 전해, 앞으로 더 돈독한 사이가 될 것이라고."

이광이 집무실로 돌아왔을 때 기다리고 있던 해밀턴이 방으로 따라 들어섰다.

"회장님, 제이슨에서 오더 받겠다고 연락이 왔습니다."

해밀턴이 웃음 띤 얼굴로 말을 이었다.

"군산연에서 막고 있지만 듣지 않는 겁니다."

"방금 미 국무장관 켐벨의 전갈을 들었어."

자리에 앉은 이광이 켐벨의 전갈과 핫산의 통보 내용을 전해주었다.

"다국적군이 전열을 갖추기 전에 군산연과의 전쟁을 끝내야 돼."

"지금 군산연 내부에서 반란이 일어난 상황입니다."

해밀턴이 말을 이었다.

"체첸 특공대를 고용했지만 우리도 가만있지 않을 테니까요."

이광이 고개를 끄덕였다. 체첸 특공대의 공격에 대비해서 중동과 특히 유럽, 아프리카 지역의 리스타 법인의 경계를 강화시켰다. 그러나 공격보다 방어에 더 많은 병력이 필요한 법이다. 특히 기습 공격에 대비하려면 엄청난 인력, 장비가 필요하다. 그때 이광이 핫산한테서 받은 '자료'를 해밀턴에게 건네주었다.

"쿠웨이트의 '로비 리스트'야. 작전에 참고하도록."

"이런 빌어먹을 놈들."

후버가 눈을 치켜떴다.

"그렇다고 체첸 특공대를 고용해? 이 미친놈들이 돈벌이를 위해서는 제 아비 죽인 놈도 고용하겠군."

"그보다 더하지요."

윌슨이 맞장구를 쳤다.

"군산연이 지독하다는 소문은 들었지만 하는 짓을 보니까 국가도 배신할 놈들입니다. 저도 깜짝 놀랐습니다."

"병신."

후버가 노려보고 욕을 하는 바람에 윌슨이 숨을 들이켰다.

"저한테 욕하셨습니까?"

"그래."

"아니, 왜요?"

"군산연 놈들한테 조국이 있는 것 같으냐? 그놈들은 월남전쟁 때 중국에다 대전차 미사일, 지뢰, 로켓포탄, 지대공 미사일까지 팔았다."

"중국에 판 건 압니다."

"해밀턴이 잘 알지. 그때 해외작전국장보였으니까."

이제는 눈만 껌벅이는 윌슨을 향해 후버가 쓴웃음을 지었다.

"그것이 라오스, 캄보디아에서 흘러 들어간 것처럼 베트콩한테 전해진 거야."

"설마 그랬을 리가……."

"군산연 놈들한테 물어보면 그놈들은 지금 네가 한 말처럼 '설마 그랬을 리가' 할 것이다."

"정말입니까?"

"볼륨, 피셔, 그리고 그것을 판 군산연 소속 무기 제조업체 놈들은 알지."

"역적 아닙니까?"

"그놈들한테는 조국이 없다니까?"

"부장님, 그걸 나둡니까?"

"증거가 없는 걸 어떻게 하나?"

"아니, 담당자를 족치면……."

"그때는 암살을 당하겠지. 폭로한 놈도 마찬가지로 자동차나 비행기 사고로 죽을 것이고."

"……."

"네 주변에도 군산연 로비 자금을 받은 놈들이 있을 거다. 아니, 너도 그런가?"

윌슨이 웃지 않기 때문에 후버가 한숨을 쉬었다.

"이젠 그놈들이 체첸 특공대까지 고용했단 말이지?"

그러더니 후버가 눈동자의 초점을 잡았다.

"해밀턴에게 연락해. 통화를 하겠다."

건물 안으로 들어선 권철이 부하들에게 지시했다.

"숨어있을 테니까 찾아."

부하들이 계단을 올라갔을 때 강재호가 말했다.

"우리가 이라크군인 줄 알 테니까 긴장하고 있겠는데요."

찾기 힘들겠다는 말이다. 고개를 끄덕인 권철이 계단을 올라 2층의 로비로 다가가 소파에 앉았다. 이곳은 쿠웨이트 국립은행 옆 12층 빌딩으로 1층에서 3층까지는 보석상이다. 그러나 깨끗하게 비워져서 유리 진열대만 남아있다. 1, 2층은 진열대와 상담실, 3층은 사무실인 구조였는데 외부에서 침입한 흔적도 없다. 1층 현관문도 밖에서 잠겨 있어서 자물쇠를 부수고 들어온 것이다. 강재호가 3층으로 올라갔기 때문에 권철은 2층 로비에 혼자 남았다. 해밀턴의 지시로 이곳에 숨어있다는 '페트리샤 리'를 데리러 온 것이다. 권철이 데려온 요원은 12명, 건물은 층당 300평 규모로 4층부터는 사무실과 주거용 오피스텔로 사용되고 있었기 때문에 일일이 수색해야 될 것이다.

"4층에서 일본인 남녀 2명 발견."

수색조를 이끄는 조장 하경택이 무전으로 보고했다. 하경택은 수색 전문가여서 먼저 3명을 건물 옥상으로 올려 보내 놓고 아래쪽부터 훑어 올라간다. 엘리베이터 전원이 꺼져 있어서 계단만 이용하고 있다. 그때 강재호가 동양인 남녀 2명을 데리고 계단을 내려왔다. 젊은 남녀다. 둘은 기가 죽어 있었는데 구석 쪽 소파에 나란히 앉더니 남자가 소리쳐 말했다.

"일본 대사관으로 보내주십시오! 우리는 무서워서 숨어 있었을 뿐입니다!"

"일본 대사관은 철수했다니까 그러네."

강재호가 던지듯 말했다.

"이라크군에 넘길 테니 죄가 없으면 일본으로 송환될 거야."

그때 여자가 두 손으로 얼굴을 가리고 울었다.

"이라크군은 총살시킬 거예요! 우리는 그들이 잡힌 포로를 총살시키는 걸 보았어요!"

"당신들은 한국인 아닙니까! 도와주세요!"

사내가 이어서 소리쳤다.

"우리는 바타 시장에서 그것을 보고 도망쳐 온 겁니다! 살려주시면 대가를 드리지요!"

"우리가 한국인인 걸 어떻게 알았어?"

강재호가 영어로 묻자 사내가 대답했다.

"당신들이 한국어로 말하는 걸 들었습니다!"

"당신들 직업이 뭐야? 쿠웨이트에는 왜 온 거야?"

"우린 부부입니다. 여긴 여행 온 겁니다."

사내가 말을 이었다.

"이집트 관광을 갔다가 쿠웨이트에 들른 겁니다."

"왜 여권이 없지?"

강재호가 묻자 사내가 대답했다.

"이라크군이 일본인들을 죽인다는 소문이 나서 버렸습니다!"

그때 권철이 강재호에게 한국어로 말했다.

"그럴 리가 없는데 좀 이상하다. 데려가서 조사해 보도록 하지."

'알샤드' 빌딩을 샅샅이 수색했지만 페트리샤 리는 발견되지 않았다. 숨어있던 일본인 2명 외에 필리핀인 4명, 독일인 2명을 찾아냈는데 건물 안의 사무실에서 일하던 사람들이어서 그대로 두었다. 다만 일본인 남녀 둘만 데리고 알리바바 호텔로 철수했다. 일본인 남녀의 이름은 기다노와 미에, 각각 33세, 28세. 신혼부부라고 했다.

'리스타 이집트 법인장' 나영찬은 리스타 그룹의 사원 중 전설적인 존재가 되어있다. 회장 이광의 대학 후배인 나영찬은 운동권 투사였다가 상사맨으로 변신한 후에 엄청난 실적을 올렸다. 그래서 '리스타 금융' 사장 하사드에 이어서 리스타의 전설로 불린다. 나영찬은 카이로에 관광업을 개척해서 아프리카, 중동 지역 최대의 '리스타 여행사'를 만든 것이다. '리스타 이집트 법인' 소속의 '리스타 관광'은 6개의 호텔과

12척의 호화 여객선, 37대의 전용 비행기와 350대의 관광버스, 127개의 숙박업소와 213개의 식당, 48개의 전용 매장을 보유한 이집트 최대 그룹이 되었다. 오전 10시 반, 나영찬이 카이로 신시가지에 위치한 '리스타' 빌딩에서 막 회의를 마치고 집무실로 들어왔을 때 비서실장 카리모프가 서둘러 따라왔다.

"사장님, 방금 '시바호'가 폭발했습니다."

"뭐?"

이맛살을 찌푸린 나영찬이 카리모프를 보았다.

"폭발하다니? 왜?"

"나폴리항에서 정박 중에 폭발했는데 사망자는 기관실에 있던 선원 세 명이라고 합니다."

"엔진에서?"

"예, 폭발 원인은 지금 조사 중입니다."

"배는?"

"예, 그것이, 지금 침몰 중이라고 합니다."

카리모프가 나영찬의 시선을 피하면서 말을 이었다.

"선장이 아무래도 이것은……."

"아무래도 뭐야?"

"누가 폭발시킨 것이라고 합니다."

순간 나영찬이 숨을 들이켰다. '리스타 연합' 사장 명의로 각 지역의 '리스타 법인'에 특급 보안지시가 내려온 것이 이틀 전인 것이다. 각 지역의 사업장은 테러에 대비한 특급 경비 상태를 유지하라는 지시였다. 그런데 그 테러 용의자가 누구라는 것은 밝히지 않았다. 그때 카리모프가 말을 이었다.

"이태리 경찰이 수사 중입니다. 아마 곧 언론 보도도 나갈 것입니다."

나영찬이 팔을 뻗어 전화기를 쥐었다. 보고를 해야 된다.

그로부터 10분 후에 안학태로부터 보고를 받은 이광의 얼굴이 굳어졌다. '시바호'는 8만 톤급 초호화 관광선으로 '리스타 관광'의 상징과도 같았기 때문이다. 진수한 지 1달밖에 되지 않은 새 배여서 아직 이광도 타보지 못했다. 10억 불을 들여서 만든 배가 한 달도 안 되어서 부둣가에서 침몰해 버렸다. 기관실에서 대폭발을 일으켰다니 폭탄을 설치했을 것이다. 체첸 특공대 소행이다. 군수산업연합체의 보복이 시작된 것이다. 안학태가 말을 이었다.

"해밀턴이 나폴리로 조사단을 급파했습니다."

"……."

"해밀턴은 이것이 시작이라고 했습니다."

"……."

"오늘 중으로 대비책을 세워 보고하겠다는데요."

고개를 끄덕인 이광이 입을 열었다.

"해밀턴에게 전해. 이 기회에 군산연의 더러운 뿌리를 뽑아야 한다고."

"예, 회장님."

"위기가 기회야."

"그 말도 전하겠습니다."

안학태가 다부지게 말했다.

"기관실에 시간폭탄을 부착시켜 놓았습니다."

데니스의 목소리가 수화구를 울렸다.

"배가 침몰되어서 윗부분만 떠 있는 상태인데 아직 경찰이 침수 부위인 기관실에 내려가지 못하고 있습니다."

여기서도 해밀턴의 앞쪽에 놓인 TV로 시바호를 볼 수 있다. TV에서는 지금 3시간째 시바호 폭발, 침몰 상황을 보도하고 있는 것이다. 음소거를 해서 그림만 비치고 있었지만 언론은 갖가지 추측 기사를 쏟아내고 있다. '테러', '리스타 그룹에 대한 마피아의 보복', '이집트 경쟁업체의 보복' 등이었지만 군수산업연합체를 언급하는 보도 기관은 없다. 그때 데니스가 말을 이었다.

"사장님, 폭탄을 설치한 테러단이라면 당연히 '자신들의 것'이라고 언론에 제보를 했을 텐데 아직도 연락이 없습니다. 이상하지 않습니까?"

"알릴 필요가 없는 거야."

해밀턴이 대답했다.

"이건 우리하고 군수산업연합체 둘만의 싸움인 거야. 언론도 알고 있어."

데니스는 해밀턴이 긴급히 파견한 조사원이다. 해밀턴이 쓴웃음을 짓고 말했다.

"군수산업연합체의 영향력이 언론에도 뻗어 있는 거다. 알면서도 보도를 못 해."

"보험을 들었으니까 보상은 받습니다."

나영찬의 목소리가 수화구에서 울렸다.

"하지만 피해가 큽니다. 당장에 예약 취소가 30퍼센트 가깝게 되었고 주가가 4퍼센트나 하락했습니다."

"알았다. 일단 자체 경비를 강화하도록."

이광이 위로하듯 말했다.

"체첸 특공대 이야기는 하지 않는 것이 낫다."

나영찬에게 군수산업연합체와의 갈등과 체첸 특공대 이야기를 해준 것이다. 이집트의 '리스타 여행사'는 종업원이 3만5천이 넘는 대기업이다. 영업장도 수백 개가 넘어서 테러를 하기에 가장 적당한 대상일 것이었다.

"오늘 중으로 카이로에 '리스타 리비아 법인'에서 용병 500명이 도착한다."

이광이 말을 이었다.

"앞으로는 쉽게 일을 저지르지 못할 거야."

전화기를 내려놓은 이광이 옆에 선 안학태를 보았다. 두 눈이 번들거리고 있다.

"당하기만 해서는 안 돼."

"체첸 특공대의 본부는 파리에 있지만 병력은 세계 각지에 분산되어 있어."

해밀턴이 상황실 벽에 펼쳐진 유럽, 아프리카 지도를 지휘봉으로 짚었다. 이곳은 '랜드'의 시청 상황실 안, 안에는 해밀턴과 조백진, 둘의 참모인 윌리스와 박진수까지 넷이 모여 있다. 이번 '군산연 대응작전'의 최고지휘부 회의다. 해밀턴이 말을 이었다.

"놈들의 시바호 폭파는 시작이야. 우리가 서둘러 대응하지 않으면 놈들의 테러는 기가 살아나 더 심해질 거야."

해밀턴의 얼굴에 쓴웃음이 번졌다.

"그놈들은 단결력, 전투력이 뛰어나지만 자금, 정보, 무기가 부족해. 더구나 지휘부 안에서 갈등이 있다는 정보도 있고."

"그렇다면 지휘부를 쳐야 돼."

조백진이 자르듯 말했다.

"우선 머리부터 자르고 행동대를 소탕하자고."

"그렇게 하지."

해밀턴이 바로 동의했다. 지휘봉으로 다시 파리를 짚은 해밀턴이 말을 이었다.

"CIA에서 빼낸 정보야. 파리 레알지구에 지휘부가 있어. 이놈들이 이번 나폴리에서 시바호를 침몰시켰다고."

모두의 시선이 지휘봉 끝으로 옮겨졌다.

마사라트가 사무실로 들어섰을 때는 오후 3시 반이다.

"연락 없었습니다."

보좌관 카토가 방으로 따라 들어서면서 보고했다.

"이태리 경찰은 시바호 내부조사를 시작했는데 곧 테러에 의한 폭파라는 발표는 할 것 같습니다."

이곳은 레알지구 상가에 위치한 6층 빌딩이다. 그들은 3층 사무실에 앉아 있었는데 1층에서 3층까지가 사무실이고 4층에서 6층까지는 숙소다. 6층 전체가 '체첸 특공대'의 사무실 겸 숙소인 것이다. 그때 방으로 비르쿠사가 들어섰다. 거대한 체격의 비르쿠사는 수염을 깨끗하게 깎아서 유럽계 백인으로 보인다. 자리에 앉은 비르쿠사가 마사라트에게 말했다.

"언론은 테러라고만 보도하는데 곧 우리 이름이 거론될지 몰라."

"그러겠지요. 군산연의 압력은 이쪽 유럽 지역에는 약합니다."

마사라트가 체첸의 전설인 비르쿠사를 보았다. 비르쿠사가 파리에 온 것은 이번 작전을 총지휘하기 위해서다. 러시아와의 전쟁이 답보 상태에 머물고 있는 지금 '군산연'으로부터 받을 1억 불 가치의 무기와 5천만 불 현금 지급은 전세를 바꿀 계기가 될 것이었다. 비르쿠사가 깨끗이 면도한 턱수염이 아쉬운지 손바닥으로 턱을 쓸었다. 48세, 체첸 특공대 사령관 겸 육군 부사령관, 체첸 군부의 제2인자다. 별명은 '도살자', 러시아군 포로를 학살했기 때문이다. 1미터 95에 체중이 120킬로인 거인, 눈에 잘 띄기 때문에 밤에만 행동해서 '밤귀신'이라는 별명도 있다. 비르쿠사가 파리에 온 것은 사흘 전, '군산연'의 작전을 총지휘하고 약속한 무기와 대금을 받으려고 왔다.

"마사라트, 무기 리스트를 오늘 중에 피셔한테 보내라."

"예, 사령관. 오후 9시에 만나기로 했습니다."

"터키를 통해서 육로로 운반하는 것이 낫다고 해. 장소는 그쪽이 정하라고 하고."

"알겠습니다."

"CIA가 해밀턴하고 통하고 있는 것이 걸려. CIA 정보가 새나갈지 모른다."

불쑥 비르쿠사가 말하자 마사라트가 고개를 끄덕였다.

"그래서 이번 무기 공급 문제는 각별히 주의해야 될 것 같습니다."

"빨리 끝내야 돼."

"알고 있습니다."

"다음 목표는?"

"이번에는 스리랑카에서 '리스타 관광' 소속 120인승 여객기를 폭발시킬 겁니다."

마사라트가 바로 대답했다.

"스리랑카 콜롬보 공항 경계가 허술해서요. 여객기에 승객을 태우지 않았을 때 폭발시키겠습니다."

고개를 끄덕인 비르쿠사가 쓴웃음을 지었다.

"그 노랭이 놈들한테 체첸 특공대의 맛을 보여줘."

입국장으로 들어선 강정규 앞으로 사내 둘이 다가섰다, 서양인. 강정규는 관광객 차림으로 윤석과 동행이다.

"모시러 왔습니다."

사내 하나가 말하더니 악수도 청하지 않고 몸을 돌렸다.

"모두 대기 중입니다."

강정규와 윤석은 잠자코 둘의 뒤를 따른다. 두 사내는 '리스타 연합' 소속의 요원인 것이다. 지금 강정규는 파리 샤를 드골 공항의 입국장을 빠져나가고 있다.

오후 5시 반, 대마도에서 작전 중이던 강정규는 다시 해밀턴의 지시를 받고 '파리작전'에 투입되었다. 출발하기 전에 브리핑을 받았는데 이번에는 '체첸 특공대'와의 전쟁이다. 지금 '대기 중'이라는 말은 이번 전쟁에 참가할 용병대가 대기 중이라는 말이다. 용병대 규모는 5개 팀 50명, 모두 '리스타 리비아 법인'에서 차출된 혼성 용병대다. 그것은 한국인과 유럽계, 리비아, 팔레스타인 용병까지 포함했기 때문이다. '리비아 법인장' 조백진은 리비아에서 용병대를 '글로벌화(化)'해놓은 것이다. 물론 용병단의 대다수는 한국인이다. 공항 건물 밖에 주차시킨 승합차에 올랐을 때 안내역이 입을 열었다.

"본부까지는 1시간 반쯤 걸립니다, 대령님."

이제 강정규도 대령 칭호를 받는다. 해밀턴의 지시였는데 계급장도 없고 진급식 따위도 없다. 지금 쿠웨이트에 박혀 있는 권철도 대령 칭호를 쓰는 줄 알고 있는 터라 강정규는 자연스럽게 받아들였다. 어느덧 권철과 경쟁관계가 형성되어 있는 것이다. 강정규가 고개를 끄덕였다. 실전에 투입된다는 연락을 받자마자 맨 먼저 권철의 얼굴이 떠올랐던 것이다.

권철이 부럽다고 생각하고 있었던 것 같다.

콜롬보 공항에 착륙했던 리스타 여행사 소속 여객기가 폭발한 것은 여객선 시바호가 폭발한 사흘 후였다. 여객기는 밤에 폭발했기 때문에 사상자는 발생하지 않았다. 이번에는 언론이 리스타와 팔레스타인 테러 단체와의 악연을 집중적으로 조명시켰는데 군산연의 언론 공작이었다. '리스타 요르단 법인'에서는 팔레스타인 테러 단체와 전쟁 중인 요르단, 이라크, 시리아 등과 긴밀한 관계를 유지하고 있었기 때문이다. 언론들은 리스타를 공격한 테러단체가 그 보복을 했다고 보도했다. 거의 모든 언론이 같은 내용을 보도했는데 관심이 리스타의 '급격한 성장'으로 옮겨지고 있다. 리스타 회장 이광이 전쟁광인 이라크의 사담 후세인과 리비아의 무하마드 카다피와 극히 친밀한 관계라는 내용이다.

쿠웨이트에서도 '리스타 사건'을 알 수 있다. 위성을 통해 TV를 시청하기 때문이다. 알리바바 호텔의 상황실 안, 권철이 TV를 보다가 고개를 돌려 강재호에게 말했다.

"일본 놈들을 데려와."

"예, 대령님."

몸을 돌린 강재호가 상황실을 나가더니 곧 일본인 남녀와 함께 들어섰다. 둘은 여전히 굳어진 표정이었지만 잡혀 올 때보다는 안정된 분위기다. 앞쪽 소파에 둘이 나란히 앉았을 때 권철이 입을 열었다.

"당신들, 기다노, 미에라고 했지?"

"예, 그렇습니다."

남자가 대답했다.

"일본에 조회하시면 바로 증명서류를 보내올 것입니다, 대장님."

"그럴 필요는 없어."

탁자 위에 놓인 서류를 든 권철이 말을 이었다.

"너희들이 쿠웨이트에 입국했다가 쿠웨이트군 보안대에 체포되었던 기록이 여기 있어."

그 순간, 둘의 얼굴이 시멘트처럼 굳어졌다. 권철이 손에 쥔 서류를 흔들었다.

"이건 해외로 도피한 쿠웨이트 보안군에서 보내온 자료다."

권철의 얼굴에 쓴웃음이 떠올랐다.

"너희들은 일본 총리 비서실 소속의 정보팀이더군. 쿠웨이트 정보부 소속 카타드 소령하고 접촉하다가 체포되었지?"

"……."

"카타드는 자백하고 총살되었고 너희들은 보안군 소속의 안가(安家)에 감금되었다가 이라크군이 침공해오는 바람에 탈출했다고 적혀 있다."

"……."

"탈출해서 알샤드 빌딩에 숨어 있었던 것이지."

"이라크 점령군에 저희들을 넘겨주시지요."

불쑥 여자가 말했기 때문에 권철이 고개를 들었다. 여자와 시선이 마주쳤을 때 권철이 투덜거렸다.

"일본 정보원 놈들은 나하고 악연이 있구먼."

한국말이었지만 둘은 한국말을 알아듣는 것 같다.

강정규가 웃음 띤 얼굴로 페드로를 보았다.

"쉽지 않을 것이라고 예상은 했어. 하지만 기다리고 있을 수만은 없어."

"대장, 그러면 어떻게 한다는 말입니까?"

페드로가 눈살을 찌푸리고 물었다. 밤 10시 반, 이곳은 몽마르트르의 낡은 연립주택 안, 낡았지만 넓고 2층과 연결되어 있어서 '작전대'는 이곳을 숙소로 삼고 있다. 강정규의 시선이 옆쪽에 붙은 상황판으로 옮겨졌다.

"체첸으로라도 쫓아간다."

기가 막힌 듯이 페드로가 숨만 들이켰다. 페드로는 33세, 알제리계 프랑스인으로 외인부대 경력 7년, 그리고 프랑스의 용병회사 '텍스코'에서 3년 경력을 쌓고 조백진의 '리스타 리비아 법인' 소속 용병이 되었다. 리스타 내부 용병대 계급은 대위, 이번 작전에 선발되어서 5명 팀장 중 하나가 되었다. 그때 강정규가 옆에 선 또 다른 팀장 해리슨에게 말했다.

"해리슨, 연합에서 보낸 자료를 보자."

해리슨이 잠자코 서류를 내밀었다. 조금 전, 체첸 반군이 파리 사무실 겸 숙소로 사용하고 있던 레알지구의 6층 건물이 비어 있다는 보고를 받았던 것이다. 리스타의 반격을 예상한 것이다. 서류를 받은 강정규가 둘러앉은 팀장들에게 말했다.

"대기하고 있어."

팀장 5명 중 2명이 한국인이다. 리스타에서는 구(舊) 한국군 계급과 별도로 자체 계급을 정했기 때문에 상사 출신이 리스타에서 대위가 되고 대위가 중위로 채용되기도 한다. 2명 중 하나인 장기출 대위에게 블라스크 대위가 물었다.

"이봐, 장 대위, 대장이 일본 자위대 출신이라면서?"

"그래."

장기출은 특전사 대위 출신이다. 그래서 리스타로 대위 수평이동을 했다. 연립주택 복도에 나란히 선 블라스크가 말을 이었다.

"우리 작전팀은 완전 혼성부대군. 핸더슨은 네이비실 출신이고 페드로는 외인부대야."

그리고 블라스크는 러시아 특수부대인 '스페르나츠' 출신인 것이다. 밤 11시 반이 되어가고 있다.

"이거 이렇게 계속 당하기만 하면 우리 주가가 왕창 떨어지는 거 아냐?"

블라스크가 물었지만 건성이다. 아직 목표가 잡히지 않아서 심심할 뿐이다. 그때 장기출이 말했다.

"대장이 결정하겠지."

그래서 5개 팀 50명이 연립주택 안에서 완전무장을 한 채 대기하고 있는 것이다.

그 시간에 비르쿠사는 파리 서북쪽 교외의 전원주택에서 마사라트하고 마주 앉아있다.

"마사라트, 내일은 네가 직접 지휘해서 '리스타 로마'를 날려라."

"예, 사령관."

마사라트가 고개를 끄덕였다.

"일 끝내고 배로 베이루트로 가겠습니다."

"그래야 순서가 맞아."

보드카 잔을 쥔 비르쿠사의 얼굴에 웃음이 떠올랐다.

"베이루트에 이틀 후에 배가 들어올 테니까."

"놈들의 관심이 로마에 쏠려 있는 동안에 무기 하역을 끝내겠습니다."

"난 이곳에서 돈을 받을 테니까."

한 모금에 보드카를 삼킨 비르쿠사가 거대한 몸을 의자에 붙이면서 웃었다.

"소련 놈들이 리스타 놈들에게 우리 정보를 넘겨줬을 가능성이 있어."

"우리가 한 걸음 앞서가면 됩니다, 사령관 각하."

"CIA에도 리스타에 정보를 넘겨주는 첩자가 있을 것이다."

"그놈들도 우리들의 내막은 모릅니다, 각하."

"이번 작전이 끝나면 소련과의 전쟁에서 우리가 기선을 잡는다."

비르쿠사가 빈 잔에 보드카를 따르면서 말을 이었다.

"이번 전쟁에서 우리가 이길 것 같다."

"운이 좋은 겁니다, 각하."

마사라트가 말을 이었다.

"로마에서 건물을 폭파시키면 최소한 백 명은 죽습니다. 리스타는 엄청난 타격을 받겠지요."

"그놈들도 용병이 있어."

"리비아에서 카다피 일을 도와주고 있지만 우리한테는 어림도 없습니다."

마사라트가 번들거리는 눈으로 비르쿠사를 보았다.

"이번 기회에 '체첸 특공대' 이름이 세계에 알려지게 될 것입니다."

비르쿠사가 잠자코 고개만 끄덕였다. 로마의 '리스타 이태리 법인' 건물을 폭파하고 나서 '체첸 특공대'는 전 세계 언론에 리스타가 CIA의 앞잡이가 되어서 체첸 남부지역 반군에 무기를 팔았다고 비난할 예정이었다. 그 대가로 리스타를 테러했다고 발표하려는 것이다. '명분'이 있는 테러다. 마사라트가 말을 이었다.

"내일 아침 일찍 출발하겠습니다, 각하."

"국가를 위해서야, 필."

모리스가 정색하고 말을 잇는다.

"체첸은 중요하지 않아. 체첸을 이용하는 군산연이 위험한 거야."

"알았어."

어깨를 늘어뜨린 필리페가 의자 밑에 놓인 서류 가방을 들어 모리스에게 내밀었다.

"1시간 전에 찍은 위성사진이야. 보관용으로 2개를 복사했는데 이번에는 3개를 했어."

"고맙다, 필."

"이것으로 소련이 유리해지면 안 되는데."

"필, CIA가 체첸을 밀어주고 있는 것 같나? 너도 알 만큼은 아는 위치잖아?"

"그래도 말이야, 지금은 체첸 뒤를 봐주고 있어."

"체첸 지휘부 놈들이 미국 측으로 돌아설 것 같으냐?"

되물은 모리스가 옆쪽 의자에 놓인 가방을 들어 필리페에게 내밀었다. 묵직한 가방이다.

"현금으로 50만 불 넣었어."

"고마워, 모리스."

"거기 그만두면 우리 회사로 와, 부장급으로 바로 채용이 될 테니까. 연봉 1백만 불은 돼."

"알았어, 모리스."

돈 가방을 쥔 필리페가 자리에서 일어섰다. 필리페가 서둘러 방을 나갔을 때 반대쪽 문이 열리더니 사내 둘이 들어섰다. 오후 2시 반, 이곳은 런던 동남쪽 고속도로에서 3킬로쯤 떨어진 프링스턴이라는 작은 도시, 나토(NATO)에 파견된 미 정보국 제28부대가 옆에 있어서 유흥업소가 많다.

"이거 가져가."

모리스가 필리페한테서 받은 가방을 사내들에게 내밀면서 말했다.

"오스톤에 가서 경비행기를 타면 파리에 4시쯤 도착할 거다. 서둘러라."

사내들이 잠자코 가방을 받더니 몸을 돌렸다. 가방에는 위성사진이 들어있는 것이다. 나토군이 사용하는 미군 정찰위성 3개는 유럽을 하루에 20시간 정도 감시하는데 그중 집중적으로 찍는 곳이 172곳이다. 그리고 172곳 중에서 '체첸' 관련자의 위성사진은 24개 포인트, 지금 가방에는 24곳에 대한 사진이 들어있는 것이다. 각 포인트에는 친절하게도 거주자의 신원까지 첨부되어 있다.

"집 안에 3명 있습니다."

페드로가 말하자 강정규가 물었다.

"누가 올라갈 거냐?"

그때 둘러선 사내들이 입을 열지 않았다.

밤 11시 반, 주택가는 조용하다. 이곳은 고급 연립주택가여서 2층 건물이 10여 동이나 숲 속에 파묻히듯 세워졌다. 파리 서남쪽 교외의 '구시가지'라고 불리는 고풍스러운 지역이다. 담장에 붙어선 사내들은 6명, 4명은 연립주택 뒤쪽에 배치되었고 이 중 2명이 2층으로 올라가야 한다. 사내들을 둘러본 페드로가 쓴웃음을 지었다.

"지원자가 없는데요."

페드로가 강정규를 보았다.

"대장, 제가 한 놈만 데리고 올라가서 직접 처리하겠습니다."

강정규가 위쪽 2층 건물을 보고 나서 어둠 속에 늘어서 있는 사내들을 훑어보았다. 페드로의 팀원이다. 이 팀은 유럽계 요원들이어서 모두 서양인 얼굴이다. 강정규가 입을 열었다.

"나하고 같이 올라가지."

"예, 대장."

"그리고."

강정규가 다시 늘어선 다섯 명을 차례로 보았다. 페드로를 제외한 다섯 명이다.

"너희들은 오늘 밤 작전이 끝나면 리비아 본대로 귀대한다."

놀란 듯 다섯 명의 눈동자가 어둠 속에서 흔들렸다. 페드로도 놀란 듯 강정규에게 물었다.

"대장, 무슨 일입니까?"

"이놈들은 '작전대' 자격이 없다. 대장 직권으로 귀대 조치한다."

뱉듯이 말한 강정규가 발을 떼었다.

1층 자물쇠는 페드로가 권총 손잡이로 내려쳐서 부숴버렸다. 깊은 밤에 자물쇠 부서지는 금속성 소음이 요란하게 울렸다. 문을 열고 1층 로비로 들어섰을 때 불이 켜졌다. 1층에서 잠을 자던 사내가 불을 켜고 나온 것이다. 셔츠 차림의 사내가 강정규와 페드로를 보더니 놀라 몸을 굳혔다. 40대쯤의 프랑스인이다. 운전사다.

"누구요?"

사내는 맨손이다. 문 부서지는 소리에 놀라 불을 켜고 뛰어나왔지만 상황을 모르는 것 같다. 그 순간 강정규가 쥐고 있던 베레타92F의 방아 쇠를 당겼다.

"퍽! 퍽!"

소음기를 낀 총구에서 둔탁한 발사음이 2번 울린 순간 가슴에 두 발을 맞은 사내가 뒤로 두 걸음이나 물러서더니 벌떡 자빠졌다. 바닥에 뒷머리를 부딪치면서 통나무처럼 넘어진 사내는 곧 숨이 끊어졌다. 강정규가 바로 2층 계단을 오르면서 뒤를 따르는 페드로에게 말했다.

"대상이 여자라고 손을 못 댄다는 놈들을 데리고 작전할 수는 없어."

페드로는 대답하지 않았다. 그때 이 층 위쪽에서 인기척이 나더니 여자 얼굴이 나타났다.

"으악!"

놀란 여자가 비명을 질렀을 때 이 층으로 먼저 올라온 강정규가 도망치는 여자를 향해 총을 쏘았다.

"퍽!"

10미터쯤의 거리였지만 뒷머리가 부서진 여자가 사지를 뻗으면서 쓰러졌다. 강정규가 이 층 응접실을 가로질러 앞쪽 침실 문을 열었다. 그러나 안에서 잠겨 있다. 방금 쓰러진 여자는 집 안에서 일하는 가정부다. 이 층까지 불이 환하게 켜져 있었기 때문에 페드로는 옆쪽 방으로 다가갔다. 그때 강정규가 침실 문을 발로 힘껏 찼다.

"우지끈!"

문의 잠금장치가 문짝과 함께 부서지면서 문이 활짝 열렸다. 문 안으로 들어선 강정규는 침대 옆쪽의 벽에 등을 붙이고 선 여자를 보았다.

검은 머리가 가슴까지 내려온 여자는 피부가 눈처럼 흰 백인, 진주색 실크 가운을 입고 맨발이다. 검은 눈동자, 곧은 콧날, 겁에 질린 입은 반쯤 벌어져서 흰 치아가 드러났다. 30대 초반쯤의 큰 키에 볼륨 있는 체격, 이름은 마토바, 체첸 특공대 사령관 비르쿠사의 정부다. 비르쿠사는 마토바를 사랑해서 전쟁터가 되어있는 체첸에서 빼내 이곳에 은신시킨 것이다. 강정규가 권총을 겨누자 여자의 눈에서 눈물이 흘러내렸다. 이제는 입이 꾹 다물려져 있다. 그때 강정규가 방아쇠를 당겼다.

오전 1시 10분, 전화벨 소리에 비르쿠사가 잠에서 깨었다. 이곳은 파리 북서쪽의 작전본부 안, 공업단지 안에 위치한 공장 숙사를 사용하고 있는 것이다. 누운 채 전화기를 귀에 붙였을 때 곧 경호대장 채토스의 목소리가 울렸다.

"각하, 사고가 났습니다."

비르쿠사가 상반신을 일으켰다. 전장(戰場)을 옮겨 다닌 지 30년, 18살 때부터 수백 번 전쟁을 치른 터라 상대방 목소리만 들어도 상황이 짐작된다. 이번은 크다. 어떤 손실인가? 그때 채토스가 말을 이었다.

"구시가지의 저택이 불에 탔습니다."

"……."

"생존자는 없는 것 같습니다."

비르쿠사가 시선을 들어 벽을 보았다. 지금까지 겪은 손실 중 이보다 큰 것은 없었다.

"할머니, 빵 가게가 열렸어요."

루세페가 소리치자 마고가 자리에서 일어섰다.

"나, 빵 가져오마."

"예, 어머니."

고이레가 그릇을 씻다가 머리만 돌려 마고를 보았다.

"어머니, 빵 8개만 가져와요."

"알았다."

"많이 가져올 필요 없어요!"

"알았다니까."

머리에 수건을 둘러쓰면서 마고가 현관을 나가자 고이레는 혼잣소리를 했다.

"이놈의 전쟁이 빨리 끝나야지, 빵 사기 귀찮아 죽겠어."

"야, 그래도 우린 빵 가게가 가까워서 괜찮다."

숙모 이나샤가 채소를 다듬으면서 말했다. 오후 5시 반, 주방에는 고이레와 이나샤 둘이 남았다. 드라구나 마을 남쪽 끝의 이 층 벽돌 저택에는 대가족이 산다. 여자 5명에 아이들이 14명, 남자는 60대 중반의 노칸과 쥬란 둘뿐인데 둘 다 불구자다. 노칸은 한쪽 팔이 없고 쥬란은 휠체어를 타고 있다. 이것이 체첸군 부사령관 비르쿠사의 가족이다. 2층 벽돌 저택에는 4가족이 살고 있었는데 비르쿠사의 숙부 2명 가족에 여동생 가족, 어머니가 산다. 어머니가 바로 마고인 것이다. 이 집이 본래 비르쿠사의 집이었는데 전쟁 통에 가족이 모두 모인 셈이다. 그래서 마고가 죽은 비르쿠사의 부친 차스키 대신 이 집안의 가장이다. 채소를 다 다듬은 숙모 이나샤가 문 쪽을 바라보면서 말했다.

"언니가 왜 안 오시지?"

파리 서북쪽 교외의 전원주택 안, 오전 5시 반, 마사라트가 전화벨 소리에 잠에서 깨어났다. 침대에서 팔만 뻗어 전화기를 쥔 마사라트가 벽시계를 보고 나서 귀에 붙였다.

"응, 누구야?"

"대장, 보브입니다."

"웬일이냐? 좀 빠르잖아?"

보브는 마사라트와 함께 로마로 출발할 행동대 팀장이다. 8시에 차량 편으로 출발하기로 되어 있었기 때문에 마사라트는 조금 짜증이 났다.

"벌써 깨우는 거냐?"

보브가 머물고 있는 행동대 숙소는 이곳에서 30분 거리밖에 안 된다. 그때 보브가 말했다.

"대장, 체첸에서 연락이 왔습니다."

"누가?"

"본부에서."

"글쎄, 본부 누구?"

마사라트는 특공대 대령이다. 직책은 해외공작대장, 외국에서 활동하는 터라 엘리트 의식이 배어 있다. 비르쿠사가 지휘하는 특공대는 4개 연대로 구성되었는데 마사라트가 대장인 해외공작대는 특공대의 특수부대에 속한다. 마사라트도 연대장급인 것이다. 보브가 잠깐 주춤거리더니 대답했다.

"두코프입니다."

두코프는 특공대 참모장이다. 숨을 들이켠 마사라트가 침대에서 상반신을 일으켰다. 잠이 다 달아났다. 기분 나쁜 예감이 덮친 것은 당연하다. 그때 보브가 말했다.

"드라구나 마을에서 일이 일어났다고 합니다."

"……."

"마고 할머니가 빵을 가지러 갔다가 집에 돌아오지 않았습니다."

"마, 마고 할머니가."

이제는 마사라트가 침대에서 뛰쳐나왔다. 큰일 났다. 얼굴이 오래된 시멘트처럼 되어있다.

"누구 소행인 것 같으냐?"

10분쯤 후, 비르쿠사가 앞에 선 마사라트에게 물었다. 비르쿠사는 술에서 아직 깨어나지 않은 상태여서 상체는 벌거숭이에 팬티 차림이다. 그러나 붉게 충혈된 두 눈이 번들거리고 있다. 마사라트가 외면한 채 대답했다.

"리스타입니다."

비르쿠사가 숨만 쉬는 것은 같은 생각이라는 표시일 것이다. 방 안은 술 냄새로 가득 차 있다. 바로 어제 비르쿠사의 정부 마토바가 불에 타 죽은 것이다. 경찰은 불에 탄 시체가 모두 총상을 입었다고 발표했다. 살해되고 나서 불에 태운 것이다. 그러고 나서 만 하루도 되지 않았을 때 비르쿠사의 어머니가 실종되었다. 그때 비르쿠사가 억양 없는 목소리로 말했다.

"그래, 해 보자는 거지?"

"……."

"해 보자, 이 새끼들."

"……."

"내가 다 죽일 거다, 아이들까지. 이광이하고 관계있는 연놈들은 모두……."

그때 방문이 열리더니 채토스가 들어섰다.

두 눈은 치켜떴고 어깨가 부풀려 있다. 채토스도 마고가 실종된 것을 아는 것이다. 다가온 채토스가 비르쿠사를 보았다.

"사령관, 조금 전에 보브가 당했습니다."

비르쿠사의 시선을 받은 채토스가 호흡을 가누었다.

"숙소인 폐차장이 습격을 받아 12명 중 9명이 죽고 3명이 중상입니다."

마사라트가 숨을 들이켰다. 보브하고 통화를 한 지 10분밖에 지나지 않았다. 그때 채토스가 초점이 흐려진 눈으로 마사라트를 보았다.

"마사라트, 보브 위치가 어떻게 노출된 거요?"

"그, 그것은……."

마사라트가 이를 악물었다. 보브는 자신의 부하인 것이다. 책임은 자신에게 있다.

"위치가 노출될 리가 없는데……."

"중상을 입은 루카스한테서 전화를 받았는데 폐차장 사방에서 기습을 해왔다는 거야."

그때 비르쿠사가 말했다.

"그럼 로마는 못 간단 말인가?"

"아닙니다."

마사라트가 눈을 부릅떴다.

"파리에 아직 2개 팀이 남아 있습니다. 지금 당장 로마팀을 재편성하지요."

"정보가 줄줄 새고 있어."

"그렇습니다."

채토스가 마른 입술을 혀로 축이고 나서 말했다.

"다 탐지된 것 같은 생각이 듭니다."

"CIA야."

비르쿠사가 입술도 달싹이지 않고 말했다. 거대한 알몸 상반신이 늘어져서 마치 도살장의 고깃덩이가 매달려 있는 것 같다. 비르쿠사가 고개를 들고 흐린 눈으로 마사라트, 채토스를 차례로 보았다.

"그놈들이 앞으로 어떻게 나올 것 같나?"

"제가 로마로……."

마사라트가 말했을 때 문이 열리더니 이번에는 비르쿠사의 비서가 서둘러 들어섰다.

"사령관님, 전화를 받으셔야겠습니다."

비르쿠사가 눈만 치켜떴을 때 비서가 손에 쥔 전화기를 내밀었다. 얼굴이 하얗게 굳어 있다.

"전화를 받지 않으면 마고 할머니를 분신시키겠다는데요."

그 순간 비르쿠사가 어깨를 부풀렸다가 내렸다. 그러더니 솥뚜껑 같은 두 손으로 얼굴을 덮더니 짧게 흐느꼈다. 늘어진 거대한 배가 출렁거렸다. 앞에 선 마사라트와 채토스는 통나무처럼 굳어진 채 숨도 안 쉬었고 비서의 얼굴에서는 땀이 흘러내리고 있다. 그때 손을 내린 비르쿠사가 비서를 보았다. 얼굴은 어느새 눈물범벅이 되어있다.

"전화를."

비르쿠사가 손을 내밀었다. 손이 덜덜 떨리고 있다. 비서가 손에 전화기를 쥐어주자 비르쿠사가 귀에 붙였다.

"여보세요."

비르쿠사가 이 사이로 말했을 때 송화구에서 사내의 목소리가 울렸다. 소리가 커서 옆에 선 세 사내의 귀에도 선명하게 울렸다.

"야, 이 돼지 새끼야. 왜 전화를 늦게 받는 거냐!"

비르쿠사는 숨만 쉬었고 사내의 목소리가 방을 울렸다.

"네 어미뿐만 아냐, 드라구나 마을 끝 쪽 네놈의 이 층 벽돌집도 미사일로 날려버릴 거다. 거기 있는 네 일족을 모두 몰살할 거야, 개새끼야."

전화기를 고쳐 쥔 강정규가 말을 이었다.

"잘 들어, 돼지 새끼야. 너희들이 군산연과 계약한 것도 알고 있어. 아마 부담 없이 계약을 하고 테러를 했겠지. 그렇지만 이것 하나는 알아둬라. 너는 이제 끝장이야."

전화기를 내려놓은 강정규가 핏발 선 눈으로 윤석을 보았다.

"날려버려."

그로부터 15분 후, 오전 6시 10분, 방에 돌아와 망연자실한 상태였던 마사라트가 전화벨 소리에 정신을 차렸다. 그러나 선뜻 손을 내밀 생각이 나지 않았기 때문에 벨이 울리는 전화기만 보았다. 다섯 번, 여섯 번, 벨 소리를 세기만 하다가 열세 번째에 전화기를 들고 귀에 붙였다.

"여보세요."

나쁜 예감으로 온몸이 굳어져 있다.

그로부터 5분 후, 비르쿠사가 채토스로부터 보고를 받는다.

"사르만쿠스크 마을에 살던 마사라트 특공대장 가족이 당했습니다."

고개만 든 비르쿠사의 눈동자는 아직도 흐리다. 채토스가 말을 이었다.

"단층 저택이었는데 미사일 2발을 맞아 가족 12명이 몰사했습니다."

"……."

"조준사격 같습니다. 근처에 똑같은 저택이 수십 채 있었으니까요."

"……."

"사르만쿠스크는 전선에서도 멀리 떨어져서 폭격도 없는 곳입니다. 놈들이 가까운 거리까지 접근해서 지대지 미사일로 쏜 것입니다."

"마사라트는 지금 어디 있나?"

비르쿠사가 갈라진 목소리로 겨우 물었을 때 채토스가 시선을 내렸다.

"지금쯤 연락받았을 것입니다. 충격을 받아서 방에 있겠지요."

"……."

"그리고 개인적인 일이라 급히 보고할 일도 아니거든요."

그 시간의 로스앤젤레스는 오후 9시다. 산타모니카 비치 북쪽 해안에 위치한 저택에서 총성이 울렸다. 국도에서 5백 미터나 떨어져 있는 데다 외진 저택이다.

수십 발의 총성이 울렸다가 1분쯤 후에 그쳤기 때문에 들은 사람은 없다. 국도를 지나던 차량 10여 대가 들었지만 어디서 울리는지도 알 수 없었다. 30분쯤 후에 경찰서에 신고 전화가 걸려왔다. 저택에서 걸려온 전화다.

그로부터 25분 후, 파리는 오전 7시가 되었다. 전화벨 소리에 잠에서 깬 피셔가 손을 뻗어 전화기를 귀에 붙였다. 침대에 누운 채였고 옆에는 애인 드뇌브가 잠이 들어있다.

"여보세요."

"사장님, 접니다."

비서실장 요한슨이다. 목소리가 굳어져 있었기 때문에 피셔가 정신이 들었다. 벽시계를 본 피셔가 상반신을 일으키며 물었다.

"무슨 일이야?"

"사장님, 사고가 일어났습니다."

요한슨이 미리 말한 것은 충격을 완화시키려는 의도다. 그것을 안 피셔가 심호흡을 했다. 지금은 리스타와 전쟁 중이다. 피셔는 '체첸 특공대'가 리스타의 시바호에 이어서 비행기까지 폭파시킨 것을 알고 있는 것이다.

"말해, 요한슨."

"사장님, 놀라지 마십시오."

"말해."

"산타모니카의 저택이 당했습니다."

"……"

"괴한의 습격을 받아 금고가 털렸는데요."

40

"……."

"20분 만에 끝났다고 합니다만."

"빨리 말해!"

마침내 피셔가 고함을 쳤다. 그때는 옆에 누워 있던 드뇌브가 일어나 잠자코 피셔의 옆모습을 바라보는 중이다. 그때 요한슨이 말을 이었다.

"제인 여사님, 크린트, 샤무엘이 저택에서 사망했습니다. 경비원, 고용원 7명까지 합쳐서 10명이 살해되었습니다."

"……."

"셋이 숨었다가 살아남았습니다. 강도라고 신고를 했지만……."

"죽었어?"

피셔가 억양 없는 목소리로 물었는데 잠꼬대 같다.

"제인이? 크린트, 샤무엘이?"

"예, 사장님."

요한슨이 어금니를 물고 대답했다.

"사망했습니다."

제인은 피셔의 아내였고 크린트, 샤무엘은 각각 14살, 12살짜리 아들이다. 방학이어서 셋이 별장에 묵고 있었던 것이다. 딸인 소피아만 대학 기숙사에 남아 있었기 때문에 당하지 않았다. 그때 피셔의 입에서 신음 소리가 뱉어졌다. 저절로 뱉어진 신음이어서 피셔도 제 신음을 듣고 놀란 듯 숨을 들이켰다.

20분 후, 피셔가 볼룸의 전화를 받는다. 레알지구의 안가(安家) 안, 볼룸은 마레지구에 있다.

"피셔, 사고 소식 들었어."

볼룸의 목소리는 잔뜩 가라앉았다.

"내가 조금 전에 FBI 국장 에치슨한테 전화를 했어. 리스타 소행이라고 말이야."

"……."

"곧 '리스타 연합' 해밀턴하고 '리스타 유통' 오금봉을 소환해서 조사할 거네. 곧 회장 이광도 조사하겠지."

"……."

"피셔, 위축되면 안 돼. 놈들이 그걸 노리고 있으니까 말이야. 이건 기(氣) 싸움이야, 피셔."

"……."

"오늘 비르쿠사 만날 거지?"

그때 피셔가 말했다.

"잠시 후에 전화드리지요."

"그래."

볼룸의 목소리가 강해졌다.

"피셔, 기운 내, 이 사람아. 그리고 자네……."

"됐습니다."

피셔가 전화기를 내려놓았다. 볼룸은 가족에 대한 위로 전화를 이제야 늘어놓으려는 것이다.

전화기를 내려놓은 볼룸이 옆에 선 보좌관 로버트슨에게 말했다.

"피셔가 충격이 클 거야. 오늘 비르쿠사를 만나는 계획에 차질이 있으면 안 되는데 말이야."

"오늘 로마의 '리스타 이태리법인'을 공격할 계획입니다."

로버트슨이 눈썹을 모으고 볼룸을 보았다.

"비르쿠사하고 약속에 차질이 있으면 '로마 공격'에도 지장이 있을 지 모릅니다."

"오늘 타격이 피크인데 말이야."

볼룸이 혼잣소리처럼 말하고는 불쑥 고개를 들고 로버트슨을 보았다.

"경호는 철저히 하고 있지?"

"예, FBI의 특별 경호를 받고 있으니까요. 4개 지점에 2개 팀씩 배정되어 있습니다."

볼룸의 가족 경비를 말한다. 가족이 4개 지점으로 분산되어 있지만 FBI가 각각 2개 팀씩 비밀 경호를 해주고 있는 것이다. 대통령 가족보다 더 철저한 경호다. 그때 비서가 방으로 들어섰다. 손에 전화기를 들고 있다.

"회장님, 찰스 씨 전화입니다."

볼룸의 큰아들 찰스다. 볼룸의 회사인 '제너럴패커드사' 이사로 후계자다. 볼룸이 전화기를 받아 귀에 붙였다.

"찰스, 웬일이냐?"

볼룸이 부드러운 목소리로 물었다. 오전 8시, 시카고는 오전 1시다. 찰스는 시카고 공장에 가 있는 것이다.

"아버지, 잠깐만 기다리세요."

찰스가 말했기 때문에 볼룸이 이맛살을 찌푸렸다.

"왜?"

그때 수화구에서 다른 목소리가 울렸다.

"왜라니? 내가 시켰기 때문이지."

볼룸이 숨을 들이켰다. 얼굴이 순식간에 굳어졌고 입술이 떨렸다. 눈앞에 폭파된 요트가 떠올랐다가 지워졌다. 그때 사내가 말했다.

"볼룸, 찰스의 목을 베어 죽이려고 하는데 네 생각을 듣자."

"잠깐만."

볼룸이 손을 저었을 때 로버트슨이 바짝 다가섰다. 놀란 듯 눈이 커졌다.

"회장님, 무슨 일입니까?"

"닥쳐."

서둘러 말한 볼룸이 송화구에 대고는 소리쳤다.

"잠깐만, 네 요구 조건을 듣자. 말해."

"네가 이래라저래라 할 상황이 아닌데, 리차드 볼룸."

"아들은 건드리지 마라."

"이 병신이 아직도 주제파악을 못하고 있군, 건드리지 마라?"

"잘못했다."

"그 벌로 찰스의 눈알 하나를 빼지."

그때 수화구에서 찰스의 비명이 들렸기 때문에 볼룸의 등에 식은땀이 흘렀다.

"제발 살려줘."

볼룸이 소리쳤다.

"시키는 대로 다 하겠다! 찰스만 살려주면 내 목숨이라도 내놓지!"

볼룸에게 큰아들 찰스는 미래이자 희망이었다. 사람에게는 약점이 다 한두 개씩 있는 법이다. 리차드 볼룸에게는 아들 찰스가 자랑이자 약점이었다.

"지독한 놈들."

후버가 머리를 절레절레 흔들었다. 앞에는 해외작전국장 윌슨이 앉아있다. 오전 3시, 파리는 오전 9시다.

"그쪽은 마사라트 가족이 몰사하고 비르쿠사의 어머니가 납치된 상황이지? 애인이 죽고."

"예, 부장님."

숨을 고른 윌슨이 서류 한 장을 내밀었다. 손에 들고 있던 서류다.

"LA에서 피셔의 가족도 당했습니다. 강도가 침입해서 경비원을 포함한 10명이 살해당했는데요."

"아내와 두 아들이 죽었지."

서류를 보지도 않고 책상 위에 던진 후버가 윌슨을 보았다.

"파리에 있는 '리스타' 지휘자가 누구야?"

"강이라는 놈인데 일본 자위대 출신입니다. 이광을 암살하려다가 실패한 놈인데 리스타가 포로로 잡았다가 전향시킨 놈이지요."

"그놈이 총지휘를 하나?"

"해밀턴이 뒤를 봐주지만 지휘자는 그놈입니다."

"체첸에서 작전한 놈들은 누구야?"

"리스타 용병대 같습니다."

"해밀턴이 정보를 주고 말이지?"

"예, 미국에도 리스타 놈들이 깔려 있거든요."

"지금도 우리 측으로부터 정보가 그놈한테 계속해서 빠져나가고 있겠지?"

"그럴 가능성이 있습니다."

"남의 일처럼 말하지 마라."

"죄송합니다, 부장님."

"어쨌든 강이라는 놈 지독하군. 무지막지하게 죽이는 것이 체첸 놈들은 엄두도 못 낼 짓이야."

"예, 아마 놀랐을 겁니다."

"한국 놈들 DNA가 그렇게 지독한가?"

"역사를 보았지만 한민족은 2,000년 동안 딴 나라를 침략한 적이 없습니다. 1,500년쯤 전까지 저희들끼리 전쟁을 한 후부터 통일이 되긴 했지요."

"역사 이야기 듣자는 게 아니다."

혀를 찬 후버가 윌슨을 보았다.

"리스타에 경고를 해. 미국 내에서 일을 일으키면 엄청난 역효과가 날 수 있다고. 지금 FBI가 리스타를 겨누고 있다는 것도 이야기해."

"알겠습니다."

"볼룸하고 피셔가 FBI에 공을 들인 것 같다."

후버가 파이프를 집어 들면서 혼잣소리를 했다.

"FBI에서 군산연 물 먹은 놈이 CIA보다 많아."

윌슨은 못 들은 척했다.

산타모니카 비치에서 피셔 별장을 습격한 강도단은 LA 마피아에서 추린 6명과 리스타 용병대 3명이다. 지휘자는 용병대의 윤출상 상사, 이번 작전 때문에 카이로에서 날아온 지 이틀 만에 작전을 끝냈다.

"수고들 했어."

윤출상이 코리아타운의 한국식 룸살롱 방 안에서 팀원들을 둘러보며 말했다. 오늘은 해단식이다. 팀이 창단한 지 나흘 만에 해단식을 하는 것이다.

"난 너희들하고 같이 일한 것이 자랑스럽다. 잘했어."

윤출상이 엄지를 치켜세웠다.

"너희들은 베스트다."

팀원 9명은 윤출상이 데려온 한국인 용병 둘에 LA에서 합류한 6명으로 백인 4명에 흑인 2명이다. 모두 '코리아타운 마피아' 소속인데 '리스타 유통' 관리를 받는다. 6명은 지리에 익숙했기 때문에 안내와 정찰, 준비를 맡았다. 윤출상이 말을 이었다.

"이번에 저택에서 가져온 현금 230만 불은 모두 너희들에게 나눠주겠다."

윤출상의 눈짓을 받은 LA팀 중 선임자 존슨이 입을 열었다.

"술 마시고 나서 세인트의 창고에 가서 가방 한 개씩 받아가라. 가방에 25만 불씩 들었다."

모두의 얼굴에 웃음이 떠올랐다. 그때 존슨이 흰자위가 많은 눈을 더 크게 치켜떴다. 존슨은 흑인이다.

"돈 관리 잘해. 돈 문제를 일으키는 놈은 어떻게 되는지 잘 알 거다."

돈 문제로 경찰에 꼬리를 잡히는 경우는 드물어졌다. 처리 방법이 교묘해졌기 때문이다. 그러나 팀원들은 예상 밖의 배분에 모두 감동했다.

"너희들 보스한테도 이 사건 일체를 비밀로 해야 된다. 무슨 말인지 알 거다."

모두 일제히 고개를 끄덕였다. 고참들이어서 무슨 말인지 아는 것이다. 이 일은 하늘에서 떨어진 것이나 같다. 그래서 그들은 하늘에서 선택받은 인간들이나 마찬가지다. 윤출상이 들고 있던 위스키를 한 모금에 삼켰다. 내일 아침 비행기로 윤출상은 파리로 돌아가는 것이다.

"나다, 비르쿠사."

강정규가 대뜸 말했을 때 비르쿠사는 바로 대답하지 않았다. 오전 10시, 강정규는 4시간 만에 다시 비르쿠사에게 전화를 했다. 비르쿠사 앞에는 경호대장 채토스가 서 있다. 강정규가 말을 이었다.

"소련하고의 전쟁 중에 네 눈에는 우리가 보이지도 않겠지. 아마 발 앞에 놓인 강아지쯤으로 여겼을 거다."

비르쿠사는 대답하지 않았고 강정규가 말을 이었다.

"너도 뉴스를 보았겠지만 LA에서 강도단을 만나 몰사한 가족이 제럴드 피셔 가족이다. 놈의 아내와 14살, 12살짜리 자식이 죽었다. 조그만 머리통이 박살이 나서 죽었지."

"……."

"그리고 리차드 볼룸의 아들놈을 데리고 있는데 곧 머리통을 잘라서 그놈한테 보내려고 한다."

그러더니 웃음 띤 목소리로 말했다.

"잠깐 들어볼래?"

곧 볼룸의 목소리가 수화구에서 울려 나왔다. 절박한 목소리였는데 볼룸이 맞다.

"잘못했다."

"제발 살려줘."

"시키는 대로 다 하겠다! 찰스만 살려주면 내 목숨이라도 내놓지!"

이어서 강정규가 말했다.

"내가 네 불쌍하고 착한 어머니 마고 여사의 머리통을 잘라서 보내

줄 테니까 어디, 그 용맹무쌍한 체첸 특공대를 움직여 선전포고를 해봐라.”

강정규가 짧게 웃었다.

“마사라트는 가족 12명이 몰살당하고 나서 실어증이 걸렸다는데 로마에 갔다가 베이루트에서 무기를 인도할 예정이었지만 아직 움직이지 못했지?”

“……”

“드라구나 마을에 있던 네 가족은 급하게 분산시켰지만 이 병신아, 우리가 모를 것 같으냐?”

“잠깐.”

어깨를 늘어뜨린 비르쿠사가 말했다.

“항복하겠다. 네 조건을 말해라.”

해밀턴이 강정규의 전화를 받았을 때는 그로부터 한 시간쯤 후였다. ‘리스타랜드’ 시간은 오후 6시, 시청의 상황실에서 해밀턴이 전화를 받는다.

“비르쿠사가 귀국하겠답니다.”

강정규가 말을 이었다.

“마사라트하고 같이 돌아가겠다고 했습니다. 우리가 승낙하면 오늘 중으로 파리를 떠나겠다는데요.”

“조건이 그것인가?”

해밀턴이 물었다. 통화가 스피커폰으로 연결되어서 상황실에 모인 요인들이 다 듣는다. 강정규가 대답했다.

“군산연과의 계약은 당연히 파기한다고 약속했습니다.”

"시바호와 여객기에 대한 보상은?"

"그 이야기를 했더니 자기들도 피해를 보았으니 서로 상쇄하자고 합니다."

"어떻게 생각하나?"

불쑥 해밀턴이 강정규에게 물었다. 상황실 안에 긴장감이 덮쳤다. 강정규는 전장에서 싸우는 전투 지휘관이다. 해밀턴이 본부 사령관으로 오금봉, 조백진의 지원을 받았지만 미국과 체첸 내부의 작전까지 모두 강정규가 지휘했다. 비르쿠사의 애인 마토바를 사살하고 어머니 마고를 납치했으며 마사라트의 가족을 몰살시킨 것도 강정규가 직접 지휘했다. 미국의 피셔 가족 살해와 볼룸 아들의 납치도 강정규의 작전인 것이다. 강정규가 대답했다.

"원한을 품을 생각조차 못 하게 하는 것이 중요합니다. 아예 어떤 생각도 못 하게 하는 것입니다. 제 이름만 들으면 몸서리가 쳐진다는 상태도 안 됩니다."

"그럼 뭐야?"

"머릿속이 빈 놈들로 만드는 것입니다."

"머릿속이 빈?"

"예, 폐인을 만드는 것입니다."

"누구를?"

"볼룸, 피셔, 비르쿠사와 마사라트를 말입니다."

심호흡을 한 해밀턴이 다시 물었다.

"가능할까?"

"해 보겠습니다."

해밀턴이 먼저 통화를 끝내고는 앞쪽에 앉은 오금봉을 보았다.

"정신병자를 만든다는 말일까요?"

"아니."

오금봉이 쓴웃음을 짓고는 고개를 저었다.

"난 없는 인간을 만든다는 말 같은데. 어쨌든 마무리는 잘할 것 같군."

따라 웃은 해밀턴이 말을 이었다.

"맡겨야겠어요. 파리의 팀원 중 5명을 리비아로 돌려보냈더군. 정신 자세가 약하다고 말이오. 조 사장이 그것을 보고 칭찬합니다."

페드로의 팀원 5명은 추방을 당한 것이다.

파리 시간 오후 1시 반, 비르쿠사가 귀에 붙인 전화기에서 참모장 두코프의 목소리가 울렸다.

"마고 여사가 집으로 돌아오셨습니다. 그래서 제가 보호하고 있습니다."

비르쿠사는 숨만 쉬었고 두코프의 말이 이어졌다.

"건강하십니다. 여사께서는 사령관님이 잠깐 피하라고 하신 줄로 알고 있습니다. 그놈들이 사령관 부하 행세를 했더군요."

"……."

"그래서 저도 그렇다고 말씀드렸습니다."

"알았어. 나, 오늘 중으로 출발한다."

비르쿠사가 가라앉은 목소리로 말했다.

"마사라트와 함께 간다."

"각하, 무기는 언제 받습니까?"

두코프가 묻자 비르쿠사는 심호흡부터 했다.

"그건 귀국하고 나서 이야기하자."

"알겠습니다."

전화기를 내려놓은 비르쿠사가 외면한 채 채토스에게 말했다.

"마사라트한테 출발 준비를 하라고 해."

마사라트 가족이 몰사한 후에 비르쿠사는 마사라트를 부르지 않았다. 위로해 주는 것보다 가만있는 것이 낫기 때문이다. 주변에서 그런 일이 자주 일어났기 때문에 겪어서 안다.

"이 개새끼야, 네가 체첸 특공대한테 용역을 준 거 알고 있어."

강정규의 목소리는 가라앉아 있다.

"얼마로 용역을 줬다는 것도 안다. 그래서 그 대가를 어떻게 받고 있는지 네가 알아야겠다, 볼룸."

"조건을 말해, 다 들어준다니까."

볼룸이 갈라진 목소리로 대답했다. 오전 12시, 사내는 네 시간 만에 다시 전화를 해온 것이다. 앞에 보좌관 로버트슨이 서 있었지만 볼룸은 시선도 주지 않았다. 첫 전화를 받고 나서부터 볼룸은 거의 정신이 나간 상태였다. 진정이 되지 않아서 로버트슨이 의사를 데려올 정도였다. 물론 의사는 사무실에 들어오지도 못했다. 그때 강정규가 말했다.

"잘 들어. 먼저 너는 비르쿠사가 너한테서 받은 용역을 폐기시켰다는 것부터 알아야 될 거다. 그 증거를 들려주지."

그때 수화구에서 사내의 목소리가 울렸는데 귀에 익은 목소리다.

"항복하겠다. 네 조건을 말해라."

비르쿠사다. 머리끝이 솟는 느낌이 들어서 볼룸은 손바닥으로 머리를 눌렀다.

"볼룸과의 계약 포기하겠다."

비르쿠사가 느릿느릿 말했을 때 볼룸이 고개를 들었다. 흐린 눈동자가 앞쪽 로버트슨을 보았지만 초점이 잡혀 있지 않다. 그때 사내의 목소리가 들렸다.

"볼룸, 찰스는 당분간 우리가 데리고 있겠다."

"제발."

볼룸이 다급하게 말했을 때 사내가 버럭 소리쳤다.

"잘 들어!"

"듣지, 말해."

"네가 어떻게 할 건지 알아야 죽이든지 살리든지 할 것 아니냐!"

"그, 그렇지만……."

"병신아, 네 계획을 말해!"

"손 떼겠다."

볼룸이 소리쳤다.

"쿠웨이트 사업에 대해서는 모두 손을 떼겠다!"

"그리고 또."

"배상하겠다!"

"그렇다면 그 내용을 정리할 때까지 찰스는 우리하고 같이 있는다."

그러고는 통화가 끊겼기 때문에 볼룸이 숨을 들이켰다. 고개를 든 볼룸의 눈동자는 흐려져 있다.

파리 북서쪽의 뉴톤 비행장은 본래 미군 전용 비행장이었다. 그러다 몇 년 전에 부지의 절반쯤이 민간인에게 분양되고 나서 활주로 1개와 막사 3동이 사설 비행장으로 사용되고 있다. 오후 3시 반, 격납고 앞에 선 부르몽이 안에 대고 소리쳤다.

"조나단, 지금 어디라는 거냐?"

"어디라고는 말 않고 30분쯤 후에 도착한다는 거야!"

안에서 조나단이 대답했다.

"7시에는 출발해야 하는데 빌어먹을 놈들이 늦을 것 같다."

"돈은 많이 받았으니까."

부르몽이 손목시계를 보면서 격납고 안에 들어가 있는 40인승 쌍발 제트기를 훑어보았다. 더글라스 맥도널드사 제품인 DC-17기는 신형이다. 주로 관광용으로 국내 여행사에 대여해주고 있었는데 오늘은 장거리 여행이다. 손님 28명을 태우고 마르세유를 거쳐 알제리의 알지에까지 날아갈 예정이다. DC-17기는 이미 엔진이 켜져 있어서 격납고 안은 소음으로 가득 찼다. 조나단이 밖으로 나오더니 비행장 입구 쪽을 보았다. 이곳은 민가와 떨어진 곳이어서 공항 입구에는 경비초소만 세워져 있을 뿐 한가하다. 하루에 2번 여행사 버스가 오갈 뿐이다. 격납고 옆쪽 사무실 건물도 직원 대여섯 명만 근무하고 있다.

"근데 이번 관광단은 알제리 사람들이야?"

조나단이 묻자 부르몽이 고개를 기울이면서 대답했다.

"글쎄, 어제 서류 보니까 여러 나라가 섞여 있던데, 알제리도 있고 터키, 소련 국적도 있었어."

"전부 남자라면서?"

"맞아."

부르몽은 비행장 관리소장이고 조나단은 정비담당이다. 둘 다 50대로 항공 업무에 이골이 난 전문가다.

"어, 저기, 오는군."

그때 먼저 공항 정문 쪽 도로를 달려오는 버스를 본 부르몽이 말했다. 버스 1대가 전조등을 켠 채 달려오고 있다. 뉴톤 공항은 국도에서 1킬로쯤 안으로 들어와야 해서 오가는 길이 일방통행이다. 달려오는 버스는 1대뿐이어서 금방 눈에 띈 것이다.

"젠장, 출발하려면 30분은 걸리겠군."

손목시계를 내려다본 조나단이 투덜거렸다. 이곳에서 짐 검사도 해야 되기 때문이다.

2장 체첸 특공대 격파

"비행기는 격납고에 들어가 있습니다."

채토스가 비르쿠사에게 말했다.

"사무실 건물 안에서 카리스크와 토치가 기다리고 있습니다."

비르쿠사가 잠자코 채토스가 가리키는 뉴톤 비행장을 보았다. 버스 안은 조용하다. 뒤쪽 좌석에 앉은 마사라트는 시종 눈을 감고 있었지만 자는 것 같지는 않다. 버스는 국도를 벗어나 드문드문 나무숲이 있는 황무지를 달려가는 중이다. 이곳 황무지도 사유지여서 민간인 출입이 금지되어 있다. 비르쿠사가 고개를 돌려 뒤쪽을 보았다. 버스에는 이번 작전에 참가한 요원들이 타고 있는 것이다. 비르쿠사의 시선이 훑어가자 대부분의 요원들이 서둘러 외면했다. 모두 가라앉은 표정이다. 작전은 보류되고 귀국하는 중이다. 지휘부는 그렇게 말했지만 모두 이쪽이 당하고 도망치듯이 철수하고 있다는 것을 아는 것이다. 그때 눈을 감고 있던 마사라트가 고개를 들면서 눈을 떴다. 비르쿠사의 시선과 마주치자 마사라트가 눈인사를 했다. 그 순간이다.

"아앗!"

창가의 요원 하나가 소리쳤다.

"미사일!"

고개를 돌린 비르쿠사가 그쪽을 보고는 숨을 들이켰다. 이제 어두워진 황무지에서 빛줄기 하나가 이쪽으로 뻗쳐오고 있다. 비르쿠사의 얼굴에 웃음이 떠올랐다. 지대지 미사일이다. 바로 리처드 볼륨의 제너럴 패커드사 작품, GM-24 미사일. 5백 미터 거리에서 명중률 99퍼센트, 전 세계 군(軍)과 테러리스트들의 베스트셀러. 그때 버스 안에서 여럿의 외침이 들렸지만 모두 낮고 짧은 소리다. 다음 순간 비르쿠사는 자신의 몸이 흰빛 속으로 떠오르는 것처럼 느껴졌다.

격납고 앞에 서 있던 부르몽과 조나단은 날아가는 미사일을 더 분명하게 보았다. 짧은 순간이었지만 선명한 빛줄기가 버스를 향해 날아갈 때 둘은 입만 딱 벌리고 있었다. 곧 엄청난 폭음과 함께 버스가 불덩이가 되고 나서야 정신을 차렸다.

"으악!"

부르몽이 비명을 질렀다.

"폭발이다!"

"저, 저것!"

그때 조나단이 손으로 앞쪽을 가리켰다. 불덩이가 되어 있는 버스를 향해 다시 빛줄기 하나가 날아간다. 이제는 그것이 두 번째 미사일이라는 것을 둘은 알았다.

"꽈꽝!"

두 번째 미사일이 다시 버스에서 폭발했다. 미사일 2개를 맞은 버스는 이제 형체도 알아볼 수 없는 불덩이가 되었다.

"오, 마이 갓."

후버가 탄성 같은 신음을 뱉었다. 아니, 신음 같은 탄성인지 모른다. 주름진 얼굴을 잔뜩 찌푸렸지만 눈웃음이 일어났다. 보고한 윌슨도 헷갈려서 어떤 분위기로 대응할지 판단이 안 섰기 때문에 입을 다물어버렸다.

"갓뎀."

후버가 파이프를 움켜쥐면서 다시 말했다. 방금 후버는 뉴톤 공항의 폭사 사건을 들은 것이다. 정확히 표현하면 뉴톤 공항 입구로 들어서던 관광버스 1대가 미사일 2발을 맞아 탑승객 29명 전원이 폭사한 사건이다. 운전사 1명, 승객 28명 전원이 죽었는데 그중에 체첸 육군 부사령관 겸 특공대 사령관 비르쿠사 중장과 특공대장 마사라트 대령이 포함되어 있다. 어깨를 부풀린 후버가 윌슨을 보았다. 오후 2시 반, 파리는 오후 8시 반이다. 사건은 20분 전에 일어났다.

"확인했어?"

"예, 파리 경찰청에서 공식 확인을 했습니다."

윌슨이 바로 대답했다. 뉴욕 맨해튼의 안가(安家) 안이다. 점심을 먹고 안가로 들어오자마자 후버는 보고를 받은 것이다. 후버가 번들거리는 눈으로 윌슨을 보았다.

"그, 리스타의 용병대 놈들인가?"

"그렇습니다."

"선 오브 비치."

"프랑스 당국이 눈치채고 있습니다."

"그렇겠지, 프랑스 정보국이나 경찰도 바보가 아니니까."

어금니를 문 후버가 파이프에 담배를 눌러 담기 시작했다. 뭔가 생각할 때의 버릇이다. 윌슨은 잠자코 후버의 손만 보았다. 체첸 특공대는 CIA의 적인 소련과 전쟁 중인 우방인 셈이었다. 적의 적은 우방인 이치다. 그러나 체첸 특공대는 테러단이다. 미국 정부는 어떤 테러단이든 적으로 간주한다. 따라서 지금 후버의 심중(心中)은 복잡한 상태다. 체첸 특공대의 대장과 육군 부사령관이 폭사해버린 것이다. 소련이 환장을 하면서 좋아할 일이 벌어졌으니 과연 테러단이 없어졌다는 것만으로 박수를 쳐야 하는가?

이윽고 파이프를 채운 후버가 입에 물면서 윌슨을 보았다.

"해밀턴을 불러."

난간에 선 강정규 옆으로 페드로가 다가오더니 옆에 섰다.

"대장, 죄송합니다."

페드로가 정색하고 강정규를 보았다.

"제가 교육을 제대로 못 시켰습니다."

"아니, 네 잘못이 아냐, 페드로."

강정규의 얼굴에 쓴웃음이 번졌다.

"여자는 손 안 댄다는 놈들이 예상보다 많아. 영화를 너무 자주 본 때문이야."

"그놈들은 실전 경험도 적었습니다."

지난번 비르쿠사의 애인 마토바를 사살할 때 기피했던 부하들 이야기다. 그들은 바로 리비아로 돌려보냈지만 페드로는 마음에 걸렸던 것 같다. 바닷바람이 휘몰려와 옷자락을 날렸다. 화물선 쥬리아호는 마르세유를 떠나 리비아 트리폴리로 항진하는 중이다. 오전 10시 반, 출항한 지 3시간이 되어가고 있다. 뉴톤에서 비르쿠사 일당이 탄 버스를 미사일로 쏜 사수가 바로 강정규다. 강정규가 직접 쏜 것이다. 팀원 중 미사일 사수가 여러 명 있었는데도 강정규가 직접 쏘았다. 배에 탄 50명 가까운 특공대 중 강정규가 전에 회장 이광에게 미사일을 쏘았다가 실패한 당사자라는 것을 아는 사람은 몇 명 안 된다. 그때 윤석이 다가왔다.

"대장님, 연락이 왔습니다. 해밀턴 사장이십니다."

윤석이 엔진 음 사이로 소리쳐 말했다.

"지금 기다리고 계십니다."

"수고했어."

해밀턴의 목소리가 수신기에서 울렸다.

무전실에는 무전사가 자리를 비켜줬기 때문에 강정규와 윤석 둘이 들어와 있다. 6천 톤급의 쥬리아호는 신형 화물선이다. 무전실도 위성 통신 장치가 갖춰졌기 때문에 뉴욕의 해밀턴과 직접 통화가 되는 것이다. 파나마 국적의 쥬리아호가 CIA 공작선이라는 것은 프랑스 정보당국도 모른다. 해밀턴이 말을 이었다.

"강, 트리폴리에서 대기해라. 넌 당분간 인터폴에 수배되었기 때문에 거기 있어야겠다."

"알겠습니다."

"굿잡."

"감사합니다."

"트리폴리에서 포상을 할 거다. 네가 팀원들에게 포상금을 분배해 주도록."

그러고는 통신이 끝났기 때문에 강정규가 어깨를 치켜 올리고는 윤석을 보았다.

60

"내가 인터폴의 수배자가 되었다는군."

옆에서 들었던 윤석의 얼굴에 쓴웃음이 번졌다.

"그렇다면 저도 된 것 아니겠습니까?"

"네가 안 되면 억울하지."

무전실을 나온 강정규가 문득 생각났다는 표정을 짓고 말했다.

"쿠웨이트에 있는 권철하고 옆 동네에 있는 셈이로군."

그러나 이집트와 네푸드 사막을 건너야 한다.

안학태의 보고를 받은 이광의 얼굴에 쓴웃음이 떠올랐다. 오후 5시, 조금 전에 강정규가 해밀턴과의 통화를 마친 시간이다.

"지금 강정규는 트리폴리로 가는 중이란 말이지?"

"예, 당분간은 거기서 쉴 것입니다."

"그럼 쿠웨이트 사업에는 지장이 없게 되었나?"

"예, 이집트의 여행사 재산에 피해를 입었지만 보험이 적용되는 데다 볼룸이 어떤 식으로든 보상을 해줄 테니까요."

이광의 얼굴에 다시 쓴웃음이 떠올랐다.

볼룸과 피셔는 오히려 더 큰 피해를 입었기 때문이다. 요트와 대저택, 그리고 피셔는 일가족이 딸만 제외하고 몰살당하는 치명상을 입었다. 피셔는 가족의 장례식에도 참석하지 않았는데 행방을 감췄다. 폐인이 되었다는 말도 있고 정신병원에 있다는 소문도 났다. 안학태가 말을 이었다.

"쿠웨이트 진주군이 오더한 무기는 모두 준비되었습니다."

제이슨 컴퍼니가 오더를 받은 것이다. 제이슨의 영업사장 헤르만이 직접 '리스타랜드'로 날아올 예정이다. 고개를 끄덕인 이광이 안학태에게 물었다.

"쿠웨이트에서 잡은 일본 정보국 요원은 어떻게 되었지?"

"찾았습니다."

강재호가 소리치듯 말했을 때는 오후 5시가 조금 지났을 무렵이다. 그러나 아직 덥다. 섭씨 40도를 훨씬 넘는 기온에다 건조한 대기, 창밖으로 내다보이는 거리는 텅 비었다. 강재호가 말을 이었다.

"알샤드 빌딩 옆 건물에 숨어 있었습니다. 6층 창고를 뒤졌더니 그 안에 있구먼요."

"왜 숨은 거야?"

반가웠지만 찾느라 고생한 것을 생각하면 짜증도 나서 권철이 꾸짖듯 물었다.

"글쎄요, 처음에는 우리를 보고 겁에 질렸다가 리스타라고 했더니 울더군요."

"울어?"

"예, 그동안 숨어 있느라고 제대로 먹지도 못한 것 같습니다."

"보석상이라는데 보석은 갖고 있나?"

"아닙니다. 빈손입니다."

"데려와."

무전기를 내려놓은 권철이 투덜거렸다.

"전쟁이 나니까 별 인간들이 많군."

그러나 페트리샤 리라는 여자는 해밀턴 사장이 직접 찾으라고 지시를 내린 당사자다. VIP인 것이다.

30분쯤 후에 권철은 강재호와 함께 사무실로 들어서는 여자를 보았다. 동양 여자다. 미국 여자라고 해밀턴한테 들었기 때문에 백인인 줄만 알았던 권철이다. 강재호가 여자를 눈으로 가리켰다.

"데려왔습니다."

권철이 여자 앞으로 한 걸음 다가섰다.

"페트리샤 리, 맞습니까?"

"맞아요."

여자가 그늘진 얼굴로 권철을 보았다. 앞쪽 소파에 앉도록 자리를 권한 권철이 지그시 시선을 주었다. 반팔 셔츠에 바지를 입었고 발가락이 드러난 샌들을 신었다. 검은 머리는 뒤에서 묶었는데 갸름한 얼굴형의 미인이다. 30살쯤 되었을까? 해밀턴은 보석상인데 무조건 찾아서 보호하라고만 했지 신원은 말해주지 않았다. 권철이 입을 열었다.

"우리가 일찍 찾았다면 15일이 넘도록 숨어 고생할 필요는 없었을 겁니다. 왜 옆쪽 건물로 옮겨간 겁니까?"

"그 건물을 여러 번 수색했거든요."

여자가 길게 숨을 뱉었다.

"거기 숨었던 정보원들이 많이 잡혀갔어요."

"하긴 우리가 일본인 남녀 둘을 잡았지요. 관광객이라고 거짓말을 하더군요."

권철이 혼잣말처럼 말하고는 물었다.

"CIA에 있습니까?"

"네, 쿠웨이트 주재원이에요."

"다른 요원들은 어떻게 되었습니까?"

"먼저 빠져나갔어요. 난 정리하다가 시기를 놓친 겁니다."

고개를 끄덕인 권철이 여자를 보았다. 책임이 있는 간부급 요원이다.

"여긴 안전하니까 쉬고 나서 내일이라도 밖으로 내보내 드리지요."

"아뇨."

여자가 고개를 저었다.

"본부에 연락하고 나서 여기 같이 있는 것이 낫겠어요."

"그쪽 맘대로 되는 게 아닌데."

권철이 웃음 띤 얼굴로 말을 이었다.

"우리 본부에서 승낙을 해야 될 거요. 우리가 CIA 지시를 받는 곳이 아니어서."

1시간 후, 권철의 보고를 받은 해밀턴이 밝아진 목소리로 말했다.

"찾아냈군. CIA 해외작전국장 윌슨이 걱정을 많이 했다. 그쪽 쿠웨이트 진주군이 수상한 사람들을 수십 명 처형했다고 해서 말이야."

"예, 주로 유럽 쪽 정보원들입니다."

수상하면 처형했는데 일본 정보원 둘은 지금 권철이 보호 중이다. 그때 해밀턴이 말을 이었다.

"그 여자, CIA 해외작전국 간부야. 보석상으로 위장하고 있었던 거야."

"여기 남겠다고 합니다. 우리들하고 같이 있겠다는데요."

"그건 윌슨하고 상의해봐야겠는데."

해밀턴의 목소리에 웃음기가 띠어졌다.

"우리가 대가를 받아야지. CIA의 지시를 받을 입장이 아니니까 말이야."

"알겠습니다."

주도권은 리스타가 쥐고 있는 것이다. 세상에는 거저 받는 일이란 없다. 특히 국가 간 정보기관의 교류는 철저하다. 통신을 끝낸 권철이 옆에 선 강재호에게 말했다.

"페트리샤한테 통신하라고 해."

이곳, 알리바바 호텔에서의 통신은 이라크 진주군의 제재를 받지 않는 것이다. 그러나 페트리샤는 마음대로 통신을 할 입장이 아니다. 리스타 측의 감시를 받아야 한다.

'리스타 일본 법인장' 김필성이 방으로 들어서자 자리에 앉아있던 두 사내가 일어섰다.

"어서 오십시오."

50대 중반쯤의 사내가 머리를 숙여 보이더니 김필성에게 손을 내밀었다. 관방장관 다케야마. 구면이었기 때문에 김필성이 웃음 띤 얼굴로 손을 잡았다.

오후 8시 반, 이곳은 도쿄 신주쿠의 으슥한 골목 안에 위치한 카페 '노부다다'다. 방이 5개밖에 없는 작은 카페지만 고위 공무원이나 정치인들이 단골로 사용하는 곳이어서 오늘 같은 날에는 손님이 그들뿐이다. 예약제라 그들 외에는 모두 사절했기 때문이다. 기모노를 입은 여자 둘이 소리 없이 들어와 술과 안주를 차려놓고 나갔기 때문에 방에는 그들 셋만 남았다. 또 하나는 다케야마의 보좌관 구로세다. 오늘 만남은 다케야마가 상의드릴 일이 있다고 직접 연락을 해왔기 때문이다. 관방장관이면 일본 정부의 2인자다. 더욱이 다케야마는 근래 5년 동안 총리가 3번 바뀌었지만 계속해서 관방장관을 맡고 있다. 관방장관이란 일본 내각의 선임 장관으로 내각 조정 업무와 국무부 역할, 그리고 정부 대변인 역할까지 맡는다.

김필성의 잔에 위스키를 따른 다케야마가 정색한 얼굴로 입을 열었다.

　"쿠웨이트 일입니다, 법인장님."

　"말씀하시지요, 장관님."

　"지금 쿠웨이트 리스타 파견대에서 저희 직원 둘을 데리고 있습니다."

　"직원이라고 하셨습니까?"

　"예, 총리실 소속 정보부 요원들이지요."

　술잔을 든 다케야마가 슬며시 웃었다.

　"쿠웨이트 사태 때 빠져나오지 못하고 건물에 숨어 있다가 '리스타 파견대' 요원들에게 발견된 것입니다."

　"쿠웨이트하고 통신이 두절되었을 텐데 그것을 어떻게 아셨습니까?"

　그러자 다케야마가 다시 웃었다.

　"리스타 요원들에게 발견된 후에 연락을 했다는 것입니다."

　"아아."

　"알고 계셨습니까?"

　"저는 모르고 있었습니다."

　정색한 김필성이 다케야마를 보았다.

　"장관님, 그 요원들을 어떻게 해달라는 말씀입니까?"

　안학태의 보고를 받은 이광이 얼굴을 펴고 웃었다. '리스타랜드'의 시장실이다. 한낮, 창밖으로 리스타랜드 중심부와 바다까지 한눈에 내려다보인다.

　"페트리샤 리하고 일본 정보부원 둘까지 셋을 우리가 데리고 있는 셈이군."

"예, CIA와 일본 총리실이 모두 우리한테 부탁하는 상황이 되었습니다."

방금 안학태는 해밀턴한테서 이야기를 들은 것이다. 안학태가 말을 이었다.

"해밀턴은 CIA와 일본 측의 요청대로 그 정보원들을 권철의 관리하에 쿠웨이트에 남겨 두겠다고 합니다."

일본 측도 두 정보원을 쿠웨이트에 남겨 두기로 한 것이다. 다케야마가 김필성에게 두 요원을 권철이 보호해주도록 부탁했기 때문이다. 고개를 든 이광이 안학태에게 말했다.

"핫산 왕자께 그 이야기도 해드리도록."

"알겠습니다."

안학태가 정색했다. 이광의 의도를 안 것이다. 지금 '리스타랜드'에 망명정부를 수립해 놓은 것처럼 와 있는 쿠웨이트 왕세자에게 모든 것을 보고하라는 말이었다. 기가 죽어 있는 핫산 왕세자는 쿠웨이트에 있는 '리스타 파견대'를 통해 정보뿐만 아니라 '공작'도 지휘하고 있다. 물론 아직 쿠웨이트에 남아있는 친지나 관리의 수색, 구조, 재산 관리 등이었지만 핫산에게는 유일한 활력소가 되어 있다.

"좋아, 당신은 남아."

권철이 페트리샤에게 말했다. 이곳은 오후 3시 반이다. 알리바바 호텔의 사무실 안, 권철이 눈썹을 찌푸리면서 페트리샤를 보았다.

"어젯밤에 나갔다 왔다면서?"

"가게에 가서 살 게 있는가 보려고……."

"앞으로는 보고하고 나가도록. 그리고 혼자는 못 나간다."

"이봐요."

페트리샤가 눈을 치켜떴다. 이틀 전에 잡혀 왔을 때하고는 달라졌다. 얼굴도 말끔하게 씻었고 머리는 뒤로 묶어 올려서 목이 드러났다. 남자용 긴팔 셔츠를 소매까지 걷어 입었고 바지 차림, 운동화를 신었다.

"난 당신 지시를 받지 않는데, 듣지 못했습니까?"

"내 지시를 받도록 되어 있어. 그러지 않겠다면 당장 여기서 나가."

권철이 손으로 문을 가리켰다.

"나하고 내기하자. 2시간 안에 이라크 보안군한테 체포당한다는 데 50불."

페트리샤가 벌렸던 입을 닫았을 때 권철이 말을 이었다.

"옆방에 이라크 보안군 대위가 와 있어. 연락관이지. 하루에 두 번씩 나한테 찾아와서 정보를 주고받는다고."

페트리샤가 눈만 깜박였고 권철이 말을 이었다.

"기분 나쁘면 저 친구한테 넘겨버릴 수도 있어. 벌벌 떨면서 빌딩에 숨어있던 때를 잊지 말라고."

권철이 나가라는 손짓을 하면서 말을 맺었다.

"내 말 명심해. 이 건물 밖으로 한 발짝만 나갈 때도 나한테 보고를 하도록."

페트리샤를 데리고 나간 강재호가 이번에는 기다노와 미에 둘과 함께 들어섰다. 둘은 예의 바르게 권철을 향해 절을 하더니 앞쪽 자리에 앉는다. 에어컨이 돌아가고 있었지만 권철이 수건으로 이마의 땀을 닦으면서 말했다.

"당신들은 내 하숙생이 되었어. 무슨 말인지 아나?"

그러자 기다노가 바로 대답했다.

"예, 압니다, 대령님."

"좋아."

어깨를 편 권철이 지그시 기다노를 보았다.

"당신하고는 말이 통하는군. 조금 전에 나간 CIA 요원은 큰소리치다가 내가 이라크 보안군에게 넘긴다는 말까지 했다니까."

기다노가 커다랗게 고개를 끄덕였다.

"그렇습니까?"

"당신들이 숨어있던 알샤드 빌딩 앞쪽 빌딩으로 도망쳐 있었던 거야. 그 여자 찾다가 당신들이 걸렸지만."

옆에 서 있던 강재호가 조금 불안한 표정이 되었다. 권철이 말을 길게 하기 때문일 것이다. 권철은 페트리샤와 기다노, 미에를 데리고 있으라는 해밀턴의 지시를 받고는 한참이나 투덜거렸다. 이곳이 도망치지 못한 정보원들의 하숙집이냐는 것이다. 강재호는 권철이 이라크 점령군과 소통하는 유일한 '기관'이 되기를 바랐다는 것을 알고 있었다. 그것이 리스타의 가치를 더욱 빛나게 할 것이기 때문이다. 그때 권철이 말을 이었다.

"당신들, 여기서 정보를 모아서 본국에 보낼 예정인 것 같은데 정보는 어떻게 모을 것이고 어떤 방법으로 보낼 건가?"

"그것은……."

어깨를 부풀렸다가 내린 기다노가 권철을 보았다.

"숙소는 이곳으로 하겠습니다. 그리고 외출 시에는 꼭 보고를 하지요."

"옳지."

"쿠웨이트에 정보원이 아직 있습니다. 송신기도 남아있을 것입니다."

"그렇지."

"저희들이 나가서 정보를 수집한 후에 송신을 하고 돌아오겠습니다."

"하숙집으로 말이지?"

"대령님께 꼭 상황 보고를 하겠습니다."

"당신도 군 출신인가?"

"아닙니다. 경찰 출신입니다."

"어쩐지."

고개를 끄덕인 권철이 미에를 보았다.

"당신은?"

"저는 정보교육만 받고 파견되었습니다."

미에가 고분고분 대답했다. 시선을 내리고 있어서 긴 속눈썹이 비오는 날의 반쯤 내려진 창문 같다. 권철이 다시 고개를 끄덕이며 말했다.

"좋아, 당신들한테는 재량권을 주지. 하지만 나갈 때 꼭 신고를 하도록."

"저기."

기다노가 권철을 보았다. 얼굴에 웃음기가 떠올라 있다.

"저희들한테 리스타 패스를 주시겠지요?"

"우리들이 갖고 있는 패스 말인가?"

"예, 시내 다니려면 아무래도 그것이……."

"주지."

권철이 심호흡을 했다.

"오늘 중으로 만들어 줄 테니까."

"감사합니다."

반색을 한 기다노와 미에가 인사를 하고 방을 나갔다. 방에 강재호와 둘이 남았을 때 권철이 시선을 들었다. 강재호를 처음 보는 것 같은 표정이다.

"대위."

"예, 대장님."

"내일 아지르 대위한테 이야기해."

"뭘 말입니까?"

"저놈, 기다노가 시내 나갔을 때 체포하라고, 미에는 놓치는 것으로 하고."

"아, 네."

강재호의 두 눈이 반짝였다. 그럼 그렇지, 하는 표정이다.

트리폴리의 '팰리스 호텔'은 바닷가에 세워져서 전 객실에서 지중해가 보인다. 1001호실의 응접실 안, 강정규가 바다를 보면서 말했다.

"볼룸이 정치인들한테 로비를 했겠지. 아마 대통령까지 연락했을지도 몰라."

"그럴까요?"

긴가민가하는 표정으로 윤석이 되물었다. 오후 3시 반, 강정규는 방금 해밀턴의 연락을 받은 것이다. 미국에서 잡아놓고 있던 볼룸의 아들 찰스를 풀어주었다는 것이다. 강정규가 말을 이었다.

"리스타 여행사는 조만간에 보험금을 받게 될 테니까 큰 손해는 아냐."

"군산연이 이것으로 두 손을 들고 쿠웨이트에서 물러난 것일까요?"

윤석이 묻자 강정규가 쓴웃음을 지었다.

"그럴 리가 있겠어? 이번 경험을 바탕으로 더 치열해질 거다."

"자식을 돌려받은 볼룸이 이제는 마음 놓고 덤비지 않겠습니까?"

"피셔가 행방을 감췄는데 정신병원에 있다느니 하는 소문은 연막을 뿌린 것 같다."

"해밀턴 시장도 아직 찾아내지 못하고 있습니다."

"체첸 놈들을 박살냈지만 용병 회사는 많아."

강정규가 정색하고 윤석을 보았다.

"내 생각이지만 군산연 수뇌부들을 아예 없애버리는 게 나은데."

윤석이 커다랗게 머리를 끄덕였다.

"군산연이 없어지지는 않겠지만 회장단이 제거되면 당분간 움직이지는 못하겠지요."

그때 강정규가 두 손을 치켜들고 기지개를 켰다.

"온 지 이틀밖에 안 되는데 엉덩이에 두드러기가 생긴 것 같다. 빨리 이곳을 떠나야 할 텐데."

아직 다음 목적지를 지시받지 못한 것이다. 강정규 일행 모두가 인터폴의 수배자 명단에 올라있기 때문이다.

"이광은 지금 리스타랜드라고 불리는 섬에 있어요."

카를로스가 말을 잇는다.

"인도네시아령 섬인데 영구 임대를 해서 이제는 인도네시아 정부도 마음대로 출입할 수 없게 되었지요. 영국이 '홍콩'을 떼어 받았던 것과 비슷한 경우지요."

카를로스의 앞에 앉아있는 두 사내는 볼룸과 피셔다. 이곳은 미국 시애틀의 벨스트리트 역 건너편에 세워진 '마라톤 빌딩' 안, 22층의 사무실에 셋이 앉아 있다.

밤 10시 반, 창밖으로 바다가 보인다. 엘리어트만이다. 수십 척의 배가 불을 밝히고 떠 있는 바람에 바다는 반짝이는 불빛으로 덮여 있다. 그때 피셔가 입을 열었다.

"내가 정신병원에 들어가 있다는 소문을 냈더니 회사 주가가 1퍼센트가 떨어졌어요."

피셔가 정색하고 있어서 둘은 시선만 주었다.

"하긴 딸 하나만 남겨놓고 가족이 몰사했으니 그럴 만하지."

"피셔."

볼룸이 길게 숨을 뱉고 나서 말했다.

"미안해, 내가 제대로 위로의 말도 못 해준 것 같다."

"아니, 됐습니다, 회장님."

피셔가 외면한 채 말을 이었다.

"난 가족이 당할 때 파리에서 애인하고 침대에 있었거든요."

"피셔."

"그건 그렇고."

피셔가 카를로스를 보았다.

"카를로스, 우리가 윈체스터 상사의 로이드한테 퇴짜 맞고 체첸 특공대를 썼다가 이번에는 체첸 특공대 부대장에다 사령관까지 몰살시켜 버렸어. 알고 있지요?"

"압니다, 피셔 회장."

카를로스의 얼굴에 웃음이 떠올랐다. 후안 카를로스는 45세, 콜롬비아의 반군(反軍) 부사령관이었다가 반군이 항복하자 게릴라에서 테러단이 된 전설적인 인물이다. 대학에서 경제학을 전공한 엘리트로 영어,

73

불어, 서반아어, 일본어까지 능통한 데다 주로 남미 지역에서 납치, 테러를 전문으로 하는 용역업체를 경영하고 있다.

"자, 구체적인 합의를 하시지요."

카를로스가 말하자 피셔는 헛기침부터 했다.

"곧 리스타랜드를 떠난 화물선 '마리아'호가 싱가폴을 거쳐 스리랑카를 지날 거요. 그 배를 격침시켜 주시오."

"좋습니다. 그것뿐입니까?"

"이번 작전을 지휘했던 놈들이 지금 리비아에 있어요."

"거긴 힘든데."

"곧 나갈 거요. 우리가 공작을 하고 있으니까."

"아, 그렇다면야."

그때 볼룸이 입을 열었다.

"그놈들이 인터폴 수배자이기 때문에 명단이 다 나와 있어요. '리스타 용병'으로 '리스타 리비아 법인' 소속의 근로자로 등록되어 있지. 모두 46명이야."

"많군요."

"이번 작전에 참가한 놈들이지. 법인 소속의 용병대는 2천 명도 넘어."

"그렇게 많습니까?"

"월남전에 참전한 한국군을 중심으로 외국 용병들을 포함시켰지. 이놈들이 아프리카, 중동 지역에서 용병 사업을 한다고."

"나도 이야기는 들었습니다."

"어쨌든 강정규라는 놈은 리비아에서 곧 나와야 할 거요, 부하 20명쯤과 함께."

"그놈을 없앱니까?"

"1차로 그놈과 그놈 부하들."

"2차가 있습니까?"

"순서대로 하면 돼요."

"이것 보십시오, 볼룸 씨."

카를로스가 웃음 띤 얼굴로 볼룸을, 이어서 피셔까지 보았다.

"내가 당신들 회사 직원이라고 생각하시는 건 아니지요?"

"선금으로 얼마를 드릴까?"

불쑥 피셔가 말을 자르듯이 묻자 카를로스가 한숨부터 쉬었다.

"선금 3천만 불."

"주지."

볼룸이 바로 대답했다.

"그 선금이 마리아호 폭파와 강정규와 그 부하들이 리비아를 나왔을 때 몰살하는 보수요."

"그 다음 용역은 따로 계산하기로 하십시다."

카를로스가 말을 받는다. 제시 가격을 바로 받아들인 볼룸에게 만족한 것 같다.

뉴욕에 갔던 해밀턴이 다시 '랜드'로 돌아왔을 때는 저녁 무렵이다. 이제 '랜드' 공항은 하루 이착륙 항공기 편수가 2백여 회가 되었기 때문에 분주하다. 해밀턴은 곧장 이광이 기다리는 청사로 향했다. 해밀턴이 청사 시장실에 들어섰을 때는 오후 8시 반이다.

"바로 보고 드릴 일이 있어서요."

인사를 마친 해밀턴이 자리에 앉으면서 말했다. 방 안에는 이광과 안학태, 조백진과 해밀턴까지 넷이 둘러앉았다. 오금봉은 일 때문에 서울로 떠났다. 해밀턴이 이광을 보았다.

"군산연은 이번에 레이건 대통령을 움직였습니다. 피셔의 가족이 살해당한 사건에 대해 대통령은 이것은 '도가 넘었다'고 화를 냈다는 것입니다."

이광은 고개만 끄덕였고 해밀턴이 말을 이었다.

"군산연은 레이건 대통령의 가장 큰 후원 그룹입니다. 대통령 당선의 공신이기도 하지요. 대통령이 이번에 리스타에 대해서 제재를 할 겁니다."

그때 안학태가 물었다.

"그 방법과 시기를 알아보셨지요?"

"밖은 이라크와 다국적군의 전쟁이 되겠지만 안은 군산연과 리스타 간 전쟁이 됩니다."

모두의 시선을 받은 해밀턴이 얼굴을 일그러뜨렸다.

"대통령은 리비아 정부에 범죄자 인도 요청을 할 겁니다. 아마 내일쯤 요청서가 도착할 것인데 지중해 함대를 파견할 예정입니다."

이광의 얼굴이 굳어졌다. 레이건 대통령이 이렇게 강경하게 나오리라고는 예상하지 않았기 때문이다. 리스타라는 기업을 상대로 미국 대통령이 선전포고를 한 것이나 같다. 그때 안학태가 다시 물었다.

"만일 리비아 정부가 거부한다면 어떻게 할 것 같습니까?"

"여러 가지 방법이 있지만 우리한테는 치명적이지요."

해밀턴이 수첩을 꺼내더니 읽었다. 오는 도중에 메모를 한 것 같다.

"지중해 함대가 리비아를 테러범 은닉 국가로 간주하고 해상수송로를 즉각 차단할 가능성이 큽니다. 그러면 리비아는 한 달도 안 되어서 경제 상황이 악화되지요."

76

"……."

"두 번째는 미군 함재기의 공습입니다. 강정규가 투숙하고 있는 호텔도 알고 있는 터라 폭격을 할 겁니다. 그러면 강정규 등 요원들이 당하는 건 둘째 치고 리비아는 국가 위상에 엄청난 타격을 입지요."

"……."

"세 번째는 지중해 함대가 리비아 항구에 접근해서 상륙정이나 수송선으로 해병대가 상륙하는 것이지요. 미국 시민을 무자비하게 살해한 테러범들이 리비아에 숨어 있기 때문에 군을 동원해서 체포한다는 명분을 내걸면 모두 이해할 테니까요."

"그다음은?"

이광이 물었기 때문에 해밀턴이 한숨을 쉬고 나서 대답했다.

"아직까지는 그 세 가지 방법이 유력합니다. 군산연이 대통령까지 직접 움직이도록 만들 줄은 저도 예상 밖입니다."

그때 조백진이 입을 열었다.

"일단 강정규와 부하들을 사막으로 옮기지요. 사막이 오히려 찾기 힘든 데다 피해를 줄일 수 있습니다."

안학태와 해밀턴이 가만있는 것은 같은 생각이라는 표시일 것이다. 그때 이광이 해밀턴에게 물었다.

"볼룸의 아들을 풀어주자마자 마음 놓고 우리한테 달려드는 셈인가?"

"볼룸도 부담이 없어졌겠지요."

해밀턴이 말을 이었다.

"정신병원에 있다는 소문을 내놓고 피셔가 모든 것을 걸고 로비를 한 겁니다. 피셔쯤 되면 대통령 약점도 쥐고 있을 겁니다."

"뱀은 머리를 떼기 전에는 죽은 게 아냐."

혼잣소리처럼 말한 이광이 안학태와 조백진을 둘러보았다.

"그렇다고 해서 강정규와 그 부하들을 내줄 수는 없어. 그건 내 책임이야."

"내버려둬."

후버가 윌슨에게 말했다. 뉴욕 맨해튼의 안가(安家), 오전 10시 반, 후버와 윌슨이 나란히 베란다에 앉아 공원을 내려다보고 있다. 11월의 서늘한 날씨여서 후버는 스웨터를 걸쳤고 무릎 위에는 낡은 담요를 덮었다.

"이광이가 한 번 당할 때가 됐어. 아무튼 미국인의 죄 없는 가족을 몰살시킨 책임을 져야지."

"해밀턴이 부랴부랴 '랜드'로 돌아갔습니다. 지금쯤 그 이야기를 하고 있을 겁니다."

윌슨이 말을 이었다.

"대통령의 동향까지 파악하고 갔을 테니까요."

"그놈은 백악관에도 정보원이 있지."

"저한테서는 나가지 않았습니다, 부장님."

"안다."

"이번 리스타와 군산연의 싸움에서 다음 순서는 뭐가 될까요?"

"군산연은 랜드 폭격을 유도할 가능성이 있어."

"랜드 폭격 말입니까?"

놀란 윌슨이 후버를 보았다. 입은 반쯤 벌어져 있다.

"부장님, 그것은 너무 오버하는 것 아닙니까? 미국군이 어떻게……."

"미국군이 아냐, 이 멍청아."

눈을 흘긴 후버가 스웨터의 깃을 여미고 나서 말했다.

"화물선에 지대지 미사일을 갖춘 특공대를 싣고 가서 '랜드'의 중심부에 미사일을 쏟아붓는 거야. 용병 1개 대대에 볼룸과 피셔 회사의 최신형 미사일 1백 기만 보유하고 가도 랜드는 잿더미가 될 거다."

"과연."

윌슨이 굳어진 얼굴로 후버를 보았다.

"아직 랜드는 미사일 방어막이 갖춰지지 않았습니다, 부장님."

"리스타가 저돌적으로 덤벼들었지만 군산연의 저력에 비교하면 아직 경륜이 짧아."

후버가 앞쪽을 응시한 채 말을 이었다.

"이번에 군산연이 전력투구할 거다. 이미 피셔 같은 놈은 자폭이라도 할 작정인 것 같다."

"무슨 정보를 받으셨습니까?"

윌슨이 묻자 후버가 쓴웃음을 지었다.

"윌슨, 잘 알면서 묻느냐? 이건 너한테도 말해줄 수 없어."

"이미 랜드 공격에 대한 언질은 주셨지 않습니까?"

"그럴 가능성이 있다는 거지."

"지금까지 부장님은 애매한 가능성은 입에 올리지 않으셨습니다."

그때 후버가 자리에서 일어섰다.

"춥다, 들어가자."

그러더니 혼잣말을 했다.

"랜드는 항상 따뜻한 날씨라면서?"

"한 달쯤 지나면 일 끝나는 거지?"

강은서가 고개를 돌려 이광을 보았다. 공항의 전용기 앞. 트랩을 오르려다 강은서가 물은 것이다. 인사를 마친 한과 상철은 트랩을 뛰어올라 비행기 안으로 들어가 버렸다.

"그럼. 그 안에 내가 연락하면 바로 돌아와."

이광이 강은서의 어깨를 쥐었다가 밀었다. 강은서 옆에 서 있던 심순자가 이광에게 고개를 숙여 인사를 했다. 심순자도 함께 떠나는 것이다. 강은서의 보좌관이 된 심순자는 랜드에서 가장 바쁜 여자 중의 하나다. 이광이 트랩을 올라가는 강은서를 향해 손을 들어 보였다. 오전 10시 반, 전용기는 곧장 서울로 날아갈 것이다.

공항에서 시내로 돌아오는 차 안에서 안학태가 말했다.

"강정규가 오늘 밤에 벵가지에 도착합니다."

이광이 창밖만 보았고 안학태의 말이 이어졌다.

"벵가지에서 배로 알렉산드리아로 갈 예정입니다."

강정규가 리비아를 떠나는 것이다. 대원들과 함께 이집트를 거쳐 '랜드'로 귀국할 예정이다. 이광이 물었다.

"장비는?"

"요르단에서 타미란이 보낸 화물이 오늘 밤에 도착합니다. 수송기 2대분입니다."

안학태가 번들거리는 눈으로 이광을 보았다.

"조 사장이 보낸 용병대가 4개 대대, 2천 명 가깝게 되었습니다."

전쟁 준비를 하는 것이다. 그동안 '리스타랜드' 경비대는 계속해서 강화되고 있었지만 이번 '군산연'과의 전쟁으로 '랜드' 방어의 필요성을 느낀 이광이 적극적으로 보강을 시켰기 때문이다.

　기존의 경비대와 합치면 3천 명이 넘는 부대가 된다. 조백진은 리비아에서 부대를 훈련, 관리하던 장교단까지 모두 '랜드'로 보냈기 때문에 부대는 순식간에 정비되었다.

　권철이 쿠웨이트에 파견된 상황이어서 랜드의 '방어군'은 6개 대대로 편성되었고 사령관은 한국군 사단장 출신의 김진철 소장, 6개 대대는 대령급 대대장이 지휘한다.

　오늘 수송기에서 하역되는 무기는 모두 미사일과 최신형 무기다. 군산연에서 제작한 무기가 대부분인데 타미란이 NATO에 공급될 무기까지 손을 써서 빼돌린 것이다. 그때 이광이 안학태에게 물었다.

　"오 사장은 떠났나?"

　"예. 곧 베이징에 도착할 것입니다."

　안학태가 바로 대답했다.

　"이 회장이 타깃이란 말인가?"

　대통령 한태중이 묻자 비서실장 유성호가 대답했다.

　"예. 국정원장 보고서에 쓰여 있습니다, 군산연과 리스타와의 전쟁이라고요."

　"내가 안 봤어."

　대통령의 얼굴에 쓴웃음이 번졌다.

　"바빠서 말이야. 그리고 리스타는 우리 회사 같은 생각이 안 들어서 그랬어."

　"예. 하긴 그렇습니다."

　대통령 한태중은 석 달 전 대선에서 당선된 '서민 대통령'이다. 지금까지 대그룹 회장단과 세 번 모임을 가졌지만 '리스타그룹'은 초청받지 못했다. '리스타그룹'이 세계적인 기업이긴 해도 '국내 매출' 기준으로 보면 50위권인 것이다. 한태중이 정색하고 유성호를 보았다.

"그럼 어떻게 하겠다는 거야? 리스타랜드를 군산연 놈들이 쓸어버린다는 건가?"

"군산연에서 용병을 사서 공격하겠지요. 해외 언론들이 그렇게 떠들고 있습니다, 각하."

"요즘이 어떤 세상이라고 그러나?"

"미국 대통령이 제 국민들이 피살된 것에 대해 화를 냈고, 리스타랜드가 테러단 소굴로 낙인찍혔기 때문입니다."

"아니. 강머시기란 친구는 지금 리비아에 숨어 있다고 하잖아?"

"그 친구도 잡을 겁니다. 인터폴에서 그 친구하고 48명인가를 수배했으니까요."

"모두 한국 국민이지?"

"48명 중에 39명이 한국인입니다."

"내가 레이건한테 전화를 해볼까?"

"네?"

놀란 유성호가 한태중을 보았다. 한태중은 73세. 서민적인 성품이다. 오랜 야당 생활을 했기 때문에 인내와 배려심을 갖췄다. 그와 비례해서 끈기와 용기를 품고 있었기 때문에 대통령이 된 것이다. 유성호의 시선을 받은 한태중이 쓴웃음을 지었다.

"왜 놀라는 거야?"

"각하, 혹시 실수라도 하시면……."

"이 사람아, 내가 무슨 실수를 한다고 그래? 통역이 다 알아서 빼고 덧붙이고 하잖아?"

"각하, 그래도 지난번에는 갑자기 한국 방문을 요청하시는 바람에……."

"그게 어쨌다고."

"예. 그것이……."

지난번 레이건과의 전화 통화 때 한태중이 갑자기 한국 방문을 요청했던 것이다. 놀란 레이건도 나중에 상의해 보자면서 넘겼는데 의전상 결례라는 것이다.

"나, 참."

입맛을 다신 한태중이 정색하고 유성호를 보았다. 손에 보고서를 들고 있었는데 외무부에서 작성한 '리스타와 미국의 관계'라는 보고서다.

"이 문제도 국정원장하고 상의해야겠어. 외무부 장관하고 같이 불러."

한태중이 엄격하게 말했다.

"리스타는 한국 기업이야. 그냥 놔둘 수는 없어."

베이징에 도착한 오금봉이 베이징호텔에서 기다린 지 5시간 만에 당 주석 비서실에서 연락이 왔다. 오늘 저녁 7시에 이화원 근처의 안가(安家)로 오라는 전갈이다. 비서실장 왕용이다.

장쩌민은 1989년 6월 24일 제7대 중국 공산당 당 주석에 취임했고 총리는 리펑이다. 1989년 천안문사태로 1987년 1월에 취임했던 조자양이 실각하고 장쩌민 시대가 열린 것이다.

당 주석 장쩌민의 비서실장이면 권력 서열 20위권은 된다. 비서실장 왕용은 오금봉도 안면이 있었기 때문에 시간에 맞춰 안가로 나갔다.

오늘 만남은 오금봉이 이광의 부탁을 장쩌민 주석에게 전하려는 것이다. 오금봉이 안가 응접실에서 기다린 지 한 시간쯤이 지났을 때 왕용이 들어섰다. 오후 8시다. 약속 시간에서 한 시간이 지났다.

"기다리게 해서 미안합니다."

왕용이 두 손을 내밀고 다가오며 말했지만 미안한 기색은 아니다.

"아닙니다, 실장님."

오금봉이 허리를 굽히고는 왕용의 손을 쥐었다.

"바쁘신데 뵙자고 해서 죄송합니다."

"이 회장께선 안녕하시지요?"

인사를 마친 왕용이 웃음 띤 얼굴로 이광의 안부를 묻는다. 왕용은 55세, 장쩌민의 심복이다.

"예. 염려해주신 덕분에……."

오금봉이 유창한 중국어로 말을 이었다.

"회장님께선 등 위원장님과 장 주석님의 안부를 물으셨습니다."

"감사하다는 말씀을 전해주시지요."

안가 근무자가 소리 없이 다가오더니 둘 앞에 찻잔을 내려놓고 돌아갔다.

찻잔을 든 왕용이 지긋이 오금봉을 보았다. 같은 연배지만 왕용은 살이 찌고 얼굴이 붉어서 더 연상 같다. 의자에 등을 깊숙하게 붙이고 앉은 자세에서 권위가 펄펄 풍겨나는 것 같다. 그러나 1년 전만 해도 오금봉이 장쩌민과 마주 앉았을 때 왕용은 뒤쪽에 서 있었다. 그때 오금봉은 장쩌민에게 비자금을 건네주고 있었다. 그전에도 여러 번 그랬다. 왕용의 시선을 받은 오금봉이 입을 열었다.

"이번에 저희 회사와 군산연 간에 문제가 생겼습니다."

"아!"

짧게 탄성만 뱉은 왕용이 눈을 가늘게 떴다. 입도 굳게 닫혀 있다.

"그래서 회장님께서 저한테 중국 정부의 도움을 부탁하셨습니다. 중국과는 서로 협력하는 사이이니 어떤 방법으로라도 도움을 주신다면 기쁘겠다고 말씀하셨습니다."

"아!"

다시 탄성을 뱉은 왕용이 오금봉에게 물었다.

"군산연과의 문제는 세계가 떠들썩한 터라 잘 알고 있습니다. 그런데 어떤 식의 도움을 말씀하시는 겁니까?"

"이번에 중국 정부가 군산연으로부터 350억 불 상당의 무기를 구입하는 것으로 알고 있습니다."

"예, 그렇지요."

왕용이 고개를 끄덕였다. 미국 정부의 신용 보증으로 중국 정부가 신무기를 대량 외상 구입하는 것이다.

미소 냉전이 최고조에 오른 상황이라 미국은 소련에 대한 견제 세력으로 중국을 적극적으로 지원하는 중이다. 거대한 중국군을 현대화시켜 막강한 소련군에 대항시키려는 의도다.

오금봉이 말을 이었다.

"중국 정부가 군산연의 무기 공급을 일단 보류시키거나 트집을 잡아 무기를 실은 선박을 하역 금지시키면 대금 지급이 지연될 것입니다. 그럼 군산연은 타격을 받게 됩니다."

"……."

"물론 그 배후를 의심하게 되겠지만 군산연이나 미국 정부가 대놓고 항의할 수는 없을 것입니다."

"……."

"그렇게 되면 군산연의 리스타에 대한 공격에 힘이 빠질 것이고 미국 정부도 해결책을 찾으려고 할 것입니다. 일단 시간을 버는 것이지요."

"무슨 말씀인지 알겠습니다."

"이런 말씀 들으시는 게 불편하시겠지만 군산연은 무기만 팔아먹는 거대한 악덕 집단입니다. 그자들은 지금 미국 대통령도 배후에서 조종하고 있습니다."

"주석님께 전하지요."

"신세 잊지 않겠다고 전해주십시오."

오금봉이 자리에서 일어나 허리를 기역 자로 꺾어서 절을 했다. 전에는 왕용이 오금봉한테 절을 했고 오금봉은 눈인사로 받았을 뿐이다.

왕용이 앉은 채로 엉거주춤 허리를 굽혀 인사를 받는다.

미국 하원의 공화당 원내 총무 데이비드 한센은 65세, 아버지 마이클 한센의 뒤를 이어 연방의원이 되었는데 12선이다.

데이비드가 백악관에 들어섰을 때는 오후 3시 반. 대통령 집무실인 오발 오피스(Oval Office)에서 레이건을 만난 시각은 오후 3시 40분이다. 전혀 기다리지 않고 바로 집무실로 안내된 것이다.

"오! 데이비드, 잘 왔어."

레이건이 자리에서 일어나 손을 내밀고 다가왔다. 뒤에 선 안보보좌관 맥클턴의 얼굴에도 웃음이 떠올라 있다.

"오랜만입니다, 각하."

데이비드가 레이건의 손을 쥐고 흔들었다. 데이비드는 캘리포니아 출신이어서 레이건이 캘리포니아 주지사였을 때부터 친한 사이다. 비서실장 코넬까지 따라 들어왔기 때문에 소파에 넷이 둘러앉았다.

레이건이 웃음 띤 얼굴로 데이비드를 보았다.

"데이비드. 예산 문제 때문이라는데, 도대체 무슨 일이야?"

"그런데요."

데이비드도 웃음 띤 얼굴로 레이건을 보았다.

"예산 때문이라고 했으면 경제보좌관 도날드슨을 참석시키든가 의회 연락관 버나드를 부르시지 왜 맥클턴이 붙어 있습니까?"

"갓뎀."

투덜거린 레이건이 입맛을 다시더니 맥클턴과 코넬을 흘겨보았다.

"내가 그러려고 했더니 이 두 놈이 자네가 리스타 문제를 이야기할 것 같다는구먼. 그러고는 내 옆을 떠나지 않는 걸 어떻게 하나."

"내가 각하 수단을 모르는 줄 압니까?"

"알긴 뭘 알아?"

"둘을 불렀겠지요. 데이비드란 놈이 리스타 문제로 로비할 것 같으니까 너희들이 막아. 그렇게 말씀했을 겁니다."

"내가 자넬 부통령 안 시킨 것이 천만다행이다. 부통령 됐다면 날 암살하고도 남았어."

"잘하셨습니다."

"리스타는 안 돼."

"군산연에 각하처럼 놀아나는 대통령은 없습니다."

"뭐라고?"

레이건이 정색했다. 들고 있던 커피 잔을 내려놓은 레이건이 데이비드를 보았다.

"내가 놀아나? 나처럼 놀아나는 대통령이 없었다고?"

"너무 뻔히 드러나서 중학생도 다 알고 웃습니다."

"데이비드, 말 함부로 하지 마라."

"군산연이 각하 재선 자금으로 5억 불을 냈다는 소문이 퍼져 있습니다. 근데 그 소문의 진원지가 군산연이에요."

데이비드는 국회 정보위 위원장이다. CIA, FBI를 관리한다. 정보위는 예산 심의권을 갖고 있는 터라 권한이 막강하다. 인사권을 쥔 대통령보다 더 클 때도 있다.

그때 레이건이 심호흡을 두 번이나 하고 나서 옆에서 입을 달싹이는 맥클턴에게 손바닥을 펴 보였다. 닥치라는 표시다.

"그래도 리스타는 가만둘 수 없어. 데이비드, 그놈들은 미국 시민을 학살했어. 더구나 죄 없는 여자와 아이들까지."

화물선 마리아호가 싱가포르를 떠났을 때는 오후 3시 반이다. 5만 5천 톤 급 마리아호는 리스타랜드를 떠나 쿠웨이트로 가는 중에 싱가포르를 거친 것이다.

"선장, 정상 속도로."

이무석이 웃음 띤 얼굴로 선장 호레이스에게 말했다.

"우리는 없는 셈 치고 그냥 가기나 해요."

조타실 안. 마리아호는 선륜이 4년밖에 안 되는 최신형 컨테이너 화물선이다. 전자장비, 레이더 장치, 위성통신 채널까지 다 갖췄고 무인 항해 시스템도 작동된다. 그리스 선적으로 이번에 쿠웨이트로 화물을 싣고 가는 것이다. 60대의 호레이스가 차분한 표정으로 이무석을 보았다.

"대장, 나한테 윤곽만이라도 알려줄 수는 있지 않소?"

그리스인 호레이스는 선장 경력만 17년이다. 배를 탄 지는 45년. 그 동안 온갖 곡절을 다 겪어서 이번 소동에도 놀라지 않는다. 그것은 리스타랜드에서 이무석이 20개 팀 200여 명의 대원과 함께 승선했기 때문이다.

더구나 20개 팀은 각 팀마다 2대의 미사일을 소지하고 있다. 40대의 미사일이다. 이런 엄청난 미사일 부대는 처음 보았다. 각 미사일마다 10발씩의 미사일 탄두를 보유하고 있었기 때문에 400발의 미사일 탄두다.

선장이었기 때문에 호레이스는 승선자와 무기를 정확히 파악했다. 각 팀은 마리아호의 각 부분에 빈틈없이 배치되었는데 통신장비도 각 팀이 위성통신을 사용한다. 마리아호가 사용하는 위성통신 장비가 1개 팀에 배치된 것이다.

그때 이무석이 입을 열었다.

"선장, 이 배에는 쿠웨이트 시민을 먹일 식료품과 무기가 실려 있소"

"압니다."

호레이스 옆으로 1등 항해사가 다가와 섰다. 같이 듣겠다는 표시다. 그들 뒤에 선 참모 박경표 소령이 이무석의 눈치를 보았다. 괜찮다는 시늉으로 어깨를 치켜 보인 이무석이 말을 이었다.

"그것을 방해하는 세력이 있어요. 알고 있지요?"

"미국 아닙니까?"

"미국이 리스타 상품을 실은 배를 공격할 리가 없지. 우린 싱가포르도 거쳐 왔지 않소?"

"그럼 이라크와 원수지간인 이란입니까?"

"휴전했으니 대놓고 우리를 공격할 수는 없지."

"그렇다면……."

호레이스가 주름진 눈을 더 가늘게 뜨고 이무석을 보았다.

"리스타와 사이가 나쁜 군산연입니까?"

"그놈들이 고용한 테러단이오."

"그렇군."

고개를 끄덕인 호레이스가 다시 물었다.

"정보가 있습니까?"

"그래서 우리가 이렇게 배에 숨어 있는 것 아뇨?"

"미사일 부대를 보니까 든든하긴 합니다."

호레이스가 수염투성이 얼굴을 펴고 웃었다.

"그런데 그놈들이 우리를 어디서 공격할 것 같습니까?"

호레이스가 묻자 이무석이 힐끗 박경표와 시선을 맞추더니 되물었다.

"선장은 이 길을 수십 번 다녔으니 예상할 수 있을 거요. 우리를 공격하기에 좋은 위치는 어디요?"

"어떤 공격을 말씀하시는데요? 경우에 따라서 위치가 달라질 텐데."

호레이스의 대답에 이무석이 정색했다.

"침몰시키는 거요."

"그런가?"

눈썹을 모은 호레이스가 1등 항해사를 보더니 입을 열었다.

"비행기로 덤비지는 않겠지요?"

"당연하지."

"공격해서 물품을 빼앗으려면 아라비아 해가 적당해요. 지금 우리가 지나가는 벵골만 아래쪽, 스리랑카 근처는 선박 통행량이 많고 각국 경비정이 수시로 오가거든.”

“그렇지.”

“하지만 아라비아해로 들어가면 드문드문 미 함대가 지날 뿐 원유를 실은 배와 화물선만 떠 있다가 페르시아만 쪽으로 올라가면 더 뜸해지지.”

“옳지.”

그때 참모 박경표가 그들 앞에 지도를 펼쳤다. 사우디아라비아를 중심으로 홍해와 페르시아만이 갈라진 지도다. 고개를 끄덕인 호레이스가 웃었다.

“역시 참모시군.”

박경표를 칭찬한 호레이스가 아라비아해에 손가락을 짚더니 페르시아만 쪽으로 훑어 올라갔다. 그러자 만을 가로막는 산봉우리 같은 육지가 보였다. 페르시아만은 그 산봉우리 꼭지를 돌아서 안으로 들어간다.

“여기가 호르무즈 해협이오.”

호레이스가 좁아진 해협의 산봉우리 끝 쪽을 가리키며 말했다. 산봉우리는 오만(OMAN)령이고 아래쪽이 아랍 에미리트(UAE)이다. 좁은 바다 위쪽의 대륙에는 이란(IRAN)이라고 적혀 있다. 호레이스의 손이 이란령 대륙에서 조금 아래쪽의 섬을 짚었다. 길고 가는 섬이다.

“이놈의 섬에 해적들이 많지요. 배를 격침시키려면 이곳에 숨어서 격침시키고 이란 땅으로 도망치면 될 거요.”

섬 이름이 자지레(JAZIREH)다.

“과연 노련한 선장이군.”

조타실을 나온 이무석이 감탄했다.

“내가 말해주기 잘했다.”

“역시 우리 예상과 같습니다.”

박경표가 어깨를 부풀리며 말했다.

“자지레입니다.”

“이름도 개떡 같군. 자지레라니.”

투덜거린 이무석이 난간으로 다가가 섰다. 오후 7시 반, 마리아호는 어둠이 덮인 안다만해(海)를 향해 북상하고 있다. 그러고는 곧 서쪽으로 선수를 돌려 스리랑카 아래쪽을 지날 것이다.

“정보팀에서 아직 연락이 없지?”

이무석이 묻자 박경표가 한숨을 쉬었다.

“CIA의 정보원도 감시를 받고 있다고 합니다. 이번에는 정보 빼내기가 아주 힘이 든다는데요.”

이무석이 어둠에 덮인 바다를 응시한 채 대답하지 않았다. 현대는 정보전이다. 아무리 강력한 무기를 보유하고 있어도 정보가 없으면 몇백분의 일의 화력 앞에서도 무너진다. 그래서 신무기만큼이나 정보에도 자금을 투자하는 것이다.

“호르무즈야. 거기가 놈들의 마지막 요새라고.”

이무석이 혼잣소리처럼 말했다. 군산연의 이번 목표는 리스타랜드에서 쿠웨이트로 싣고 가는 무기라고 전 세계에 알려져 있다. 군산연이 선전한 것이 분명했다. 명분도 있다. 침략자에게 무기를 공급하는 리스타의 화물선을 격침시키는 것이다. 이제 마리아호에 군산연과 리스타의 운명이 걸려 있는 셈이다. 마리아호가 격침되면 리스타는 명예와 위신에 치명상을 입는 것이다.

오금봉은 벽시계를 보았다. 오후 3시 반이다. 어제 왕용을 만나고 돌아와 호텔에서 머물고 있었던 것이다. 왕용에게 대답을 기다린다는 말은 하지 않았다. 그렇지만 이런 일에는 뭔가 반응이 있어야 하는 것이 정상이다. 그리고 리스타와 중국 정부와의 관계는 보통 국가와 기업 간의 범주를 벗어났다. 리스타가 중국 기업 범주에 드는 정도도 아니다. 공생공사(共生共死)하는 사이라고 봐도 될 것이다. 응접실로 비서실장 조근배가 들어섰기 때문에 오금봉이 고개를 들었다. 다가선 조근배가 오금봉을 보았다.

"사장님, 왕용이 어제 오후에 장 주석에게 보고한 것은 확인되었습니다."

조근배는 안기부 출신으로 이번 군산연과 리스타 간 전쟁에서 '리스타 유통' 측 실무 책임자다. 전쟁 지휘는 리스타 연합의 해밀턴이 하고 있지만 '유통'의 지원이 절대적이다. '유통'은 세계 각 지역의 '조직'과 '정보'를 장악하고 있기 때문이다. '리스타 리비아 법인'의 용병단도 '유통' 관할이다. 조근배는 중국 정부 내부 정보망을 통해 장 주석에게 보고가 들어간 것을 확인한 것이다. 조근배가 말을 이었다.

"오늘 오후까지 연락이 없다면 없는 것으로 생각해야 될 것 같습니다."

"그럴까?"

고개를 든 오금봉과 조근배의 시선이 마주쳤다가 비껴갔다. 오금봉이 벽시계를 보고 나서 말했다.

"5시에 회장님께 전화 연결해."

쿠웨이트 시청 앞, 이곳은 오전 11시다.

"잠깐만."

뒤에서 부르는 소리에 기다노와 미에는 걸음을 멈췄다. 거리에는 제법 통행인이 많았는데 이라크군에게 점령당한 쿠웨이트가 차츰 안정되어 있다는 표시였다. 가게도 절반 이상이 문을 열었고 학교도 개학을 했다. 다만 입출국이 까다로워서 공항 이용자는 10분의 1로 줄었다. 몸을 돌린 둘 앞으로 양복 차림의 사내 셋이 다가와 섰다. 길가 커피숍에 있다가 나온 것 같다.

"신분증."

앞장선 사내가 손을 내밀며 말했다. 이라크군 보안대. 그 흔한 선글라스도 끼지 않아서 시민 같다. 둘의 패스포트를 받은 사내가 펼쳐보더니 기다노를 턱으로 가리켰다.

"데려가."

사내 둘이 기다노의 양쪽 팔을 잡았을 때 미에가 물었다.

"왜 그러시죠? 우린 '리스타 부대' 확인증도 있지 않습니까?"

패스포트에 확인증도 끼워놓은 것이다. 바로 이라크 주둔군 보안대가 발급한 확인증이다. 그때 앞쪽 사내가 말했다.

"그럼, 당신도 같이 가."

검은 눈동자가 마치 시체처럼 흐려져 있다.

1시간 후, 권철 앞에 선 미에가 당혹한 표정으로 말을 이었다.

"확인증을 무시하고 체포했어요. 보안대에 함께 끌려갔지만 기다노 씨는 조사할 것이 있다고 풀어주지 않았습니다."

"알았어. 내가 직접 알아보지."

이맛살을 찌푸린 권철이 투덜거렸다.

"보안대 그놈들이 위세를 부리는군. 뇌물이 부족한 건가?"

미에가 방을 나갔을 때 권철이 옆에 선 강재호에게 말했다.

"보안대에 연락해서 기다노 그놈을 감옥 깊숙하게 박아 놓으라고 해. 연락이 안 된다고 하고 말이야."

"아주 죽여 버리라고 할까요?"

"그럴 필요까지는 없고."

"알겠습니다."

몸을 돌리던 강재호가 권철을 보았다.

"시내에 있는 일본 연락소는 기다노가 자백하지 않고는 견딜 수 없을 겁니다."

오후 5시가 되었을 때 오금봉이 전화기를 귀에 붙이고 말했다.

"만 하루가 지났는데 아직 연락이 없습니다, 회장님."

지금 이광에게 연락을 하고 있는 것이다.

"다른 일로 바쁘신 것 같으니까 내일 아침에 돌아갈 예정입니다."

"아, 그래? 알았어."

이광이 부드럽게 말했다.

"오 사장이 장 주석께 말씀드렸으니까 이젠 내가 위원장님께 전화로 말씀드려야겠네."

"예, 회장님."

"그럼, 전화 끊네."

이광이 통화를 끝냈을 때 오금봉이 전화기를 내려놓으면서 조근배에게 말했다.

"회장님이 등 위원장께 직접 전화를 드린다는군."

오금봉의 얼굴에 웃음이 떠올라 있다.

"위원장님이 건강하셔서 다행이야."

등소평이 1904년생이었으니 1989년 현재 86세다.

그런데 그로부터 10분도 안 지났을 때 옆방의 비서가 서둘러 다가왔다.

"왕 비서입니다."

왕용이다. 오금봉과 조근배가 시선을 마주쳤다. 곧 오금봉이 비서가 건네주는 전화기를 들고 귀에 붙였다.

"아. 오금봉입니다."

"사장님, 왕용입니다."

왕용이 조금 서두는 분위기로 말했다.

"주석께 말씀드렸더니 곧 조치를 하겠다고 하셨습니다."

"아, 그렇습니까?"

오금봉의 얼굴에 웃음이 떠올랐다.

"회장님께 그렇게 보고 하겠습니다. 감사합니다."

"예, 회신이 늦어서 죄송합니다."

"아닙니다. 바쁘신데 저희들이 폐를 끼쳤습니다, 비서님."

"그런데 언제 출발하십니까?"

"내일 아침에 떠나겠습니다."

"그럼 제가 내일 아침에 호텔로 찾아뵙지요. 8시 반이면 되겠습니까?"

"아니, 그렇게까지는……."

"아닙니다. 그 시간에 가도 되겠지요?"

"예, 비서님."

전용기를 타고 왔으니까 언제든 된다. 왕용과 통화를 마친 오금봉이 옆에 선 조근배와 다시 시선을 주고받았다. 이심전심이다. 따로 이야기할 필요는 없는 것이다. 등소평 위원장의 이름이 나왔을 때부터 일이 급속도로 진전되었다는 것을 둘은 알고 있는 것이다.

"전화하시겠습니까?"

조근배가 낮게 묻자 오금봉이 심호흡부터 했다. 이광에게 다시 연락을 하겠느냐고 묻는 것이다.

"그래야겠군."

우연이라고 믿고 싶지만 중국 측에서 이곳 전화를 도청하고 있다는 심증이 굳어지고 있다. 그래서 오금봉은 역이용을 했던 것이다. 전화기를 건네주는 조근배의 얼굴에 희미하게 웃음기가 떠올라 있다.

후안 카를로스가 고개를 들고 마리오에게 물었다.

"마리오, 리스타 용병대가 지금까지 활동한 지역이 어디냐?"

"리비아에 훈련 기지를 두었고 리비아군 용병으로 챠드 내전에 개입했지요."

참모장 마리오가 바로 대답했다.

"용병대 대부분이 월남전에 참전했던 한국군 출신이어서 실전 경험은 많습니다."

"미군 앞잡이 노릇을 했군."

"예, 한국이 미국과 동맹국 사이거든요."

"개자식들."

카를로스가 검은 눈동자로 마리오를 보았다.

"노랭이 놈들은 비열하고 간사해. 내가 아는 중국 놈들이 있었는데 모두 마약으로 돈을 엄청 벌었다."

"······."

"돈이 된다면 제 부모도 팔아먹을 놈들이었지."

차가 덜컹거리며 흔들렸기 때문에 카를로스가 위쪽 손잡이를 쥐었다. 오후 6시 반, 도로에 어둠이 덮이면서 차량 대열은 진조등을 켰다. 뒤쪽을 돌아본 카를로스가 말을 이었다.

"이번 작전만 끝나면 당분간 베네수엘라에 가서 쉴 거다. 거기서 부대를 양성하고 상황을 지켜봐야지."

마리오는 대답하지 않았다. 지금 카를로스가 인솔한 특공대는 1개 대대 4백 20명, 14대의 트럭에 타고 반다르 압바스를 향해 서진(西進)하는 중이다. 파키스탄을 거쳐 이란 영내로 들어온 후에 도로로 이동하고 있는 것이다. 그때 앞쪽 자리에 타고 있던 무슈카트가 머리를 돌려 카를로스를 보았다.

"대장, 저놈들한테 오늘 밤에 수당을 줘야 될 것 같습니다."

"절반만 주지."

카를로스가 바로 대답했다.

"나머지는 작전 끝나고."

"전상자가 생길 경우에 문제가 됩니다."

무슈카트가 이맛살을 찌푸리며 말했다.

"죽으면 못 받는다고 생각하기 때문에······."

"대신 받을 사람을 정하라고 해."

카를로스가 짜증을 내었다.

"아직 실력도 모르는 놈들한테 선금을 다 지급하는 경우가 어디 있어? 돈만 받고 도망치는 놈들은 어떻게 할 건데?"

"그건 팀장이······."

"말도 안 되는 소리 마. 내가 이런 일을 어디 한두 번 하나?"

카를로스의 목소리가 높아지자 무슈카트가 고개를 끄덕였다.

"알겠습니다. 팀장들한테 이야기하지요."

무슈카트가 몸을 돌렸기 때문에 차 안은 어색한 정적에 덮였다. 차는 해안도로를 따라 달려가고 있었는데 반다르 압바스까지는 120킬로가 남았다. 2시간이면 도착할 것이다. 지금 카를로스는 자신의 부하 30여 명에다 파키스탄에서 모집한 시아파 용병 380여 명을 데리고 호르무즈 해협을 향해 가는 중이다. 무슈카트는 카를로스와 몇 번 거래를 했던 파키스탄 용병 중개자 겸 안내역이다.

파키스탄의 루시카에서 양탄자 도매상을 하는 쟈클라니가 물담배집으로 들어섰을 때는 오후 7시 반이다. 벤슨에게 다가온 쟈클라니가 서둘러 말했다.

"모두 400명 가깝게 됩니다. 무슈카트는 행선지를 말해주지 않았는데 이란 영내라는 건 확실합니다."

쟈클라니가 손으로 턱수염을 쓸면서 벤슨을 바라보았다.

"벤슨, 도대체 무슨 일일까요?"

"아니, 이 친구야, 그걸 나한테 물어보면 어떻게 하나?"

쓴웃음을 지은 벤슨이 물담배를 세게 빨아 흰 증기를 마셨다. 흰 수염이 덥수룩하게 난 데다 쑵을 입고 원통형 모자인 페즈를 쓴 벤슨은 영락없는 아랍인이다. 쟈클라니가 고개를 기웃거렸다.

"20일 일정으로 각각 1천 불씩 수당을 받는다니 어중이떠중이가 다 모였다고 합니다. 어젯밤에 출발했으니까 이제 만 하루가 되었군요."

"이란으로 간다고 하고 아프간으로 간 게 아닐까?"

벤슨이 묻자 쟈클라니가 고개를 저었다.

"그건 말도 안 되는 소리요, 벤슨. 이제 소련군이 철수하려는 마당에 뭐하러 간단 말이오? 누가 고용을 하고?"

"하긴 그렇지, 용병을 고용할 사람도 없고."

벤슨은 CIA 주재원이고 쟈클라니는 정보원이다. 파키스탄에만 15년 가깝게 주재하고 있는 벤슨은 아랍인 행세를 해도 의심받지 않는다. 물 담배를 입에서 뗀 벤슨이 자리에서 일어섰다.

그로부터 한 시간쯤이 지났을 때 이무석이 마리아호의 무전실에서 위성전화를 받았다. 마리아호는 스리랑카 아래쪽을 항진하는 중이다.

"대장, 나야."

전화를 걸어온 주인공은 해밀턴이다. 이번 작전의 총지휘자, '리스타 연합'의 사장 해밀턴이 직접 전화를 한 것이다. 긴장한 이무석이 대답했을 때 해밀턴이 말을 이었다.

"대장, 지금 호르무즈 해협 쪽 국도로 트럭 14대가 서진하고 있어."

해밀턴의 목소리는 차분했다. 와락 긴장한 이무석이 몸을 굽혔고 해밀턴의 목소리가 무전실을 울렸다.

"파키스탄 입국자를 체크한 결과 위조 여권을 사용한 후안 카를로스가 참모장 마리오하고 파키스탄에 입국한 것이 드러났어. 아마 부하들 30, 40명을 데리고 갔겠지."

"……."

"파키스탄 국경도시 루시카에서 용병 소개업자 무슈카트가 400명 가까운 용병을 모았어. 수당 1천 불씩 주기로 하고."

"……."

"트럭에 타고 있는 놈들이 그놈들이야."

"이란 국경을 통과했습니까?"

"반다르 압바스에 한 시간쯤 후면 도착할 예정이야."

"거기가 목적지입니까?"

"그럴 리가 없지."

"자지레섬이겠군요."

"가까우니까. 자지레섬에서 앞을 통과하는 배는 아무리 멀어야 4킬로야. 미사일 사정거리 안이지."

"놈들의 무기는요?"

그러자 해밀턴의 목소리가 굳어졌다.

"반다르 압바스에서 무기를 공급받을 것 같아. 군산연 놈들한테서 말이야."

숨을 죽인 이무석이 앞에 선 박경표를 보았다. 그때 해밀턴의 말이 이어졌다.

"군산연 소속의 배가 그곳을 수시로 드나들었거든. 아마 최신형 미사일을 공급받을 거네."

이무석이 길게 숨을 뱉고 나서 말했다.

"적을 알게 되었으니 다행입니다. 사장님, 수고하셨습니다."

"코리안 테러리스트가 리비아를 떠났습니다."

후버가 말하자 레이건이 이맛살을 찌푸렸다.

"떠나? 언제?"

"이삼 일 된 것 같습니다."

후버가 똑바로 레이건을 보았다.

"카다피가 서둘러 쫓아낸 것 같습니다, 각하."

"우리는 그것도 모르고 있었단 말인가?"

레이건의 목소리가 높아지자 오발 오피스(Oval Office)가 조용해졌다. 오전 10시 반, 후버가 급한 보고가 있다면서 대통령 집무실에 들어온 것이다. 비서실장, 안보보좌관과 함께 기다리고 있던 레이건이 다시 물었다.

"이봐요, 그놈들이 어디로 도망갔단 말이야? 위성으로 감시도 못해?"

"위성이 감시를 다 하지는 못합니다, 각하."

"그럼 우리가 뭐가 되는 거야?"

"찾겠습니다."

"리스타랜드로 도망친 건가?"

"거기까지는……."

"그럼 갈 데가 있어? 쿠웨이트?"

"글쎄요."

"글쎄요라니?"

레이건이 눈을 치켜떴다.

"이봐, 부장. 내 임기가 곧 끝난다고 함부로 할 거야?"

"오해하신 겁니다, 각하."

어깨를 늘어뜨린 후버가 레이건을 보았다.

"각하, 제 생각입니다만 한국인 테러단이 리비아를 빠져나와 이집트로 간 것 같습니다."

레이건이 숨만 쉬었고 후버의 말이 이어졌다.

"상황을 알고 있기 때문에 리비아 측에 부담을 주지 않으려고 했을 겁니다."

"그렇다면 그놈들의 본거지인 리스타랜드를 초토화시켜야 되지 않겠어?"

"각하, 리스타랜드 주민이 5만 가깝게 됩니다."

입맛을 다신 후버가 레이건을 흘겨보았다. 그러나 레이건은 1911년생이니 1989년 현재 79세다. 그리고 곧 재선 임기가 끝난다. 레이건은 후버보다도 10살 가깝게 연상인 것이다.

"각하, 그리고 각하께서 군산연의 배후세력이라는 비난을 받게 되실 겁니다."

"누가 날 비난해?"

레이건이 눈을 크게 떴지만 곧 어깨를 늘어뜨리면서 외면했다. 이때다 하고 민주당에서 들고 일어날 것이다. 지금 공화당 대선후보인 조지 허버트 부시에게 불리한 상황이 될지도 모른다. 대선이 1개월 남은 시기여서 이때는 아무 일도 일어나지 않는 것이 이롭다. 대선을 두 번 거친 레이건은 정치적인 상황 판단이 오히려 후버보다 낫다.

"꼭 이런 때 일이 일어났군."

투덜거린 레이건이 비서실장과 안보보좌관을 번갈아 보았다.

"그럼 대서양 함대를 리비아 연안에서 철수시키기로 하지."

"예, 각하."

둘이 동시에 대답했을 때 레이건이 고개를 돌려 후버를 보았다.

"내가 듣기로는 당신 후원자가 리스타라고 하던데."

"어이구, FBI 국장 놈 말을 들으셨군요."

쓴웃음을 지은 후버가 손으로 뒷머리를 쓸었다.

"FBI 국장 에치슨이야말로 군산연의 심부름꾼이죠. 에치슨이 지금까지 군산연으로부터 받은 돈이 2천5백만 불이나 됩니다. 총 45회에 걸쳐서 22개의 계좌를 통해 받았지요."

"이런 젠장."

레이건이 후버를 흘겨보았다.

"정보기관장들끼리 이게 무슨 꼴이야?"

"에치슨이 제 뒷조사를 했지만 증거는 하나도 발견하지 못했지요. 금품을 받은 증거 말씀입니다."

"정보는 수십 차례 건네주었지?"

"그건 모르겠습니다. '리스타 연합' 사장 놈이 제가 데리고 있던 해외작전국장 놈이어서요."

"해밀턴이지?"

"예, 그놈이 연줄을 통해 정보를 받았을지 모르지만 증거는 못 찾았을 겁니다. FBI가 증거가 있다면 체포했을 테니까요."

"그래서 에치슨을 고발할 건가?"

"그렇게 되면 각하의 이미지는 물론 이번 공화당 후보인 조지 부시도 대통령이 되기 힘들 겁니다."

그러고는 후버가 길게 숨을 뱉었다.

"그리고 보면 정치가 가장 어려운 것 같습니다, 각하."

"갓뎀."

"각하, 지금 저한테 욕하신 겁니까?"

"에치슨을 어떻게 하면 좋겠나?"

"제가 부시한테 말해서 자르지요."

"교도소에 보내야 될까?"

"국가 위신에 관계되는 일이니까 그렇게까지는 안 하는 게 나을 것 같습니다. 물론 부시가 결정을 하겠지만 말입니다."

"갓뎀."

"각하를 그렇게 강경하게 만든 놈들이 다 군산연에서 뇌물을 받았다고 봐도 될 것입니다."

"이 두 놈도 그런가?"

레이건이 옆쪽에 앉은 비서실장과 안보보좌관을 눈으로 가리켰다.

"이놈들도 날 부추겼어. 리스타를 잡으라고 말이야."

"이 둘만은 깨끗하다고 보셔도 됩니다."

후버가 둘을 번갈아 보면서 엄숙하게 말했다.

"어쨌든 이 두 분과 상의하셔서 마무리를 잘하시지요."

오발 오피스(Oval Office)를 나온 후버는 기다리고 있던 해외작전국장 윌슨과 함께 백악관을 나올 때까지 입을 꾹 다물고 있었다. 이윽고 승용차가 백악관 앞 차도로 들어섰을 때 후버가 입을 열었다.

"지금쯤 비서실장 코넬하고 안보보좌관 맥클턴이 분주하게 수습책을 내놓겠군."

옆자리의 윌슨은 시선만 주었고 후버가 혼잣말처럼 말을 이었다.

"두 놈은 군산연으로부터 1천만 불이 넘는 뇌물을 받았다는 것을 내가 알고 있다는 것을 알 테니까 말이야."

"……."

"만일 서둘러 수습하지 않으면 교도소로 간다는 것도 알 테니까."

"잘 되셨습니까?"

겨우 윌슨이 묻자 후버가 의자에 등을 붙였다.

"아, 그럼. 각하는 선거자금 후원만 받았지, 군산연하고는 약점 잡힐 일이 없어. 그것은 나도 마찬가지야."

그러고는 후버가 어깨를 폈다.

"내가 다음 정권에서도 CIA 부장으로 있으면서 각하를 보호하게 될 것이라는 것을 알고 계시지."

후버는 지금 30년째 CIA 부장이다.

3장 중국의 새 지도자

"앗."

놀란 외침은 왕용의 입에서 터졌다. 이곳은 베이징 공항, 전세기 전용 터미널 대합실에서 오금봉과 마주 보고 서 있던 왕용이 놀라 소리친 것이다. 그리고 다음 순간 입을 딱 벌린 채 몸을 굳히고 있다. 고개를 돌린 오금봉이 왕용의 시선이 향한 쪽을 보고는 숨을 들이켰다. 대합실 입구로 등소평이 들어서고 있는 것이다. 거구의 경호원들에게 둘러싸인 오 척 단구의 등소평은 그래서 더욱 눈에 띄었다. 거리는 20여 미터, 시선이 마주치자 등소평이 손을 들어 보였다. 오금봉에게 알은체를 한 것이다. 왕용한테 이럴 리는 없다. 어느새 왕용은 고개를 숙인 채 부동자세로 서 있었기 때문에 보지도 못했다. 주위가 순식간에 조용해지면서 모든 사람이 굳어 있다. 그래서 등소평의 지팡이가 대리석에 부딪치는 소리까지 들렸다. 오금봉이 등소평의 앞으로 다가가 허리를 꺾어 절을 했다.

"위원장님 오셨습니까?"

"어, 자네가 왔다는 말을 이제야 들었다."

등소평이 웃음 띤 얼굴로 말을 잇는다.

"이 회장 전화도 받았고 해서 자네를 보려고 왔다."

"감사합니다, 위원장님."

감격한 오금봉의 얼굴이 상기되었다.

"저기 가서 앉자."

지팡이로 옆쪽 소파를 가리킨 등소평이 다시 발을 떼었다. 오전 10시 반, 오금봉은 왕용의 배웅을 받으면서 베이징을 떠나려는 참이었다. 왕용은 8시 반에 온다고 해놓고 두 시간이나 늦었기 때문에 오금봉은 공항에서 두 시간이 넘게 머물고 있었던 참이다. 등소평이 소파에 앉더니 옆자리를 손바닥으로 두드렸다.

"여기 앉게."

"감사합니다."

오금봉이 다시 인사를 하고 옆에 앉았다. 그때 등소평이 고개를 들더니 함께 온 사내 둘을 손짓으로 불렀다.

"너희들도 여기 앉아."

"예."

60대쯤의 두 사내가 허리를 굽혀 보이더니 등소평 앞에 앉았다. 등소평이 눈으로 두 사내를 가리켰다.

"중국군 총사령관하고 참모장이야."

사내들이 오금봉에게 눈인사를 했고 자리에서 일어나려는 오금봉을 등소평이 손짓으로 말렸다.

"그냥 앉아 있어."

"예, 위원장님."

그때 등소평이 총사령관 뒤쪽에 서 있는 왕용을 힐끗 보았다. 정색한 표정이다.

"너, 오 사장하고 8시 반에 여기서 만나기로 했지?"

"예? 예, 그것이……."

당황한 왕용의 얼굴이 누렇게 굳어졌다.

"예, 하지만……."

"하지만 뭐냐?"

"예, 그것이……."

왕용의 얼굴에서 순식간에 진땀이 배어 나와 세수하고 닦지 않은 것 같았다. 그때 등소평이 다시 물었다.

"왜? 거짓말하려고? 약속시간이 10시 반이었다고 할 참이냐?"

"예? 예, 아닙니다."

"너 언제부터 이렇게 거만해졌느냐?"

주위는 조용해져서 머리카락 떨어지는 소리도 들릴 것 같았다. 조금 전까지 울리던 비행기의 엔진 소리도 뚝 그쳤다. 그때 등소평이 말했다.

"네가 장 주석한테 오 사장의 전갈을 전한 것이 어제 오후 5시가 조금 넘었을 때더군. 그제 오후 3시에 오 사장을 만난 이후 장 주석을 만났지만 이야기를 전하지 않았어. 만 하루 만에 전한 거야."

등소평의 얼굴에 웃음이 떠올랐다.

"어제 오후 5시에 오 사장이 이 회장한테 연락을 하고 나서야 부랴부랴 장 주석한테 이야기를 한 거야."

왕용은 석상처럼 선 채 움직이지 않았다. 눈동자의 초점도 멀어서 먼 곳을 보는 것 같고 얼굴은 누렇게 굳어진 것이 영락없는 시체다.

그때 등소평이 말을 이었다.

"오 사장이 이 회장한테 연락하는 말을 도청하고 나서 아차, 나한테 까지 이야기가 되겠구나, 하고 서둔 거지."

등소평이 다시 웃었다. 어린아이 같은 웃음이다.

"만일 내가 죽었다면 보고도 안 했겠지."

그러고는 등소평이 지팡이를 들어 왕용을 가리켰다.

"할 말 있느냐?"

"위원장님, 저는 단지……."

"오면서 장 주석하고 이야기했다."

등소평이 지팡이로 왕용을 가리키면서 말을 이었다.

"길림성(吉林省) 엔지 근처에 돼지를 키우는 국영농장이 있다. 너, 거기로 가서 축사 근무를 해라."

"예, 위원장 동지."

"말단 근로자가 되는 거다."

"예, 위원장 동지."

"그럼 너는 가봐."

등소평이 지팡이를 내리자 왕용이 허리를 굽혀 절을 하다가 다리에 힘이 풀렸는지 앞으로 넘어져 버렸다. 오금봉은 고개를 돌렸다.

카이로 남서쪽 히드라 공군 기지, 이곳은 미군 제5 항공대 소속의 정찰비행단 기지로 부대명은 A-12부대, 사막에 4킬로 길이의 활주로 2개와 모래 속에 위장된 8개의 격납고가 있다. 막사와 기지 본부도 모래 언덕에 파놓아서 하늘에서 보면 모래 언덕과 평탄한 황무지밖에 안 보인다. 활주로도 황무지로 위장해 놓았기 때문이다. 오후 6시 반, 제5 격납고 구석의 테이블에서 네 사내가 머리를 맞대고 있다. 전등 빛에 드러난 사내들은 강정규와 윤석, 페드로와 낯선 서양인 하나까지 넷이다. 후줄근한 작업복 차림의 서양인이 강정규를 보았다.

"소령, 현재 카를로스는 반다르 압바스에 도착해서 마리아호를 기다리고 있는 상황이오."

사내의 푸른 눈동자가 똑바로 강정규를 보았다. 사내 이름은 크리스, CIA 요원이다. 크리스가 테이블 위에 펼쳐 놓은 지도를 손가락으로 짚었다. 아라비아해(海)다.

"마리아호는 이곳에 있는데 호르무즈 해협까지 오려면 앞으로 48시간쯤 걸릴 겁니다."

"48시간."

강정규가 혼잣소리처럼 말하더니 윤석과 페드로를 보았다. 얼굴에 웃음이 떠올라 있다.

"호르무즈 해협에서 이번 작진이 끝나게 되겠어."

"여기서 반다르 압바스까지 두 시간이 걸립니다."

지도의 카이로에서 반다르 압바스까지를 손으로 훑어간 해밀턴이 이광에게 말했다. 이곳은 리스타랜드의 시청 상황실, 안에는 이광과 해밀턴, 비서실장 안학태와 오금봉까지 넷뿐이다. 최고 경영진 넷만의 회의인 셈이다. 해밀턴이 말을 이었다.

"곧 히드라 기지에서 강정규가 인솔하는 31명이 C-140 수송기 편으로 출발할 것입니다."

이광이 잠자코 지도를 내려다보았다. 카이로에서 사우디아라비아의 대륙을 횡단하고 페르시아만을 건너 반다르 압바스 근처의 황무지까지 날아가는 것이다. 그리고 그곳에서 낙하산으로 강하한다. 고개를 든 이광이 해밀턴에게 물었다.

"마리아호는?"

"48시간쯤 후에 호르무즈를 통과합니다."

"그럼 그 전에 카를로스를 없애야겠군."

"그렇습니다. 이 대령의 방어에도 한계가 있으니까요."

해밀턴이 손가락으로 자지레섬을 짚었다.

"자지레섬에 이 대령이 보낸 7개 팀 140명이 20시간쯤 후에 먼저 도착할 예정입니다."

그곳에서 마리아호를 보호하고 카를로스의 테러단을 강정규의 팀과 함께 공격하려는 것이다. 이광이 고개를 끄덕이며 말했다.

"강정규 팀이 먼저 도착하겠군."

"그렇습니다."

해밀턴이 길게 숨을 뱉었다.

"먼저 카를로스 테러단의 은신처를 찾는 것이 급선무입니다. 그놈들이 지금 반다르 압바스에서 무기를 공급받고 있을 것입니다."

리비아 앞쪽에 떠 있던 미국 지중해 함대는 5시간 전에 철수했다. 함모 1척에 순양함 2척, 구축함 6척과 잠수함 4척으로 구성된 대함대다. 이 전력(戰力)으로 리비아를 초토화시킬 수도 있었던 것이다. 그리고 조금 전에 중국 정부는 미국 대사를 불러 이번에 군산연으로부터 지급받을 무기의 샘플을 테스트해 본 결과 129종 중 43종이 규격 및 성능에 문제가 있다는 것을 발견했기 때문에 전량 인수를 보류하겠다고 통보했다. 군산연으로서는 날벼락이었다. 350억 불 상당의 무기인 것이다. 미국이 차관 형식으로 원조한 무기였기 때문에 중국이 인수만 하면 미국 정부로부터 350억 불을 받을 계획이었던 군산연이다. 볼룸과 피셔는 중국 측의 통보를 받자마자 호르무즈 해협으로 항진 중인 마리아호를 잊어버렸을 것이다.

그때 이광이 말했다.

"마무리를 잘해야 돼."

"이광이 손을 쓴 거야."

볼룸이 굳어진 얼굴로 말했다.

"그놈이 등소평, 장쩌민을 움직인 거라고."

피셔와 군산연의 재무담당 알렉스 커트까지 셋이 둘러앉아 있다. 이곳은 뉴욕 맨해튼의 사무실, 방금 재무담당 알렉스는 아메리카 은행으로부터 중국에 무기대금으로 지원한 차관 350억 불 중 선금 1백억 불지급을 요청했다가 거부당한 것이다. 그것은 중국정부가 무기 인수를보류했기 때문이다.

"개 같은 중국 놈들, 원숭이끼리 짜고 논단 말이지?"

볼룸이 이 사이로 말했지만 목소리가 공허하게 울렸다. 그때 알렉스가 말을 이었다.

"연합체 소속 22개 회원사가 이번 오더에 걸려 있는데 분위기가좋지 않습니다. 내가 회원사의 전화를 받느라고 머리가 빠질 지경입니다."

볼룸과 피셔의 시선이 알렉스의 머리로 옮겨졌다. 알렉스는 대머리여서 귀 위쪽에만 머리털이 붙어 있을 뿐이다. 고개를 든 알렉스가 볼룸과 피셔를 번갈아 보았다.

"지중해 함대가 리비아 연안에서 철수했다는데, 리스타 놈들을 놓친

113

겁니까?"

"그걸 우리가 어떻게 아나?"

볼룸이 이맛살을 찌푸리고 알렉스를 보았다.

"레이건이 끝까지 추적하겠다고 했으니까 두고 봐야지."

"임기가 얼마 안 남았는데 그럭지럭 끝내는 게 아닐까요? 이번 중국 무기 건도 말입니다."

알렉스가 끈질기게 물었다. 알렉스 또한 무기 제작사 사주다. '커트 인터내셔널' 상사는 공격용 헬기를 생산하고 있다. 그때 피셔가 입을 열었다.

"이번에 마리아호가 격침되면 세계가 리스타를 주목하게 될 거요, 알렉스."

피셔의 두 눈이 번들거렸다.

"그리고 리스타에 쿠웨이트 금고를 맡긴 핫산도 당황하게 되겠지. 일단 쿠웨이트에 남아있는 주민들이 굶주리게 될 테니까."

그렇게 되면 주민들은 핫산 왕자를 원망하게 될 것이다. 영토를 빼앗긴 데다 주민들의 원망까지 듣게 되면 핫산은 오갈 데가 없어진다. 리스타에 의존하고 있는 핫산에 대한 비난을 감당하기 어려울 것이다.

"바리크 다리가 부러졌습니다."

페드로가 말하자 강정규는 입맛부터 다셨다.

"그럼 여기서 기다렸다가 철수 지점으로 오라고 해."

"그러지요. 부목을 대고 걸을 수는 있을 테니까요."

"31명 중 1명 사고가 났군요."

옆에 있던 윤석이 한국어로 말했다.

"재수가 없다고 하겠지만 훈련 부족입니다."

페드로가 서둘러 어둠 속으로 사라지자 강정규는 주위를 둘러보았다. C-140 수송기는 정확하게 대원들을 투하시켰다. 이곳은 반다르 압바스에서 8킬로 떨어진 황무지, 오후 9시 반, 31명의 특공대는 낙하산으로 투하되어 1명의 부상자가 발생했다. 어둠에 덮인 황무지는 불빛한 점 보이지 않았지만 강정규는 다가오는 두 물체를 보았다. 하나가 절름거리고 있다. 페드로와 다리가 부러진 바리크다. 둘이 앞에 섰을 때 강정규가 바리크에게 말했다.

"바리크, 넌 재수 없게 되었어."

"죄송합니다, 대장."

수염투성이의 바리크도 아랍인 복장으로 위장까지 마치고 있다. 다리가 부러진 상태에서 옷을 갈아입은 것이다. 고개를 끄덕인 강정규가 말을 이었다.

"넌 천천히 반다르 압바스항 7번 부두 근처로 가서 기다리고 있도록. 모레 밤까지는 작전이 끝날 테니까."

"예, 압니다."

그때 윤석이 바리크에게 한 뭉치의 지폐를 주었다.

"5천 불이야, 써."

"감사합니다."

"작전 끝나면 너도 똑같이 포상 받는다. 그러니까 억울할 것 없다."

"다리만 조금 그렇지 다른 건 멀쩡하니까 무전으로 지시해 주십시오."

바리크의 두 눈이 어둠 속에서 번들거렸기 때문에 강정규가 고개를 끄덕였다. 혼자 남은 바리크의 생존 확률은 10퍼센트쯤 될 것이다. 그때 어둠 속에서 두 사내가 다가왔다. 대원 하나하고 낯선 사내다. 대원이 강정규에게 말했다.

"안내원입니다."

CIA 안내원이다. 다가선 사내가 강정규를 보았다.

"마크입니다."

"잘 오셨습니다."

둘은 악수를 나눴다.

"가시지요, 5백 미터쯤 좌측에 트럭 2대를 대기시켰습니다."

트럭을 타고 반다르 압바스로 가는 것이다. 그곳에서 다시 무기를 재지급 받고 카를로스 일당을 잡아야 한다. 고개를 끄덕인 강정규가 윤석에게 눈짓을 하고 나서 물었다.

"카를로스 일당 위치를 파악했습니까?"

"했습니다."

마크가 바로 대답했다.

"은밀하게 움직였지만 4백 명이나 되니까요."

"다녀오겠습니다."

박경표가 경례를 올려붙이자 이무석이 고개를 끄덕였다.

"지금쯤 강정규가 반다르 압바스로 가는 중일 거다."

"예, 저도 5시간 후면 도착할 테니까요."

밤 10시, 지금 박경표는 7개 팀 140명과 함께 마리아호에서 쾌속선으로 옮겨 타고 250킬로 떨어진 파키스탄으로 달려갈 예정이다. 그곳에서 '시누크' 2대를 타고 반다르 압바스 근처까지 날아가려는 것이다. 쾌속정과 시누크는 모두 미 해군으로부터 빌린 것이다. 몸을 돌린 박경표가 마리아호 옆을 서진하고 있는 쾌속선을 보았다. 시속 50킬로를 내는

200톤급 고속 전투선이다. 마리아호의 거대한 덩치 옆에 회색빛의 미끈한 선체를 드러내고 조용히 따르고 있다.

"24시간이면 끝난다."

이무석이 박경표의 어깨를 손바닥으로 툭 치면서 작별인사를 했다.

밤 11시 반, 반나르 압바스 외곽의 벽돌집 앞에서 트럭이 멈추자 대원들이 뛰어내렸다. 이곳은 드문드문 벽돌집이 세워졌고 가로등도 없는 외진 곳이다. 도로에서 30여 미터쯤 떨어진 단층 벽돌집은 불도 꺼져 있어서 멀리서 보면 바윗덩어리 같다. 대문 앞에서 기다리고 서 있던 사내가 강정규 일행을 맞았는데 안내원 마크가 소개했다.

"압둘라 씨입니다. 현지 주재원이죠."

압둘라는 50대쯤으로 수염투성이 얼굴이었는데 잠자코 문을 열고 옆으로 비켜섰다. 문이 열리자 불을 켠 집 안이 드러났다. 넓다. 그때 안으로 들어선 강정규에게 압둘라가 말했다.

"지대지 휴대용 미사일 4기와 미사일 20개, 그리고 개인화기 50명분을 준비했습니다. 창고로 가시지요."

이제는 압둘라가 안쪽 계단을 내려가면서 말을 이었다.

"30명은 중무장을 하실 수 있을 겁니다."

강정규의 얼굴에 만족한 웃음이 떠올랐다. 리비아에서 도망치듯 나올 때는 빈손이었던 것이다. 이제는 다시 자신감이 붙는다. 그 자신감이란 '필요한 인간'이 된다는 것이 아니겠는가?

이곳은 오전 1시다. 리스타랜드의 시청 상황실에는 이광과 안학태, 해밀턴과 오금봉, 조백진까지 모두 둘러앉아 있다. 상황이 점점 급박해지자 조금 전에 이광이 상황실로 온 것이다. 그때 해밀턴이 이광에게 보고했다.

"반다르 압바스에 강정규의 지휘부가 도착했고 방금 무기 공급을 받았습니다."

해밀턴이 쥔 레이지의 푸른 선이 벽에 붙인 세계지도에서 반다르 압바스를 맞혔다.

"이곳에 카를로스의 테러단 400명이 군산연으로부터 지급받은 최신 미사일로 무장한 채 대기하고 있습니다."

레이저의 푸른 선이 이제는 오른쪽 파키스탄 영토로 옮겨갔다.

"이곳 카라치 남쪽 아무르란 작은 어촌으로 마리아호에서 떠난 특공대 7개 팀 140명이 가는 중입니다."

해밀턴의 목소리가 상황실을 울렸다.

"미국 지중해 함대에서 작전 임무를 받고 파견된 A-121 쾌속 전투선이 마리아호에서 박경표 소령이 인솔하는 특공대를 태운 것입니다."

이광의 시선을 받은 해밀턴의 얼굴에 웃음이 떠올랐다.

"예, 후버 부장과 대통령 안보보좌관 맥클턴, 비서실장 코넬까지 지중해 함대 사령관한테 협조를 요청한 겁니다."

"그렇군."

"대통령은 짐작은 하고 있을 겁니다. 어쨌든 마리아호는 지중해 함대가 보호해야 할 선박이고 카를로스는 테러단이니까요."

CIA 작전에 지중해 함대가 협조한 것이다. 지중해 함대로서는 시킨 대로 하기만 하면 된다. 그때 이광이 물었다.

"파키스탄에서 시누크로 반다르 압바스까지 날아가나?"

"예, 바로 연결됩니다."

해밀턴의 레이저 광선이 이제는 자지레섬을 찍었다.

"카를로스의 테러단은 잠시 후에 이곳으로 이동할 겁니다. 박 소령이 탄 시누크는 곧장 자지레섬 서쪽 끝에 상륙할 것이고 강 대령은 반다르 압바스항에서 자지레섬으로 향할 겁니다."

모두의 시선이 반다르 압바스와 자지레섬으로 옮겨졌다.

"배가 4척입니다."

마리오가 말하자 카를로스는 짜증을 내었다.

"이 빌어먹을 놈아, 6척이 준비되었다고 했잖아! 왜 4척이야!"

"밤이라 선장이 술 먹고 안 나왔다는 겁니다."

"이런 개자식."

카를로스가 눈을 부릅떴다.

"총을 머리에 대고 데려와!"

"지금 어디 있는지 모릅니다."

그때 안내원이 다가왔다. 군산연 측 안내원이다.

"대장, 4척으로 갑시다. 한꺼번에 싣지 못하면 2번 왕복하면 될 테니까."

"왕복 5시간 거리인데 두 번째에는 날이 밝으라고?"

카를로스가 목소리를 높였다. 이곳은 부두 끝 쪽 어선이 정박하는 곳이어서 짙은 어둠에 덮인 채 불빛 한 점 보이지 않는다. 하지만 육지에 올려놓은 폐선 사이로 400명 가까운 테러부대가 쪼그리고 앉아있는 것이다. 그때 안내원이 눈썹을 모으고 바다를 보았다.

"대장, 파도도 잔잔하니까 배 4척에 다 태울 수도 있지 않겠소?"

안내원은 이란군(軍) 장교다. 군산연이 뇌물로 이란군 장교를 매수해

놓은 것이다. 카를로스가 입을 벌린 채 부두에 매어 놓은 어선 4척을 보았다. 50톤에서 60톤급으로 1척에 60, 70명을 태울 작정이었던 것이다. 그때 파키스탄 용병 조장 중 하나가 어둠 속에서 다가오더니 말했다. 그도 이 소동을 옆에서 듣고 있었기 때문이다.

"대장, 나눠시 탑시다. 우린 이런 배에 2백 명도 탄 적이 있어."

"이런 젠장, 그건 너희들 일이지."

"어쨌든 건너가기만 하면 되는 거 아뇨?"

"야, 살아서 건너야지!"

"저놈들은 헤엄을 쳐서라도 건널 거요."

용병조장이 턱으로 배를 가리켰다.

"고기 넣는 칸에라도 꾹꾹 눌러 싣고 떠납시다! 불평하는 놈은 없을 거요."

그때 이란군 장교가 이를 드러내고 웃었다.

"역시 파키스탄 용병대는 대단해."

비꼬는 말 같았지만 듣는 사람이 해석하기 나름이다. 용병조장이 짙은 수염 사이로 이를 드러내며 웃었고 카를로스가 고개를 끄덕였다.

"좋다, 가자. 일 끝내고 그 선장 두 놈을 잡아서 죽여버리자."

선장들에게 계약금을 주었기 때문이다.

"지금 배를 타고 자지레섬으로 출발했다는데요."

안내원 마크가 다가와서 말하더니 곧 쓴웃음을 지었다. 반다르 압바스에서 자지레섬까지는 50킬로 정도가 된다.

"어선 4척에 탔는데 시속 10노트(18킬로) 정도니까 2시간 반에서 3시간 정도 걸릴 것 같습니다."

"우리가 조금 늦었네."

강정규가 손목시계를 보았다. 오전 2시 반이다. 마크가 말을 이었다.

"준비되었습니다. 가시지요."

고개를 끄덕인 강정규가 압둘라와 인사를 나누고는 벽돌집을 나왔다. 무기를 지급받은 대원들의 분위기가 달라졌다. 모두 손에 익숙한 무기였지만 어둠 속에서 분해하고 조립해 보면서 만족한 기색을 숨기지 않는다. 이곳까지 거의 비무장 상태였기 때문에 손발이 묶인 기분이었을 것이다. 무기 없는 군인은 병신이나 같다.

다시 트럭에 올랐을 때 마크가 강정규에게 말했다.

"카를로스는 이란군 경비대 소속 소령의 안내를 받고 있습니다. 군산연에 매수된 놈이지요."

"우리 배도 어선이오?"

옆자리의 윤석이 대신 묻자 마크가 고개를 저었다.

"우리가 탈 배는 이란군 경비정이오."

놀란 윤석이 입을 딱 벌렸고 강정규는 눈을 크게 떴다. 트럭은 부두를 향해 달려가는 중이다. 마크가 앞쪽을 응시한 채 말을 이었다.

"우리는 아예 해안경비대장을 매수했지요. 경비정은 한 시간 반쯤 늦게 출발하겠지만 아마 거의 같은 시간에 자지레섬에 도착할 겁니다."

"시누크는?"

"한 시간쯤 후에 도착할 예정인데."

마크의 시선이 강정규 옆쪽 무전병이 만지고 있는 무전기로 옮겨졌다.

"수신 거리가 2백 킬로니까 가능할지도 모릅니다."

시누크는 소음과 진동이 컸기 때문에 무전병은 신호음이 울리는 소리를 듣지 못했다. 그러다 옆쪽 대원이 신호등이 번쩍이는 것을 보고 알려주고 나서야 급하게 수신을 했다. 강정규하고의 무전이 그렇게 처음 연결되었다.

"박경표입니다!"

박경표가 소리쳐 대답했을 때 강정규의 목소리가 울렸다.

"지금 어디요?"

"예, 한 시간 후에는 도착합니다!"

"한 시간?"

"예, 왜 그러십니까?"

박경표가 수신기를 귀에 바짝 붙였다. 이번 작전의 지휘관은 강정규다. 강정규가 박경표의 부대까지 지휘한다. 그때 강정규의 목소리가 수신기에서 울렸다.

"지금 카를로스가 자지레로 가는 중이오! 떠난 지 2시간쯤 되었는데 30분쯤 후에는 도착할 거요!"

"아, 그렇습니까? 우리가 30분쯤 늦겠는데요."

"지금 우리도 배를 타려는데 1시간쯤 걸릴 거요. 놈들이 어디에서 하선할지 모르니까 다시 연락하겠소."

"알겠습니다, 대장님."

박경표가 처음으로 '대장'이라고 불렀다. 강정규 목소리는 처음 듣는다.

"아직 세 팀이 모두 자지레에 닿지 않았군."

해밀턴이 상황판을 노려보며 말했다. 이곳은 리스타랜드의 상황실, 해밀턴과 오금봉, 조백진 셋이 남아있다. 이광과 비서실장 안학태는 옆

방으로 옮겨가 있다. 이곳은 오전 6시, 반다르 압바스와 3시간 시차가 난다. 그때 오금봉이 말했다.

"서로 타이밍이 어긋나는군. 카를로스가 진즉 자지레에 도착해 있을 줄 예상했는데."

"트럭으로 이동하는 데 시간이 더 걸린 겁니다."

조백진이 상황판을 응시하며 말을 이었다.

"반다르 압바스에서 재무장을 하는 데에도 시간이 하루 반나절쯤 더 걸렸고."

"저놈을 바다에서 요절낼 수가 없을까?"

해밀턴이 혼잣소리처럼 말했을 때 오금봉이 고개를 들었다.

"어선과 경비정과의 거리는 얼마나 돼요?"

"아직 모르겠는데."

해밀턴이 상황판으로 시선을 돌렸다가 다시 오금봉을 보았다. 두 눈이 번들거리고 있다.

"자지레섬으로 가는 배요."

선장이 레이더 위의 점을 손으로 가리켰다. 조타실 안, 강정규, 윤석이 레이더 앞에 서서 선장에게 어선의 위치를 물은 것이다.

"4척이 몰래 가는데 속력이 늦네. 시속 7.8노트(14킬로) 정도입니다."

"우리 배하고의 거리는?"

강정규가 묻자 옆에 선 항해장이 대답했다.

"40킬로 정도."

"저놈들이 자지레섬에는 언제 도착할 것 같습니까?"

"저 속력이면 1시간쯤 걸릴 거요."

"우리 배가 저 어선단에 접근하려면 얼마나 걸릴 것 같습니까?"

"이 속력으로는 1시간."

"최대 속도를 내면?"

"왜 그럽니까?"

마침내 선장이 묻자 강정규가 대답했다.

"저 어선들을 바다에서 격침시키려고 그럽니다."

"그건 안 되겠는데."

선장이 고개를 저었다.

"나는 당신들을 자지레섬에 내려주라는 지시만 받아서요."

"선장, 저 배에는 테러단이 타고 있어요."

"그래도 지시를 받아야 합니다."

"시간이 없어요, 선장."

"그건 당신들 생각이고."

그때 윤석이 강정규의 허리를 손으로 눌렀다. 숨을 들이켠 강정규가 고개를 끄덕였다.

"좋습니다, 당신이 명령을 받도록 하지요. 우리가 그렇게 하면 됩니까?"

"어선들을 격침하라는 명령을 내릴 사람은 없겠지만."

선장이 쓴웃음을 짓고 말했다.

"그런 명령이 온다면 어쩔 수 없지요."

조타실 밖으로 나온 윤석이 강정규에게 말했다.

"배를 납치합시다."

"페드로에게 알려."

"예, 승무원이 15명 정도니까 바로 처리하지요."

"죽이지는 말고."

"알겠습니다."

"이곳으로 5명만 보내."

윤석이 어둠 속으로 사라지자 강정규가 허리에 찬 베레타92F를 빼내 들었다. 더 이상 기다릴 수는 없는 것이다. 조금 전 해밀턴한테서 받은 명령은 카를로스가 탄 어선을 바나에서 잡을 수 있다면 격침시키라는 것이었다.

"손 들어!"

조타실로 난입한 페드로와 부하들이 기관총을 들이대었을 때 선원들은 질색을 하고 손을 들었다. 선장은 눈을 치켜떴지만 할 수 없다는 표정을 짓고 손을 올린다. 조타실에는 선장을 포함한 항해장, 조타병까지 5명의 해군이 있었는데 모두 구석 쪽으로 밀려갔다. 그때 조타실로 강정규가 들어섰다. 경비정 안에서는 총소리도 울리지 않았다. 강정규가 들어선 것은 경비정을 장악했다는 표시다. 강정규가 선장에게 다가가 말했다.

"선장, 부탁합니다. 어선단을 향해 전속력으로 달려가 주시오."

선장이 대답하지 않았고 강정규가 두 손으로 선장의 팔을 쥐었다.

"우리는 테러단을 없애는 겁니다. 우리한테 위협받았다고 해도 됩니다. 선장, 부탁합시다."

"20분 후면 도착이오."

어선 선수에 선 선장이 눈을 가늘게 뜨고 앞쪽을 보면서 말했다. 오전 4시 반, 아직 사방은 짙은 어둠에 덮여 있었지만 이제 앞쪽 자지레섬의 불빛이 보인다. 어선단은 자지레섬 앞쪽으로 다가가는 중이어서 섬의 서쪽 끝을 돌아야 한다. 어선은 요란한 엔진 소리를 내면서 항진하고 있었지만 속력은 10노트(18킬로)가 최고 속도다. 더구나 60톤급 배에 중무장한 병사 1백여 명을 태우고 있는 것이다. 어선은 만선이 된 것처럼 흘수선이 내려가 있다.

그때 카를로스가 선장에게 물었다.

"저기, 왼쪽이 마르나 마을인가?"

"아니오, 조금 더 왼쪽인데 아직 보이지 않습니다."

50대쯤의 이란인 선장이 손으로 더 왼쪽을 가리켰다.

"마르나 마을은 만 안쪽에 있어서 더 가야 보입니다."

"보통 배들은 마르나 마을에서 얼마쯤 거리로 앞으로 지나가나?"

"돌출 부분에서는 2백 미터에서 3백 미터 정도."

선장이 손으로 어둠 속을 가리키며 말을 이었다.

"이곳은 수심이 깊어서 돌출 부분에서 1백 미터 거리까지 가깝게 지나갈 때도 많습니다."

카를로스가 고개를 끄덕였다. 목적지는 자지레섬에서 호르무즈 해협 쪽으로 가장 가깝게 나와 있는 마르나 마을의 포구인 것이다. 포구에서 배까지의 거리가 길어야 3백 미터라니 사정거리 5백 미터인 휴대용 지대지 미사일이면 백발백중이다. 지금 카를로스의 부대는 휴대용 미사일을 16기나 보유하고 있는 것이다. 배 한 척을 격침시키기에는 너무 많은 양이다. 카를로스가 손목시계를 보았다. 선장이 조금 전에 20분이라고 했으니 17, 18분은 남았을 것이다.

"30분이면 자지레에 도착합니다!"

헬기 조종실에서 나온 팀장이 박경표에게 소리쳐 보고했다. 시누크의 엔진 음이 컸기 때문에 소리를 질러야 한다.

"레이더에 어선 4척이 보였는데 경비정이 그쪽으로 방향을 틀었다고 합니다."

"경비정이?"

놀란 박경표가 소리쳤다. 경비정은 자지레섬 서북단에서 강정규 일행을 상륙시키기로 되어 있기 때문이다. 그때 팀장이 소리쳤다.

"경비정이 어선들을 잡으려는 것 같다고 조종실에서 말합니다."

조종실에서 레이더를 본 것이다. 박경표가 옆에 앉은 무전병에게 소리쳤다.

"대장한테 연락해!"

"보입니다!"

페드로가 소리쳤지만 동시에 강정규도 보았다. 어둠 속에 불빛 4개가 흔들리고 있다. 그 앞쪽으로 자지레섬의 불빛이 보였지만 이 불빛은 흔들린다. 겹쳤다가 풀렸다가 하면서 움직이는 것이 배다. 그때 레이더를 본 항해장이 번들거리는 눈으로 강정규를 보았다. 항해장은 이미 추적에 몰두해서 강정규의 부하처럼 행동하고 있다.

"1.8킬로!"

항해장이 소리쳤다.

"이 속도로는 5분 후에 잡습니다."

"미사일 배치!"

"미사일 배치!"

복창한 윤석이 밖으로 뛰쳐나갔고 뒤를 페드로가 따른다. 강정규가 선장에게로 고개를 돌렸다.

"사격하기 쉬운 위치로 접근해주시오."

"알겠소."

간단하게 대답한 선장이 조타수에게 영어로 지시했다.

"어선단 중앙으로!"

경비정은 불을 모두 꺼놓았기 때문에 어둠 속에서 검은 상어처럼 전속력으로 미끄러져 나갔다.

"어선에는 레이더가 없겠지?"

확인하듯 강정규가 물었을 때 선장이 처음으로 희미하게 웃었다.

"이 근처에서 레이더를 장착한 어선은 없소, 대장."

무전병이 머리를 저었다.

"연락이 안 됩니다!"

"어떻게 된 거야?"

박경표가 소리쳐 묻자 무전병도 소리쳐 대답했다.

"받지를 않습니다!"

"10분 후에 다시 교신해 봐!"

박경표가 손목시계를 보고 나서 소리쳤다.

"우리는 15분 후에 도착한다!"

"5분이면 도착하겠군."

카를로스가 마르나 마을의 돌출 부분을 응시하면서 말했다.

"상륙하고 나서 바로 저곳으로 병력을 배치해야겠어."

포구에서 3백 미터쯤 나온 돌출 부분이다. 이제 거리는 1킬로 정도로 다가왔기 때문에 어둠 속에서도 바위와 숲이 분명히 보인다.

"됐다, 이제."

그 순간이다.

"번쩍!"

주위가 환해졌다. 동시에 귀청이 찢어지는 폭음과 함께 불덩이가 솟아올랐다. 카를로스는 그 불덩이와 함께 허공으로 솟아오르면서 몸이 가벼워진 느낌을 받았다. 마치 새의 솜털만큼 부드럽고 가볍다. 다음 순간 카를로스의 의식이 끊겼다.

"콰쾅쾅!"

카를로스의 바로 뒤를 따라오던 어선에서 마르나 마을의 불빛을 바라보던 미카엘은 앞쪽 배가 산산조각이 나면서 폭발하는 것을 보았다.

"아앗!"

본능적으로 갑판 위로 엎드렸던 미카엘은 바로 뒤쪽의 조타실이 폭발하면서 쏟아지는 파편에 허리가 깔렸다.

"으악!"

엔진의 일부분이다. 고통에 비명을 질렀던 미카엘은 그 순간 바로 옆에서 터진 미사일이 폭발하면서 허공으로 솟아올랐다.

"꽝꽝꽝!"

경비정이 어선단 복판으로 끼어들면서 좌우에 배치된 미사일 사수들이 일제히 미사일을 발사한 것이다. 거의 동시에 발사했기 때문에 폭발이 일제히 일어났고 거리가 1백 미터 정도여서 단 한 발도 빗나가지 않았다. 마르나 포구 앞은 불바다가 되었다.

강정규와 통신이 연결되었을 때는 10분 후였는데 박경표는 이미 시누크의 유리창 밖으로 마르나 포구 앞 참상을 내려다보는 위치였다.

"박 소령이 먼저 착륙해!"

수신기에서 강정규의 목소리가 울렸다.

"마르나 포구에 착륙해서 뭍으로 기어오는 놈들을 몰살하도록!"

"예, 대장."

창밖을 정신없이 내려다보면서 박경표가 대답했다. 시누크에 탄 팀원들은 아래를 내려다보느라고 정신이 없다. 통신을 끈 박경표가 옆에 있던 팀장에게 소리쳤다.

"마르나 포구에 착륙! 바다에서 나오는 놈들을 없애라!"

바다는 불길에 싸여 있어서 대낮 같았다. 4척의 어선은 이미 침몰하는 중이었지만 모두 불길을 내뿜고 있었기 때문이다. 폭음과 함께 계속해서 어선이 폭발하고 있는 것은 테러단이 싣고 있던 각종 폭발물이 터지기 때문이다. 어선 한 척은 이미 바다 속에 침몰해서 그 자리에 불길만 올랐고 세 척은 불덩이가 된 채로 정지된 상태다. 배 주위에 새까맣게 떠 있는 것은 테러단이다.

"시누크가 빠르겠다."

머리 위로 낮게 떠서 시누크가 지나갔기 때문에 강정규가 소리쳐 말했다. 이제 사격은 그쳤고 경비정은 어둠 속으로 미끄러져 들어가는 중이다. 마르나 포구까지는 1킬로 정도, 경비정은 포구 오른쪽의 선착장에 접안할 계획이다.

"성공입니다!"

다가온 윤석이 소리치듯 말했기 때문에 강정규가 풀썩 웃었다.

"아직 남았어! 물에 떠 있는 놈들까지 처리해야 돼!"

손목시계를 내려다본 강정규가 말을 이었다.

"이란 정부에서 조사단이 오기 전에 처리하고 떠나야 돼."

그때 선장이 옆으로 다가와 말했다.

"대장, 사령부에서 무슨 폭발이냐고 묻고 있어."

"어선끼리 충돌했다고 해."

"믿을까?"

"믿지 않겠지만 시간을 끌어야 돼."

"내가 끌려들었군."

쓴웃음을 지은 선장이 말을 이었다.

"당신들을 태우게 한 사령부 놈들이 책임을 지겠지."

"격침시켰습니다."

해밀턴이 이광에게 보고했다. 오전 9시 45분, 리스타랜드의 상황실이다. 이광이 고개만 끄덕였고 해밀턴이 말을 이었다.

"시누크가 몇 분 늦게 현장에 도착했지만 지금 마르나 포구에 상륙해서 뭍으로 나오는 놈들을 잡고 있습니다."

"강정규는?"

이광이 묻자 해밀턴의 레이저가 마르나 포구 위쪽을 가리켰다.

"이곳에 상륙할 예정입니다."

"이란 정부에서 문제를 삼지 않도록 해야 돼."

"군 고위층에 손을 써 놓았지만 다시 체크하겠습니다."

"모두 수고했어."

자리에서 일어선 이광이 둘러앉은 간부들과 하나씩 시선을 맞췄다.

"마무리를 잘 부탁하네."

군산연과의 첫 전쟁이다. 군산연에서 고용한 카를로스 테러단은 몰살시켰지만 이것으로 끝나지는 않을 것이다. 군산연의 최고 간부들인 볼룸과 피셔는 리스타와 개인적인 원한까지 겹쳐 있기 때문에 끝장을 봐야만 될 것이었다.

"홍, 테러단 보스 하나가 없어졌군."

해외작전국장 윌슨의 보고를 받은 후버가 코웃음을 치면서 말했다.

"그 개자식은 리스타가 동네 조폭 수준인 줄 알고 덤빈 것 같다."

"카를로스가 리스타를 가볍게 본 것 같기는 합니다."

윌슨도 동의했다.

"제 직속부하 30명쯤에다 파키스탄에서 현지용병을 400명 가깝게 모집해서 갔거든요."

"미친놈, 아프리카 내전에 머릿수 채워서 나가는 꼴이었군."

"반다르 압바스에서 군산연으로부터 최신형 무기를 지급받았지만 바다에서 기습을 받아 수장된 것이지요."

"병신."

숨을 고른 후버가 눈썹을 모으고 윌슨을 보았다.

"대통령한테 어떻게 보고를 하지?"

후버의 눈동자에 초점이 흐려졌다. 생각하는 표정이었기 때문에 윌슨은 시선만 받았다. 이쪽에서 뭐라고 해도 듣지 않을 것이었다.

"영광입니다."

강정규에게 군대식 경례를 한 박경표가 인사를 했다. 이곳은 마르나 포구 아래쪽의 민가 마당이다. 폐가가 많았기 때문에 강정규는 이곳을 지휘부로 사용하고 있다. 강정규가 박경표의 손을 쥐었다.

"내가 반갑지, 박 소령."

"대장이 먼저 처리하셨기 때문에 우리 팀이 할 일이 없어졌습니다."

"마무리를 잘했잖아."

강정규가 박경표의 손을 놓고는 팀장들의 인사를 받았다. 박경표의 팀은 바다 위에 떠 있던 카를로스의 부하들을 깨끗이 소탕했다. 침몰된 어선에서 포구까지는 1킬로 정도의 거리인 데다 부상자가 많아서 살아 다가오는 테러단은 얼마 되지 않았던 것이다. 박경표가 손목시계를 보고 나서 말했다.

"10시간 후에는 마리아호가 올 겁니다."

강정규가 고개만 끄덕였다. 그때까지 이곳에서 기다렸다가 마리아호에 타고 쿠웨이트로 가는 것이다.

"어떻게 된 거야?"

볼룸이 묻자 피셔가 앞쪽 의자에 앉으면서 대답했다.

"전멸이오."

"전멸?"

눈썹을 모은 볼룸이 피셔를 보았지만 놀란 표정은 아니다. 오후 10시 반, 이곳은 뉴욕 브루클린의 안가 응접실, 볼룸이 앞에 놓인 술잔을 집으면서 다시 물었다.

"카를로스까지?"

"살아남은 놈은 없다고 합니다."

"잘되었군."

한 모금에 위스키를 삼킨 볼룸이 외면한 채 말했다.

"1,500만 불 굳었다."

선금으로 카를로스에게 절반만 주었기 때문이다. 볼룸이 흐려진 눈으로 피셔를 보았다.

"마리아호는 예정대로 쿠웨이트에 입항하겠지?"

"당연하지요."

심호흡을 한 피셔가 이번에는 볼룸에게 물었다.

"회장, 카를로스가 어떻게 당했는지 알고 싶지 않습니까?"

"전혀."

잔에 술을 채우면서 볼룸이 말을 이었다.

"결과만 듣기에도 벅차."

그때 피셔가 고개를 끄덕였다.

"다시 시작합시다."

마리아호가 쿠웨이트에 도착했을 때는 오후 5시가 되어갈 무렵이다. 부두에 접안한 마리아호에서 가장 먼저 내린 것은 리스타 용병대. 강정규와 박경표까지 마리아호를 타고 쿠웨이트에 온 것이다. 부두로 마중 나간 권철이 웃음 띤 얼굴로 그들을 맞았다.

"쿠웨이트에 잘 오셨습니다."

권철이 이무석에게 경례를 하면서 말했다.

"지금 저 위쪽에서 우리를 다 보고 있을 겁니다."

권철이 손으로 하늘을 가리키며 웃었다.

"우리가 꼭두각시 같다는 생각이 든다니까요."

박경표하고도 안면이 있었기 때문에 그들은 곧장 대기시킨 차에 올랐다. 대원들도 모두 버스에 분승하고 부두를 빠져나온다. 이무석이 옆자리에 앉은 권철에게 물었다.

"우린 바그다드를 거쳐서 빠져나갈 예정이야, 별일 없겠지?"

"예, 준비되었습니다. 하지만 며칠 쉬었다가 가시지요."

권철이 웃음 띤 얼굴로 말을 이었다.

"이곳 특급호텔이 텅텅 비었습니다. 대원들도 호강을 시켜 주시고요."

"그럴까?"

이무석의 얼굴에도 웃음이 떠올랐다.

"하긴 바로 빠져나오라는 지시는 없었어. 우선 보고부터 해야겠군."

버스는 쿠웨이트 시내로 진입했는데 거리에는 시민들이 오갔고 가끔 군인이 보일 뿐 전혀 점령지 분위기가 아니다. 거리에는 차량 통행량이 많아서 버스는 가다 서다를 반복했다.

"내가 꿈을 꾸는 것 같군."

창밖을 내다보던 이무석이 혼잣소리처럼 말했다. 이무석은 전투에 참가하지 않고 마리아호에만 있었는데 그것이 더 스트레스였을 것이다.

그날 밤, 알리바바 호텔은 한국인들의 축제장으로 변했다. 쿠웨이트는 본래 '금주 국가'였지만 이라크군이 진입해 오면서 가게에서 술이 유통되기 시작했다. 그러나 시민들은 별로 마시지 않았다. 버릇이 되었기 때문이다. 알리바바 호텔에서는 온갖 술이 넘쳐났는데 한국인들처럼 술 잘 마시는 인종도 드물 것이다. 강정규는 일본에서 자랐기 때문에 오늘처럼 '떼'로 모인 한국 사내들이 술 마시는 꼴은 처음 보았다. 강정규도 술이 센 편이었는데 병사들은 물마시듯이 술을 마셨다. 권철은 이무석과 박경표, 강정규까지를 호텔 최상층의 VIP룸에서 접대했다.

"내가 여자들을 준비해 놓았습니다."

취기가 올랐을 때 권철이 그들을 둘러보며 말했다.

"이라크군이 내려오는 바람에 빠져나가지 못한 여자들이 수천 명입니다. 그중에는 기막힌 미인들이 많습니다."

"허, 그래?"

이무석이 술기운으로 붉어진 얼굴을 펴고 웃었다.

"포로로 잡은 거야?"

"아닙니다. 신원이 불확실하거나 이란, 미국과 관련이 있는 신분 등 여러 가지 이유로 출국이 금지된 여자들이지요."

"허어, 그런데 그 여자들을 어떻게 데려온 건데?"

"데려온 것이 아니라 제 발로 온 여자들입니다. 그것도 그중에서 선발을 했고요."

권철이 웃음 띤 얼굴로 이무석과 강정규, 박경표를 차례로 보았다.

"이곳 '알리바바 호텔' 건너편에 힐튼 호텔이 있습니다."

"아, 오면서 봤어."

강정규가 말하자 권철이 고개를 끄덕였다.

"거기가 우리 사업장이야."

"사업장이라니?"

권철과 강정규는 언제부터인가 서로 반말을 한다. 강정규의 시선을 받은 권철이 빙그레 웃었다.

"거기가 지금 쿠웨이트 최고의 나이트클럽이 되어 있지. 여자들 수준이 파리 초특급 클럽보다 나을 거야."

"무슨 말인지 모르겠군."

"내가 그 호텔을 빌렸어. 아니, 주인이 도망간 호텔을 종업원까지 포함해서 내가 인수를 한 것이지."

"그거 말이나 되는 소리야?"

"쿠웨이트에서는 되는 소리지."

"어떻게?"

"점령군 사령관 허가만 받으면 되니까."

"받았단 말이야?"

"옆에 있는 '킹덤 호텔'까지 가져가라는 걸 사양했어."

말문이 막힌 강정규가 숨만 쉬었을 때 이번에는 이무식이 물었다. 술이 깬 얼굴이다.

"그래서? 인수해서 뭘 하는 거야?"

"예, 호텔 사업은 아시겠지만 입국자가 없으니까 '꽝'이지요."

"그래서?"

"그래서 힐튼 호텔을 클럽으로 만들었습니다."

"크, 클럽으로?"

놀란 이무석이 말까지 더듬었다.

"어떻게?"

"여자가 많다고 했지 않습니까? 떠도는 여자 말씀입니다. 그중에는 모델도 있고 이란의 배우도 있습니다. 프랑스 댄서도 있고 러시아 가수, 발레단도 있더라니까요?"

"그래서?"

"힐튼 호텔 절반을 클럽으로 만들었어요. 그러고는 여자를 모았더니 입소문을 타고 사흘 만에 3천 명이 넘게 신청자가 몰려 왔습니다."

모두 숨만 쉬었고 권철의 말이 이어졌다.

"호텔 손님의 8할이 이라크 점령군 장교들입니다. 이 친구들은 쿠웨이트에서 강탈한 재물이 엄청나지만 어디다 쓸 데가 없는 겁니다. 그래서 내 호텔에 와서 백만장자처럼 유흥비를 쓰지요."

"......."

"여자들도 엄청나게 벌지만 내가 더 법니다. 하룻밤에 5백만 불을 벌 때도 있습니다."

"오, 오백만 불?"

박경표가 숨까지 들이켜고 물었다가 이무석의 눈치를 보고 입을 다물었다. 그때 권철이 자리에서 일어섰다.

"자, 서론은 그만 하고 본론으로 가시지요. 여자들을 데려오겠습니다. 그런데 팁값 내실 필요는 없습니다."

"대단한 놈이군."

권철이 방을 나갔을 때 이무석이 신음하듯 말했다.

"나, 군 출신치고 저렇게 똑똑한 놈 처음 보았다."

"괜찮을까요?"

박경표가 불쑥 묻자 이무석이 눈을 흘겼다.

"아, 그럼 어때? 일만 잘하면 됐지. 저 친구가 회사 돈 축냈냐?"

"하긴 그렇지만……."

그때 강정규가 말했다.

"저 친구는 '유통' 소속으로 LA지부장을 지내기도 했습니다."

강정규는 권철의 내력을 아는 것이다. LA에서 마피아들하고 전쟁을 치르다가 리스타랜드의 경비대장이 되었던 거물이다. 이무석, 박경표는 잘 모르는 것 같다.

"방으로 들어가셨어요."

미에가 말하자 권철이 고개를 끄덕였다. 그러나 정색한 얼굴이다.

"셋 다?"

“예, 세 분 다.”

“그, 키 크고 코 큰 놈도?”

“강 대령을 말하는 건가요?”

“그래, 강 대령, 맞아. 그 친구도 여자 데리고 들어갔어?”

“네.”

권철이 잠자코 술잔을 쥐었다. 밤 12시 반, 권철은 미에를 시켜서 이무석, 강정규, 박경표가 파트너 데리고 각각 제 방으로 들어갔는가를 확인한 것이다. 권철은 파티를 총감독하는 입장이라 바빴기 때문이다. 이곳은 알리바바 호텔 8층의 권철 숙소다. 소파에 앉아있는 권철 옆으로 미에가 다가와 섰다.

“이번에 온 부대원들은 다 나가는 건가요?”

“그래야지, 여긴 우리 팀만 있어도 돼.”

권철이 팔을 뻗어 미에의 허리를 감아 안았다. 미에가 몸을 붙이더니 권철의 옆에 앉으면서 물었다.

“어떻게 하죠?”

“뭘?”

“또 연락이 왔어요.”

“누구한테서?”

“다나까 씨.”

한숨을 쉰 미에가 말을 이었다.

“내 말을 믿지 않는 것 같아요.”

“당연하지.”

쓴웃음을 지은 권철이 지그시 미에를 보았다. 미에는 권철의 정부가 되어있는 것이다.

"다나까를 죽여 없애는 것이 어때? 물론 이라크군을 시켜서 말이야."

미에가 숨만 쉬었고 권철이 말을 이었다.

"물론 본부에서는 의심하겠지. 하지만 증거가 없으니 어쩔 수 없을 거야."

"……."

"그리고 또, 널 소환할 수도 없는 입장인 데다 너한테서 나가는 정보가 유일하거든, 그렇지 않아?"

"그건 맞아요."

미에가 권철의 가슴에 얼굴을 붙였다.

"내가 당신의 여자가 되어 있다는 것도 총리실에서는 알고 있을 거예요."

권철이 미에의 셔츠를 벗기면서 물었다.

"지금도 오무라가 살아있는 건 확실하지?"

"아마 CIA 고위층은 알고 있을걸요?"

셔츠를 벗기자 브래지어도 차지 않은 미에의 풍만한 가슴이 드러났다. 미에가 서두르듯 권철의 바지 허리띠를 풀면서 말을 이었다.

"내 보고가 오무라 씨한테 닿고, 거기서 지시가 오는 건 분명해요. 기다노도 그런 말을 한 적이 있어요."

미에의 숨이 가빠졌고 더 이상 말이 이어지지 않았다. 권철이 거칠게 미에를 소파 위로 눕혔기 때문이다. '알리바바 호텔'의 밤이 깊어가고 있다. 뜨거운 밤이다.

"알리바바 호텔이 각국 정보원들의 집합장이 되어 있어요."

페트리샤가 무전기에 대고 말했다. 이곳은 알리바바 호텔 707호실. 7

층은 간부급 숙소인데 페트리샤가 그중에서도 큰 방을 배정받은 것이다. 권철의 배려다. 더구나 페트리샤의 방에는 무전기가 설치되어 있다. 이것도 권철의 배려인데 호텔 안에서 직접 외국과 통신할 수 있는 곳은 두 곳이다. 페트리샤의 707호실과 그 옆방인 708호실이다. 물론 708호실은 권철의 무전실이다. 페트리샤가 말을 이었다.

"일본 정보원 둘이 잡혀 왔다가 여자 하나만 남았습니다. 남자하고 같이 밖에 나갔다가 남자가 이라크군 보안대에 잡혀갔지요."

수신자는 사우디 담만에 주둔한 미군 제414부대에 파견 나온 CIA 요원이다. 요원은 듣기만 했고 페트리샤가 말을 이었다.

"내 추측인데 미스터 권이 남자를 체포하도록 한 것 같습니다. 미스터 권은 얼마든지 풀어내 올 수 있는 능력이 있는데도 놔두고 있으니까요."

"아니, 그러면⋯⋯."

사내의 목소리가 울렸다.

"내놓고 잡아가게 했단 말입니까?"

"그래요, 그리고 여자는 지금 미스터 권의 정부가 되어 있어요."

"아하."

"어제는 영국, 프랑스 정보원이 들어왔는데 '리스타 연합'과 연결된 것 같습니다."

"⋯⋯."

"밖에서 각국이 리스타 연합과 접촉해서 정보원을 미스터 권이 받아들이도록 부탁한 거죠. 영국 정보원한테서 들었습니다."

"영국 정보원 이름은?"

"데이비드 맥컬럼, 42세, 시리아인으로 위장하고 사우디 쪽 국경을 넘어왔다는군요. 곧장 이곳 알리바바 호텔로 온 겁니다.”

“그렇군요.”

“프랑스 요원 둘은 이곳에 있던 자들인데 알리바바 호텔이 안전하니까 옮겨온 것이고요.”

“아하.”

“CIA 요원은 나 하나뿐입니다.”

“아니, 그래도······.”

사내의 목소리에 웃음이 띠어졌다.

“방에 무전기를 장착해 놓고 직접 통신할 수 있는 건 우리뿐이지 않습니까?”

“하긴 그래요.”

“다시 연락드리지요.”

통신이 끊겼다. 요원은 이 대화를 바로 CIA 본부에 보낼 것이었다.

무전기를 끈 페트리샤는 벽시계를 보았다. 밤 1시 45분이다. 이제 아래층에서 울리는 소음은 줄었다. 가끔 웃음소리만 들릴 뿐이다. 마리아호에 타고 온 리스타 용병단의 축하 파티다.

“개 같은 원숭이 놈들.”

투덜거린 페트리샤가 자리에서 일어섰다.

이곳의 주인은 코리안이다. 리스타가 아니라 코리안이 이라크 점령군의 파트너가 되어서 세계 각국을 주무르고 있는 셈이다. 미국 CIA도 이곳에서 셋방살이를 하고 있는 것이다.

“오무라가 살아있어?”

이광이 되묻자 안학태가 쓴웃음을 지었다.

"예, 쿠웨이트에 있는 일본 정보원이 오무라의 존재를 확신하고 있답니다."

"끈질긴 놈이군."

"일본이 끈질기게 오무라를 보호하는 것이지요. 일본 정부에 대해서는 애국자이거든요."

"그것을 미국도 알고 있을 것 같은데."

"그렇습니다."

정색한 안학태가 이광을 보았다.

"해밀턴도 그렇게 믿고 있었습니다."

"일본도 미국의 동맹국이니까."

쓴웃음을 지은 이광이 지그시 안학태를 보았다.

"아무도 믿지 않는 것이 최선이야. 그러기 위해서는 국가가 강해져야 한다고."

"그렇습니다, 회장님."

"쿠웨이트의 경우가 그 예야. 지금 권철이 쿠웨이트에서 세계 각국의 정보원을 거느리고 있지?"

"그렇습니다."

이광의 얼굴에 다시 쓴웃음이 떠올랐다.

"그놈이 그 와중에도 사업을 크게 일으켰어. 노다지를 캐고 있더군."

다음 날 오전 10시, 권철이 쿠웨이트 시내 중심부에 위치한 파라다이스 호텔로 들어섰다. 이곳은 점령군이 관리하고 있어서 로비에는 군인들뿐이고 출입 통제도 엄격했다. 로비에서 다시 확인을 받은 권철이 엘리베이터 앞에서 기다리고 있는 장교와 함께 12층으로 올라갔다. 12

층에는 복도에 양탄자가 깔렸고 경비병이 늘어서 있다. 권철이 맨 끝 방으로 들어섰을 때 자리에 앉아있던 두 사내가 고개를 들었다. 쿠웨이트 점령군 사령관 카심 대장과 보안대장 아지르 대령이다.

"어, 왔나?"

인면이 있는 카심이 고개를 끄덕였고 아지르는 눈인사만 했다. 목례를 한 권철이 앞쪽 자리에 앉았을 때 카심이 물었다.

"어제 파티 잘 끝냈나?"

"예, 각하."

어깨를 부풀렸다가 내린 권철이 정색했다.

"호르무즈 해협을 무사히 빠져나왔기 때문에 파티를 열어주었습니다."

"이해하네, 잘했어."

고개를 끄덕인 카심이 권철을 보았다. 카심이 누구인가? 사담 후세인이 가장 신임하는 장군으로 전쟁터만 돌아다녔기 때문에 측근에 머물 기회가 드물었다. 이란과의 전쟁 때 동부군 사령관으로 전쟁을 지휘했고 8년간의 전쟁이 끝나고 나서 3년 후에 다시 쿠웨이트 점령군 사령관이 되었다. 이렇게 밖으로만 돌아다닌 것이 후세인의 오랜 신임을 받게 되었을지도 모른다. 측근에서 위세를 떨치던 장군들은 대부분이 숙청당했기 때문이다. 그때 카심이 입을 열었다.

"이 회장한테 수고했다고 전해주게. 무기도 제대로 받았어."

"예, 각하."

"군산연 놈들의 끈질긴 방해로 이 회장도 손해를 많이 받았더군."

입맛을 다신 카심이 권철을 보았다.

"내가 보상을 해준다고 전하게."

144

"감사합니다, 각하."

"그런데 이번에 이 회장한테 또 부탁할 일이 있어."

카심이 자리를 고쳐 앉았고 권철은 입 안에 고인 침을 삼켰다. 그때 카심이 입을 열었다.

"그동안 쿠웨이트 유정에서 생산된 원유가 수백만 배럴이나 저장되어 있어. 저장 탱크가 가득 차서 생산을 중지시켜야 될 지경이야."

"……."

"그래서 육로로 나르려고 했더니 그것도 한계가 있어."

카심의 얼굴에 쓴웃음이 번졌다.

"그 원유를 팔아야겠어, 대령."

"예, 각하."

"중국한테 원유를 사 가라면 환장을 할 거네. 그것도 좀 싸게 팔 테니까 말이야."

놀란 권철이 숨만 쉬었고 카심의 말이 이어졌다.

"미국이 중국한테 기름을 보내주고 있던데 우리가 보내주겠어. 그것도 싼값으로 말이야. 10퍼센트만 싸게 해줘도 미국은 수억 불 이득이야."

"……."

"미국이 안 하겠다면 소련에 팔 수도 있어. 소련 유조선이 페르시아 만으로 들어와서 쿠웨이트의 원유를 실어가는 거지. 그건 미국도 저지할 수 없을걸?"

카심의 얼굴에 웃음이 떠올랐다.

"이건 이 회장한테 하는 말이야. 미국이 거부하면 이 회장이 소련에 오퍼를 할 수도 있다는 말이네."

"알겠습니다, 각하."

"아직까지 열쇠는 우리가 쥐고 있다고 이 회장한테 말해주게. 이라크하고 이 회장이 말이야."

"예, 각하."

"그런데, 참."

카심의 시선이 아지르에게로 옮겨졌다.

"대령, 권 대령한테 할 말이 있다고 했지?"

권철도 이제는 '대령'으로 통한다. 카심의 시선을 받은 아지르가 상체를 세웠다.

"예, 각하."

"말해."

"예, 각하."

아지르가 권철에게로 몸을 돌렸다.

"대령, 알리바바 호텔에 7개국의 정보원 11명이 있는 건 맞지요?"

"예, 모두 감시를 붙여 놓아서 철저히 통제하고 있습니다."

"페트리샤 리가 CIA와 통신하고 있는데 우리가 감청하고 있는 건 알고 있는 것 같더군요."

"당연하지요."

쓴웃음을 지은 권철이 말을 이었다.

"하지만 그것만으로도 감지덕지해야지요."

"그런데 이번에 두 명을 더 받아주셔야겠습니다."

긴장한 권철에게 아지르가 말을 이었다.

"소련 정보원인데 밖에서 리스타와 접촉하면 CIA가 눈치챌 것 같아서 우리가 직접 부탁하는 겁니다."

146

"아아."

"이건 알리바바에 있는 다른 정보원도 모르게 해야 됩니다. 그 둘을 리스타 직원으로 취급하시지요."

소련은 미국과 냉전 중이어서 이라크에 우호적이다. 적의 적은 동지인 원리다. 그래서 알리바바에 모인 미국과 우호적인 나머지 6개국과는 대립관계인 셈이다. 이윽고 권철이 머리를 끄덕였다.

"알겠습니다."

"고맙네."

카심이 아지르 대신 치하했다.

"아마 나중에 이 사실이 밝혀지더라도 미국 측은 불평하지 않을 거네."

"예, 각하."

"리스타의 위상만 더 높아지겠지."

"알겠습니다, 각하."

"힐튼 호텔의 사업은 잘된다더군."

불쑥 카심이 말했기 때문에 권철이 숨을 죽였다. 그때 카심이 쓴웃음을 짓고 말했다.

"개자식들이 그렇게라도 스트레스를 풀어야지. 강도질한 재물이 다 리스타로 넘어가는군."

"아닙니다, 각하."

권철이 기를 쓰듯 말을 이었다.

"제 사업입니다, 각하."

그러자 카심이 눈을 흘겼다.

"회사에다 돈 번 것을 내놓겠다고? 미쳤냐? 그건 네가 번 돈이야."

권철이 고개를 숙였고 아지르가 눈을 부릅뜨더니 입을 꾹 다물었다. 그런데 콧구멍이 벌름거리고 있다.

사령관실을 나온 권철이 로비로 내려왔을 때 기다리고 있던 강재호가 다가왔다.

"무슨 일 있습니까?"

권철의 안색이 심상치 않았기 때문이다.

"젠장."

투덜거린 권철이 혼잣소리를 했다.

"이번 기회에 사업을 더 늘려야겠군."

힐튼 호텔 사업은 이미 보고를 했던 것이다. 그런데 카심은 그것이 권철 혼자서 꾸민 사업인 줄 안다.

홍콩, 구룡반도 끝의 맞은편에 위치한 센트럴, 이곳이 홍콩의 중심이다. 센트럴 서쪽의 빅토리아 호텔은 5층 대리석 건물로 눈에 띄지 않게 큰길 안쪽에 세워졌지만 초특급 호텔이다. 잘 알려져 있지도 않아서 일반인들은 친숙하지도 않지만 우연히 들렀다가 놀라 나오는 사람이 대부분이다. 투숙비가 특급호텔의 20배도 넘기 때문이다. 모두 빌라식으로 되어 있어서 방 3개, 응접실과 회의실까지 딸린 데다 방마다 개인 엘리베이터가 있다. 빅토리아 호텔의 302호실, 오전 11시 정각, 전용 엘리베이터를 타고 올라온 후버가 문 앞에서 기다리고 있던 이광의 영접을 받는다. 이광은 안학태, 해밀턴과 함께 후버를 맞았다.

"잘 오셨습니다, 부장님."

"오랜만이오, 이 회장."

악수를 나눈 둘의 얼굴에 웃음이 떠올랐다. 후버는 해외작전국장 겸

부장보 윌슨과 중국 담당 CIA 지부장 버질을 대동하고 있다. 인사를 마친 일행은 방으로 들어가 회의실의 소파에 나눠 앉았다. 오늘 만남은 이광이 요청한 것이지만 아직 내막은 밝히지 않았다. '쿠웨이트 내부 문제'로 협의할 일이 있다고 통보했더니 후버가 두말 않고 날아온 것이다. 후버가 방을 둘러보면서 말했다.

"이건 영국식으로 짓고 엄청난 방값을 받는다던데 이런 호텔에 투숙하는 사람들을 이해 못 하겠어."

해밀턴이 픽픽 웃었지만 후버가 말을 이었다.

"여기 투숙하면 영국 귀족이 되는 기분이 들까? 난 어지러워서 잠도 안 오겠다."

그때 이광이 입을 열었다.

"쿠웨이트산 원유를 중국에 팔았으면 좋겠다고 하는데요. 미국이 사서 중국에 넘기는 방법을 검토해 보시지 않겠습니까?"

그 순간 후버는 숨을 들이켰고 윌슨과 버질은 몸이 굳어졌다. 안학태와 해밀턴은 알고 있는 일이어서 눈만 끔벅이고 있다. 이윽고 먼저 입을 연 사람은 후버다.

"우리가 사지 않으면 소련에 판다고 그랬겠지?"

"그럴 가능성이 많습니다."

"후세인은 제 어미도 팔아먹을 놈이야."

그때 해밀턴이 대답했다.

"후세인 어머니는 죽었습니다, 부장님."

"입 닥쳐, 해밀턴."

"예, 부장님."

"쿠웨이트산 원유가 동결되는 바람에 유가가 폭등한 기회를 노렸군."

"가격은 더 깎을 수 있을 것 같습니다."

이광이 말을 이었다.

"우리한테 10퍼센트를 내렸지만 더 내릴 수 있을 것 같습니다."

"당연하지."

후버가 고개를 끄덕였다.

"레이건이 말년에 좋아하겠군. 국가 예산을 절약할 수 있을 테니까."

"한다고 전할까요?"

이광이 묻자 후버는 눈을 가늘게 떴다.

"그 중개 역할은 리스타요?"

"그렇습니다. 미국과 이라크 점령군이 직접 거래를 할 수는 없지 않겠습니까?"

"이번 장사로 수수료가 엄청나게 떨어지겠군."

"이번 군산연과의 싸움으로 우리도 피해를 많이 입었습니다, 부장님."

"좋아, 대통령께 보고하겠소."

소파에 등을 붙인 후버의 얼굴에 쓴웃음이 떠올랐다.

"이번 이라크의 쿠웨이트 점령으로 가장 신이 나는 것은 리스타가 되겠군."

"리스타는 우방 기업입니다, 부장님."

해밀턴이 정색하고 대답했을 때 후버가 눈을 흘겼다.

"개가 웃는다. 그런 소리 마라."

후버 일행이 나갔을 때 이광이 해밀턴과 안학태를 둘러보았다.

"잘 될 것 같군."

"미국이 안 사면 소련에 팔 수도 있으니까요."

해밀턴이 말을 이었다.

"물론 소련이 사 가면 우리 입장이 난처해지겠지요."

미국은 지금 소련과 동서 냉전 중이다. 그래서 중국을 소련에 대한 대항세력으로 경제력과 군사력을 지원해 주고 있는 것이다. 만일 냉전 중이 아니라면 미국은 쿠웨이트 원유에 대해서 서두르지 않을 것이 분명하다.

"우리는 인터폴의 수배자가 되어서."

강정규가 권철의 손을 잡고 흔들면서 말을 이었다.

"나하고 내 동료들은 바그다드에서 기회를 보다가 빠져나갈 거야."

"또 만나겠지."

권철이 웃음 띤 얼굴로 대답했다.

"그때는 마음 편하게 술 한잔해."

"여기도 편했어."

강정규가 버스로 다가가면서 말했다. 오후 7시 반, 강정규는 이무석 일행과 함께 바그다드로 떠나는 것이다. 이무석, 박경표 등 2백여 명은 바그다드에서 곧장 파리, 로마 등으로 분산 출국한 후에 리스타랜드로 돌아갈 계획이다. 버스 앞에 다가섰을 때 권철이 강정규에게 검정색 가죽가방을 내밀었다. 손가방이지만 꽤 묵직한 무게가 느껴졌다.

"뭐야?"

강정규가 받으면서 묻자 권철이 빙그레 웃었다.

"돈."

"돈? 돈은 왜?"

"힐튼 클럽에서 번 돈 중 일부야."

"글쎄, 그걸 왜 나한테 줘?"

"이봐, 상부상조하자고. 50만 불이야, 그냥 써."

"어이구, 이 거금을 받고 내가 뭘 하라고?"

"그냥, 있으면 나눠 갖자는 의미야."

"글쎄, 왜?"

"이라크 점령군 놈들이 쿠웨이트 은행, 가게, 가정집까지 뒤져서 찾아낸 달러가 쓰레기통 안에도 수북해."

"그런데?"

"그 돈을 우리가 걷고 있는 거야. 이라크군 놈들에게 천국 같은 서비스를 베풀면서 말이야."

"그래서 어쨌다고?"

"그리고 서비스를 해 주는 여자들, 종업원들한테는 라스베이거스나 파리에서보다 몇 배나 더 돈을 벌게 해주지. 제 가치 이상으로."

권철이 강정규의 손에 가방을 쥐여 주고는 손을 떼었다.

"윈윈이야, 난 이익금의 50퍼센트를 리스타 본부에 보내려고 모아 놓았어. 계산까지 철저히 해 놓고 말이야."

"자네, 참 대단하다."

마침내 강정규가 감탄했을 때 권철이 정색하고 말했다.

"들었어? 회장실에서는 자네하고 나하고를 차기 리스타의 경영자로 양성시키고 있다는 소문 말이야."

"글쎄."

"들었을 거야, 많이 퍼졌으니까."

버스에 일행들이 오르고 있었기 때문에 둘은 출입구에서 조금 비켜섰다. 버스는 모두 5대, 이무석과 박경표 등은 모두 탑승했다. 권철이 말을 이었다.

"당신한테 말하지만 난 포기했어. 경영자 따위는 안 해."

"자네가 포기한다고 놔둘까?"

"내가 싫다면 안 하는 거야."

권철이 팔을 들더니 강정규의 어깨를 가볍게 쳤다.

"당신이 해, 당신이 적격이야."

"그건 누가 판단하는데?"

"내가."

권철이 어둠 속에서 이를 드러내고 웃었다.

"난 실컷 즐길 테니까."

"618호실의 두 사내, 누구죠?"

페트리샤가 묻는 바람에 권철이 숨부터 들이켰다. 저도 모르게 숨이 들이켜진 것이다. 오후 8시 40분, 이무서 일행을 배웅하고 호텔로 돌아온 권철이 엘리베이터 앞에 섰을 때다. 주위에 부하들이 많았기 때문에 권철이 옆쪽 창가로 다가가 섰다. 페트리샤가 대답을 기다리는 얼굴로 따라와 옆에 선다. 날씬한 몸매, 검은 눈동자가 깜박이지도 않는 것이 고양이 눈 같다.

"누구 말이오?"

그렇게 되물은 것은 여유를 갖자는 의도다. 618호실에는 소련 정보원 제임스와 코반이 투숙하고 있다. 가명이겠지만 본명은 모른다. 둘은 서양인 '리스타 용병대'로 위장하고 있었는데 이상한 일이 아니다. 마침 이무석이 인솔해온 200여 명의 용병대에도 30여 명의 서양인이 끼어 있었기 때문이다. 그때 페트리샤가 이맛살을 찌푸렸다. 이 여자는 웃는 모습을 보인 적이 없다. 물론 웃을 일도 없었지만.

"이번에 들어온 둘, 제임스와 코반이던가요?"

"아, 충원된 내 부하들인데, 왜? 당신한테 추근댑디까?"

"모두 당신처럼 껄떡거리는 줄 알아요?"

페트리샤의 눈빛이 강해졌다.

"말 딴 데로 돌리지 맙시다, 대장."

"당신, 지금 너무 오버하고 있다는 거 알지."

"난 당연히 물어볼 만한 일을 물어본 겁니다, 대장."

"당신은 그럴 권리가 없어, 보석상 아가씨."

어깨를 부풀린 권철이 페트리샤를 노려보았다.

"내가 당신의 생명을 구해줬다는 것을 잊어버린 모양이군."

"그 일하고 연관 짓지 말아요, 대장."

"질질 짰을 때가 2주도 지나지 않았어, 아가씨."

"그 둘이 어디 정보원이죠?"

"도대체."

권철의 얼굴에 일그러진 웃음이 떠올랐다.

"당신, 참, 분수를 모르는데."

"이미 보고했어요."

"상관없어."

"둘은 소련 정보원이죠?"

"어째서 그렇다는 거야?"

"어제 한 놈이 점령군 사령부로 들어가는 것을 보았거든."

"당신이?"

"아니, 다른 사람이."

"그 증거가 있어?"

"보여줄 수 있어."

"사진?"

"보여주면 말해줄 거야?"

"페트리샤."

권철이 한숨을 쉬고 나서 말을 이었다.

"CIA에 연락해, 네 목숨이 위험하다고."

"뭔 소리야?"

"이곳 리스타 대장이 널 죽일 것 같다고 해. 이것저것 뒷조사를 했더니 죽이려는 것 같다고."

"……."

"아마 오늘 밤을 넘기지 못할 것 같다고 해."

다시 엘리베이터 쪽으로 발을 뗀 권철이 말을 이었다.

"장담컨대 난 네가 죽어도 이곳 대장으로 남아있을 거야."

4장 리스타의 위상

백악관의 대통령 집무실, 로널드 레이건 대통령은 8년간의 대통령직을 수행하고 다음 주면 제41대 대통령으로 당선된 조지 허버트 부시에게 오발 오피스(Oval Office)를 물려줄 예정이다. 집무실에는 레이건과 후버가 마주 보고 앉아 있었는데 후버가 둘만의 이야기가 있다고 했기 때문이다. 후버가 홍콩에서 이광을 만난 이야기를 하자 레이건은 한숨을 쉬었다.

"후세인의 요구대로 쿠웨이트산 원유를 우리가 사는 것이 낫겠군."

"예, 각하. 우리가 안 사면 소련이 살 겁니다. 그럼 우리가 손해지요."

후버가 말을 이었다.

"부시 씨한테 이 이야기를 하면 펄쩍 뛸 겁니다. 침략자하고 무슨 거래를 하냐고 하겠지요."

"맞아, 부시가 좀 답답하지."

"그래서 제가 각하께 승인을 받으려는 것입니다."

"8년 동안 수고 많이 했어, 부장."

"제가 존경하는 각하를 모시게 되어서 영광이었습니다, 각하."

"난 캘리포니아에서 말이나 타겠어."

"제가 가끔 찾아가 봬도 되겠습니까?"

"그럼."

레이건이 환하게 웃고 나서 말을 이었다.

"이광이한테 연락해서 날 '리스타아일랜드'로 초대하라고 해주게. 거기 날씨가 좋다고 했어."

"오늘 당장 연락하지요, 각하."

따라 웃은 후버가 자리에서 일어섰다.

"이광 씨도 기뻐할 것입니다, 각하."

바그다드를 출발한 에어프랑스 여객기가 샤를 드골 공항에 도착했을 때는 오후 3시 반이다. 비행기가 멈춰 서자 옆자리에 앉은 윤석이 강정규를 보았다.

"조금 기다렸다가 나가시죠."

"왜?"

강정규가 웃음 띤 얼굴로 물었더니 윤석이 쓴웃음을 지었다.

"한꺼번에 나가는 것이 나을 것 같아서요."

"맨손으로 싸우자고?"

"아닙니다."

그때 통로 건너편 자리에 앉아있던 페드로가 일어서면서 말했다.

"대장, 가시죠."

비행기 안에는 강정규의 특공대 대원 전원이 타고 있는 것이다. 그들 모두가 인터폴에 수배된 인물들이다. 바그다드에서 떠날 때는 전혀 문제가 없었지만 이곳은 파리다. 인터폴의 영향력이 미치는 곳이다. 강정규가 비행기 밖으로 나왔을 때다. 앞쪽에 몰려 서 있던 사내들이 일제히 강정규를 보더니 다가왔다. 서양인들이다.

"미스터 강?"

그중 하나가 물었기 때문에 강정규가 웃음 띤 얼굴로 고개를 끄덕였다.

"그래, 나야."

"일행이 모두 왔지요?"

다른 사내가 물었고 이번에는 윤석이 대답했다.

"다 왔습니다."

"그럼 모두 저쪽으로 모여요."

또 다른 사내가 옆쪽 공간을 가리키며 말했다.

"29명 맞지요?"

"맞아요."

페드로가 대답하더니 손짓으로 부하들을 불렀다.

사내들은 CIA 요원들이다.

두 시간쯤이 지난 오후 5시 반경에 프랑스 남동지역 상공을 C-140 수송기 한 대가 날아가고 있다. 흐린 날씨여서 수송기는 자주 흔들렸지만 수송기 안의 분위기는 밝다. 수송기 안에는 강정규 일행이 탑승하고 있는 것이다.

"자카르타까지는 8시간이 걸린다는데요."

조종실에 다녀온 페드로가 소리치듯 말했을 때 강정규가 고개를 끄덕였다.

158

"한숨 자고 일어나면 되겠다."

"자카르타 공군기지에서 다시 비행기를 갈아타야 합니다."

옆에 앉은 윤석이 말했다. 자카르타에서 다시 '리스타 아일랜드'로, 거기서 다시 서울로 날아간 다음에 대마도로 밀항해야 되는 것이다. 강정규와 윤석의 최종 목적지는 대마도다. '대마도 수복'이 강정규의 본래 임무인 것이다.

"CIA 덕을 보는군."

페드로가 혼잣소리처럼 말을 잇는다.

"하긴 우리가 쿠웨이트에서 기선을 잡고 있으니까."

강정규의 눈앞에 권철의 모습이 떠올랐다. 다음 순간 옆에 놓인 가방으로 시선을 옮긴 강정규가 숨을 들이켰다. 가방 안에 옷가지와 함께 거금 50만 불이 들어 있는 것이다.

"퍽!"

발사음과 함께 왼쪽 벽에서 파편이 튀어 페트리샤의 뺨에 맞았다. 혼비백산한 페트리샤가 몸을 굽혔을 때 다시 한 번 발사음이 울렸다.

"퍽!"

이번에는 바로 옆 유리창이 깨지면서 요란한 소음이 울렸다.

"쨍그랑, 와장창!"

페트리샤의 등과 엉덩이에 유리조각이 떨어져 내렸다.

"아이고!"

유리창 파편이 엉덩이에 박혔기 때문에 페트리샤가 비명을 질렀다. 오후 3시 반, 이곳은 쿠웨이트 도심, 커피숍 앞이다. 지나던 행인들이 기겁을 하고 사방으로 뛰어 달아났다. 상반신을 세운 페트리샤도 기를 쓰고 내달렸다. 사람들 사이에 끼어야 산다.

그 시간에 권철이 카심 대장의 집무실로 들어서는 중이다.

"어서 오게."

카심이 이번에도 보안대장 아지르 대령과 함께 권철을 맞는다. 카심이 가리킨 자리에 앉은 권철이 입을 열었다.

"승인을 받았다고 합니다."

"오!"

카심이 탄성을 뱉었다. 어느덧 웃는 얼굴이다.

"잘 되었어, 역시 이 회장이야."

"원유 상담은 중요한 일이만치 '리스타 연합'의 해밀턴 사장이 담당 중역을 데려와 이곳에서 상담을 할 예정입니다."

"내가 해밀턴 사장을 알지, 몇 년 전에 이 회장하고 같이 만난 적이 있어."

"이번에도 CIA에서 중재 역할을 했습니다."

"좋아, 우리도 당장 협상단을 준비하지, 날짜는 언제가 좋겠다고 하던가?"

"1주일 후 토요일입니다, 각하."

"좋아."

카심이 먼저 일어나 손을 내밀었다.

"내가 빨리 대통령 각하께 보고를 해야겠어."

기쁜 보고는 빨리하고 싶은 법이다.

이광은 핫산 왕세자를 자주 만나는 편이다. 같은 섬에 있으니만치 적어도 이틀에 한 번씩은 만나 식사를 하든지 밤에 같이 술을 마시든지 한다. 핫산은 금주를 하는 회교도였지만 외국 유학을 오래 했기 때문에 술고래가 되어있는 것이다. 오늘 저녁에도 이광은 핫산이 좋아하는 바닷가 클럽에서 둘이 술을 마셨다. 핫산은 술을 마시는 모습을 남에게 보여주지 않으려고 한다. 모래사장이 바로 앞에 펼쳐진 클럽에 나란히 앉았을 때 핫산의 얼굴에 웃음이 떠올랐다.

"이 회장, 쿠웨이트는 해방이 되겠지만 나는 이곳이 그리울 거요."

"고맙습니다."

술잔을 든 이광이 웃음 띤 얼굴로 핫산을 보았다.

"저도 전하와 같이 있었던 지금을 좋은 추억으로 삼을 것입니다."

"이곳에서 난 지난날을 돌이켜보게 되었소."

눈을 가늘게 뜬 핫산이 어둠에 덮인 바다를 보았다. 검은 바다에는 불빛 한 점이 깜박이고 있다. 배다. 그때 핫산이 말을 이었다.

"후세인이 우리 원유를 탐내더니 기어코 팔아먹는군요. 1년분 원유만 팔아도 지난 8년간 이란과의 전비는 다 뽑아낼 수 있을 거요."

이광이 고개만 끄덕였다. 후세인은 그 대금을 이라크 경제 발전에 쏟아부을 것이다. 이란과의 전쟁 때문에 늦춰지고 파괴된 경제시설을 복구해야만 한다. 이광이 핫산을 보았다.

"전하, 만일 군산연이 전하의 해외자금을 쥐게 되었다면 전쟁은 몇 년간을 끌게 될 것입니다."

"그렇지, 그래서 내가 자금관리 책임을 이 회장한테 넘긴 겁니다."

핫산이 정색했다.

"군산연은 미국 정부, 대통령까지 움직이고 있어요. 군수품 경기가 살아나면 국가 경제가 좋아지기 때문에 대통령도 빨리 끝낼 수가 없어요."

161

"곧 끝내도록 해야지요."

"부탁합니다."

핫산이 손을 뻗어 이광의 손을 쥐었다. 뜨거운 손이다.

"나는 이 회장만 믿습니다."

"뭐야?"

문이 벌컥 열리면서 페트리샤가 들어왔기 때문에 권철이 버럭 소리 쳤다. 옆에 앉아있던 미에가 놀라 벌떡 일어섰다.

"이런, 젠장."

권철이 눈을 치켜떴다. 오후 5시 반, 카심을 만나고 돌아온 권철이 막 리스타랜드의 해밀턴에게 보고를 끝내고 방에 돌아온 참이다. 미에 는 조금 전에 들어왔고. 그때 다가선 페트리샤가 가쁜 숨을 억누르면서 말했다.

"날 쐈어."

"누가?"

"당신이, 아니면 당신이 시킨 킬러가."

"킬러?"

"그래."

"난 그런 병신 같은 킬러는 고용 안 한다."

뱉듯이 말한 권철이 페트리샤를 노려보았다.

"내가 시켰다면 넌 이미 시체야."

"그럼 누가……."

"내가 아나?"

목소리를 높인 권철이 손으로 문을 가리켰다.

"나가."

"보장해주지 않으면 못 나가."

"뭘 보장한단 말이냐?"

"내 목숨."

"미친년이네."

"당신이 그랬잖아? 날 없앤다고!"

"나가."

"못 나가, 보장해주기 전에는."

그때 권철이 미에에게로 고개를 돌렸다.

"미에, 내가 부를 때까지 방에 가 있어."

"네."

고분고분 대답한 미에가 방을 나가고 문이 닫혔을 때 권철이 페트리
샤를 보았다.

"보상은?"

"뭘?"

페트리샤가 되물었을 때 권철이 혀를 찼다.

"멍청한 척하지 마라, 속 보인다."

"무슨 말이야?"

"미에를 봐."

그 순간 페트리샤가 숨을 들이켜더니 순식간에 얼굴이 빨개졌다.

"개 같은 놈."

"싫으면 가, 아마 넌 오늘 밤을 넘기지 못할 테니까."

"다 보고할 거다."

"나가."

"어쩌란 말이야?"

"벗고 침대로 들어가."

"미쳤어?"

이제는 페트리샤의 눈 흰자위까지 빨개졌다. 그래서 진짜 고양이 같다. 그때 권철이 어깨를 부풀렸다. 그리자 페트리샤가 말했다.

"유리조각에 엉덩이를 찔렸단 말이야."

"그래서?"

"못 누워."

권철이 어금니를 물었지만 콧구멍이 벌름거렸다.

창밖은 환하다. 아직 쿠웨이트는 한낮이다.

서울, 오리엔트 호텔의 특실, 오전 11시, 응접실 소파에 강정규가 조백진과 둘이 앉아있다. 강정규는 어젯밤에 도착했다. 한국 국적을 취득한 지 얼마 되지 않지만 이제 강정규에게 한국은 고향이나 같다. 조백진이 커피 잔을 들면서 강정규에게 말했다.

"여기서 좀 쉬어."

"예, 사장님."

"여기서 만날 사람 있나?"

"없습니다, 사장님."

"없어?"

강정규의 시선을 잡은 조백진이 빙그레 웃었다.

"여자도 없어?"

"둘 있었지만 연락을 못 했더니 차례로 인연이 끊겼습니다."

"연락을 하면 되잖아?"

"이미 잊었을 텐데 안 하는 것이 서로를 위해서 낫다고 생각합니다."

"그건 자네 생각이잖아?"

조백진이 이렇게 끈질기게 묻는 이유는 사정을 알고 있다는 증거였다. 강정규가 쓴웃음을 짓고 고개를 저었다.

"여자한테 신경을 쓰기가 싫어서 그럽니다. 그리고 그것이 여자한테도 도움이 될 것이고요."

"자네는 다르군."

쓴웃음을 지은 조백진이 혼잣소리처럼 말하더니 탁자 위에 서류봉투 하나를 놓았다. 두툼한 봉투다.

"이거, 대원들에게 줄 상여금이야. 자네가 나눠줘."

"예, 사장님."

"일주일간 휴가를 주고 대마도로 복귀하도록 해."

"알겠습니다, 사장님."

자리에서 일어선 조백진이 정색하고 강정규를 보았다.

"하지만 가볍게 여자를 만날 수는 있겠지? 내 말뜻을 아나?"

"압니다, 사장님."

강정규가 따라 웃었다.

"제가 꽉 막힌 놈은 아닙니다."

그러자 조백진이 강정규의 어깨를 가볍게 쳤다.

"수고 많이 했어. 자네 덕분에 호르무즈 해협을 무사히 건너고 작전이 성공했네."

조백진은 맨 나중에야 칭찬을 했다.

"어이쿠, 전 5천인데요."

놀란 윤석이 봉투에서 꺼낸 수표를 보면서 말했다.

"공평하게 나눴군."

강정규도 봉투에서 수표를 꺼내 탁자 위에 놓았다. 1천짜리 수표가 5장, 5천만 원이다. 29명 대원 중 장교 3명은 5천, 나머지는 모두 3천이다. 고개를 끄덕인 강정규가 윤석에게 옆에 놓인 가방을 눈으로 가리켰다. 권철이 준 돈 가방이다.

"저기 미화 50만 불이 들었다. 1만 불짜리 뭉치가 50개야."

윤석의 시선을 받은 강정규가 말을 이었다.

"저것도 나눠줘라. 장교 2개, 나머지는 1개씩."

"대장님, 그건……."

권철이 준 가방인 것을 아는 터라 윤석이 말했을 때 강정규가 고개를 저었다.

"돈 쓸 데도 없어. 돈 가방 들고 다니는 게 부담스럽다."

강정규의 얼굴에 웃음이 떠올랐다.

"일주일 휴가를 보내는 것이 작전하기보다 어려울 것 같군."

강정규에게 무료한 시간보다 고통스러운 것이 없기 때문이다.

"뭐? 기물을 부수고 있어?"

권철이 이맛살을 찌푸렸다가 곧 웃었다.

"이 새끼가 대낮부터 술 처먹고 사고를 치는구먼."

"지금도 행패 중입니다. 안쪽 바에 의자를 던져서 술병이 수십 개 깨졌습니다."

"가자."

권철이 벌떡 일어서자 강재호가 말렸다.

"대장님, 놔두시죠. 제가 알아서 처리하겠습니다."

"뭘 어떻게 처리한다는 거냐?"

"변상을 받겠습니다."

알리바바 호텔의 사무실이다. 지금 강재호는 힐튼 호텔의 클럽에서 점령군의 제14 기갑사단장인 카리프 소장의 난동을 보고하는 중이다. 카리프는 클럽의 난골 중 하나로 돈을 모래 붓듯이 쓰는 인간이다. 이 곳에서는 물이 귀해서 '물 쓰듯이 쓴다'는 말은 없다. 쿠웨이트를 점령한 후에 은행 금고를 부수고 빼앗은 현찰이 수십억 불이다. 며칠 동안 모든 영업장, 기관까지 약탈했기 때문에 점령군 졸병들도 수만 불씩 현찰을 갖고 있는 상황이다. 점령군 수뇌부에서 병사들의 사기를 올리려고 처음 며칠은 약탈하도록 놔두었기 때문이다. 이러니 군(軍) 고위층이 수백만 불씩 현찰을 보유하고 있는 것은 당연했다. 권철은 강재호의 만류도 듣지 않고 자리에서 일어섰다. 힐튼 호텔은 걸어서 5분 거리다.

권철이 클럽에 들어섰을 때 안은 더 난장판이었다. 카리프 소장은 점령군 수뇌부 중 하나로 서열 7위에 해당하는 인물이다. 총사령관은 카심 대장, 참모장과 남부방어사령관이 중장이고 소장급이 5명, 준장이 12명인 장성단 중 7위면 거물인 것이다. 권철과도 안면이 있는 사이다. 카리프는 클럽의 한쪽을 다 부숴놓았다. 오후 2시 반, 클럽이 한산한 시간이라 다행이었다. 카리프는 부관과 경호원들을 대동했는데 모두 멀찍이 물러나 구경만 하고 있다. 누가 말릴 사람도 없고 종업원이 만류했다가는 총을 쏠지도 모른다. 권철이 들어서자 먼저 지배인 핸드릭이 다가와 말했다.

"파트너 아그네스를 데려오지 않는다고 저럽니다."

"아그네스는 어디 있는데?"

"도망쳐서 보이지 않습니다."

그때 안쪽 술을 진열해 놓은 선반이 무너지면서 요란한 소리가 났다. 카리프가 밀어서 무너뜨린 것이다. 핸드릭이 어깨를 부풀리며 말했다.

"카리프가 변태라 두들기고 채찍으로 치는 바람에 돈도 싫다는 겁니다."

고개를 끄덕인 권철이 옆으로 다가와 있는 부관에게 말했다.

"부관, 잘 보고 본 대로 보안대에 보고하시오."

부관인 대위가 눈을 크게 떴다.

"대령, 어떻게 하시려고요?"

순간 권철이 권총을 뽑아 미처 누가 말릴 겨를도 없이 앞에다 대고 쏘았다.

"꽝!"

요란한 총성이 클럽에 울렸고 막 의자를 집어 던지려던 카리프가 그 자세 그대로 이쪽을 보았다.

"꽝!"

다시 총성이 울렸고 카리프 옆쪽 꽃병이 박살났다. 그때 카리프의 손에서 의자가 떨어졌다.

"꽝!"

다시 총성이 울렸을 때 카리프가 소리쳤다.

"왜 이러는 거야!"

얼굴이 굳어 있다. 놀란 표정이다.

"당신은 지금 리스타 기물을 부수고 있는 거야!"

권철이 버럭 소리쳤다. 어느새 권철 뒤에는 강재호와 7, 8명의 리스타 요원들이 서 있었는데 총은 빼 들지 않았지만 제각기 손을 늘어뜨리고 있다.

"내가?"

카리프가 되물었지만 기세가 약해졌다. 정신이 난 것 같다. 권철이 총을 겨눈 채로 다시 소리쳤다.

"소장, 당신의 지금 이 행위는 리스타를 인정하지 않겠다는 표시인가?"

"무슨 말이야?"

"리스타는 쿠웨이트에서 떠나라고 하는 거지? 당장 카심 대장은 물론 후세인 대통령께 보고하겠다!"

"내가 언제?"

"지금 그러고 있잖아! 이 개새끼야!"

버럭 소리친 권철이 다시 방아쇠를 당겼다.

"꽝!"

총성이 울리면서 카리프 옆에 놓인 의자 조각이 튀었다. 흠칫 몸을 비킨 카리프가 권철을 보았다.

"대령! 나는 그런 의도가……."

"아마 한 시간쯤 후에는 우리 회장께서 후세인 대통령께 이 상황을 말씀드릴 것이다. 너도 그쯤은 예상하고 있겠지."

"대령."

"네가 숙청을 당하든가 내가 이곳에서 나가든가 둘 중 하나가 되겠지."

"대령, 진정하게!"

"근무 시간에 여자 내놓지 않는다고 리스타 재산을 파괴한 네놈은 책임을 져야 될 것이다."

"그게 아니야……."

카리프가 손까지 저으며 다가왔을 때 그때서야 권총을 내린 권철이 고개를 저었다.

"넌 개새끼다, 소장. 말하지 마라."

"대령, 우리 둘이 조용한 곳에서……."

다가온 카리프의 입에서 역한 술 냄새가 맡아졌다. 비대한 체격, 살찐 얼굴에서는 땀이 흘러내리고 있다. 그때 강재호는 배상금으로 5백만 불은 받을 수 있겠다는 생각이 들었다. 4백9십만 불 정도는 위자료가 될 것이다.

"잠깐만."

뒤에서 부르는 소리에 페트리샤는 몸을 돌렸다. 미에가 다가오고 있다. 오후 3시, 알리바바 호텔 2층의 복도에서 둘이 서 있다. 페트리샤는 2층 커피숍에서 나오는 길이다. 페트리샤의 시선을 받은 미에가 눈으로 커피숍을 가리켰다.

"들어가서 이야기 좀 해요."

"여기서 하면 안 될까? 난 방금 마시고 온 길이라."

페트리샤가 웃음 띤 얼굴로 미에를 보았다.

"급한 일이야?"

"그것보다 당신 사흘째 대장의 방에서 살고 있던데."

미에가 웃음 띤 얼굴로 말을 이었다.

"같은 여자 입장으로 충고하는데 좀 부끄러움을 알아야 되지 않을까?"

"이런."

따라 웃은 페트리샤가 미에를 보았다.

"이 작은 일본 아가씨가 질투를 하시는군. 나 때문에 방에 들어오지 못해서 화났어?"

"이 잡년 같으니."

미에가 코웃음을 쳤다.

"우린 너희 종자들하고는 달라. 넌 저 남자를 1,001명째 겪고 있지만 난 10명대야. 그러니까 그것이 주제가 아니란 말이다."

"어이구, 수십 명?"

페트리샤가 깔깔 웃었기 때문에 지나던 호텔 직원이 힐끗거렸다. 웃음을 멈춘 페트리샤가 말을 이었다.

"그것이 무슨 자랑이라고, 원숭이 아가씨."

"네가 나하고 대장하고의 연결을 끊으려는 작전인 줄 알고 있어."

"대장이 내가 그런다고 널 끊을 인간이냐?"

눈을 가늘게 뜬 페트리샤가 바짝 다가가 섰다.

"그러고 보니 너, 제정신이 아니구나."

"미친년."

"제 파트너가 보안대에 끌려간 것이 누구 짓인지 알 텐데도 그래?"

"넌 사흘째 방에서 뒹굴게 되니까 그 인간이 너한테 푹 빠진 줄 알지?"

"지금 충고하는 거냐?"

"내가 너처럼 미친 줄 알아?"

"그럼 오늘 밤은 너한테 양보해 줄까?"

"천만에."

"그럼 네가 날 잡은 이유를 말해. 그 주제인지 뭔지."

"618호실의 소련 정보원들을, CIA에선 어떻게 처리할 거야?"

미에가 다그치듯 다시 물었다.

"리스타하고 이라크 측이 소련과 내통하고 있다는 걸 보고한 거야?"

"당연히."

이제는 둘이 정색하고 서로의 얼굴을 보았다. 페트리샤가 말을 이었다.

"그놈들도 우리가 눈치채고 있다는 것을 알고 있어, 노랭이 아가씨."

"나는."

어깨를 부풀렸다가 내린 미에가 말을 이었다.

"나는 네가 1,002번째 남자로 618호실 남자들을 상대하는 것이 정상이라고 봐."

바그다드의 '모하메트 호텔', 12층의 로얄룸 응접실의 원탁에 10여 명의 사내가 둘러앉아 있다. 그 원탁의 마주 보는 위치에 이라크 정부의 압둘라 재무장관과 리스타 연합의 해밀턴 사장이 마주 보고 앉아 있다. 분위기는 화기애애하다. 지금 이라크는 준전시 상태지만 전쟁 이야기는 한마디도 안 나왔다. 날씨에다 음식 이야기, 케냐에서 비행기 사고가 난 것까지 물어보고 대답하고 그랬다. 이윽고 압둘라가 먼저 말했다.

"쿠웨이트산 원유가 지금 1백만 톤이나 쌓여 있습니다. 언제부터 가져가실 수 있지요?"

"계약만 되면 10일 후부터 선적할 수 있습니다."

준비하고 있었기 때문에 해밀턴이 바로 대답했다. 유조선이 줄을 서 있다는 말은 안 했다. 이제는 정색한 압둘라가 다시 묻는다.

"가격은 어떻게 할까요? 국제가격보다 10퍼센트 정도 낮출 수 있습니다."

"40퍼센트 낮춰 주시지요."

"그건 안 됩니다."

압둘라가 커다랗게 고개를 저었다.

"10퍼센트 이하는 절대로 안 됩니다."

"나도 40퍼센트 지시를 받았으니까 장관께서 대통령께 여쭤보시지요."

의자에 등을 붙인 해밀턴이 말을 이었다.

"10퍼센트만 내린 가격으로 쿠웨이트산 원유를 구입했다면 아무도 믿지 않을 테니까요."

이라크는 수백만 톤의 원유를 공짜로 거둬들여 팔아먹는 상황이다. 여기다 국제 가격을 맞추다니? 지나던 개가 웃는다.

이광이 해밀턴의 보고를 받았을 때는 상담이 시작된 지 3시간이 지났을 때다. 3시간 동안 두 번이나 상담 상황을 보고하고 지시를 받은 후에 지금은 결과 보고다.

"30퍼센트로 합의를 했습니다."

해밀턴의 목소리는 밝다. 본래 이쪽의 최대치는 25퍼센트였는데 5퍼센트가 올라간 셈이다.

"압둘라가 후세인 대통령의 허락을 받아서 계약서에 사인을 했습니다, 회장님."

"수고했어요."

이광이 웃음 띤 목소리로 대답하고는 옆에 앉은 안학태와 오금봉, 진남철을 번갈아 보았다. 그들도 3시간 동안 상담이 끝나기를 기다리고 있었던 것이다. 이곳은 오후 8시 반, 창밖으로 내려다보이는 바다는 어둠에 덮여 있다. 통화를 끝낸 이광이 '리스타 유통' 사장인 오금봉에게 말했다.

"후버 씨하고 정한 가격이 국제시장 가격의 85퍼센트요. 그러니까 우리가 70퍼센트로 합의를 했으니 15퍼센트 차액이 남는 셈이지."

오금봉의 시선을 받은 이광이 빙그레 웃었다.

"차액의 절반을 CIA가 가져가기로 했으니까 우리 몫은 7.5퍼센트인 셈이군."

"잘 알겠습니다."

오금봉이 고개를 끄덕였다. 리스타 유통이 원유 사업을 담당하고 있는 것이다.

"해밀턴 씨하고 상의해서 대금 입출과 비자금 지급을 처리하겠습니다."

"7.5퍼센트라고 해도 엄청난 금액이야."

이광이 웃음 띤 얼굴로 둘러앉은 간부들을 차례로 보았다. 그렇다. 수백만 톤의 원유가 계속해서 실려 나가게 되는 것이다. 1년이면 몇억 배럴이 된다. 주먹구구식으로 계산해도 리스타에 떨어지는 수수료가 수십억 불이다. 그때 진남철이 말했다.

"쿠웨이트의 1일 원유 생산량이 약 200만 배럴입니다."

1배럴은 약 159리터이고 배럴당 국제가격이 현재 50달러 선이다. 그

가격대로 하면 쿠웨이트는 하루에 1억 불씩 땅에서 솟아 나온다. 그것을 70퍼센트인 35불에 판다고 해도 이라크는 연간 250억 불을 먹는 셈이다. 이제 미국 정부는 쿠웨이트산 원유를 배럴당 국제시장가의 85퍼센트인 42.5불에 구입할 것이고 나머지 15퍼센트인 7.5불을 CIA와 리스타가 절반씩 나눠 갖게 되는 것이다. 그때 이광이 자리에서 일어섰다.

"자, 갑시다."

그러자 모두 자리에서 일어섰다. 셋은 이광이 일어서자고 해서 일어섰을 뿐 아직 영문을 모른다.

"아, 어서 오시오."

이광과 자주 만나던 바닷가 카페에서 핫산 왕세자가 자리에서 일어섰다. 그도 이광을 따라온 경영진들을 보더니 의아한 표정을 지었다. 이광이 혼자 오는 줄 알았던 것이다.

"같이 말씀드릴 것이 있어서요."

자리 잡고 앉았을 때 이광이 먼저 입을 열었다.

"쿠웨이트산 원유 판매가격이 결정되었습니다."

핫산은 정색한 채 눈만 크게 떴고 이광이 말을 이었다.

"미국 정부는 쿠웨이트산 원유를 현재 국제시장 가격인 배럴당 50불의 85퍼센트인 42.5불로 구입하되 시장가격에 맞춰 85퍼센트를 유지하기로 했습니다."

오금봉과 진남철, 안학태는 핫산의 얼굴이 굳어 있는 것을 보고 외면했다. 이것은 강도가 제 물건을 시장에다 판다는 이야기를 듣는 것이나 같을 것이다. 이광이 말을 이었다.

"물론 이 가격은 미국 대통령과 CIA, 국무, 국방장관, 공화당 당직자 몇 명만 아는 사실입니다. 미국 정부는 배럴당 85퍼센트를 지급하지만 실제로 후세인한테 지급하는 금액은 배럴당 70퍼센트이니까요."

"……"

"우리 리스타 연합회 사장 해밀턴이 70퍼센트로 합의를 했습니다."

"……"

이광이 머리를 들고 핫산을 보았다.

"그리고 차액 15퍼센트를 미국 정부와 리스타가 나누기로 했습니다. 미국 정부는 비자금 용도로 쓰려는 것이지요."

핫산이 천천히 머리를 끄덕였다. 어느덧 눈빛이 가라앉았고 표정은 차분해졌다.

"이 회장, 자세하게 말해 주셔서 고맙습니다. 나라를 빼앗긴 내가 무력감을 느끼게 되는군요."

"제가 원유 판매 이야기를 드리는 이유가 있습니다."

이광이 똑바로 핫산을 보았다. 사장단 셋은 숨을 죽이고 있다.

"이제부터 거래하는 원유 판매대금에서 리스타 몫으로 받게 되는 7.5퍼센트는 왕자님 계좌로 입금시키겠습니다."

놀란 핫산이 시선만 주었고 이광의 말이 이어졌다.

"상담을 시작할 때부터 저는 그럴 작정이었습니다. 제가 모시고 있는 한 리스타는 쿠웨이트 정부 대리인이나 같습니다. 그러니 당연히 리스타 몫은 쿠웨이트 몫입니다."

"……"

"얼마 되지 않지만 쿠웨이트를 수복할 때까지 참고 기다려 주시지요."

"이 회장."

핫산이 이광을 부르더니 이를 드러내고 소리 없이 웃었다. 이쪽은 조명이 어두워서 흰 이가 뚜렷하게 드러났다. 핫산이 가라앉은 목소리로 말했다.

"당신은 사람을 감동시키는 재주가 있군요."

그때 안학태와 오금봉, 진남철은 핫산의 볼을 타고 흘러내리는 눈물을 보았다.

권철이 방으로 들어서자 카심이 고개를 들었다. 쿠웨이트 정부청사 사령관실, 쿠웨이트 국왕이 집무하던 집무실이 지금은 카심의 방이 되었다.

"어, 왔나?"

"예, 각하."

부동자세로 선 권철이 옆쪽에 서 있는 보안대장 아지르 대령을 보았다. 그때 카심이 앉으라는 소리도 않고 말했다.

"대령, 네가 내 부하 카리프 소장한테 총질을 했나?"

"예, 각하."

"클럽 기물을 부쉈다고 말이지?"

"예, 각하."

"카리프는 그날 휴가였어. 내가 하루 쉬라고 한 거다."

"예, 각하."

"그놈은 유능한 기갑사단장이야. 이란과 전쟁 때 여러 번 공을 세웠어."

"에, 각하."

"그런 그놈한테 네가 총질을 했어."

이제는 권철이 시선만 주었을 때 카심이 어깨를 부풀리며 말했다.

177

"그놈을 오늘 오후에 광장에서 총살시킬 거다. 보안대장을 따라가서 참관해."

"나야."

등소평의 목소리는 언제나 맑다. 긴장한 이광이 전화기를 고쳐 쥐었다.

"예, 위원장님."

"지금 핫산 왕자하고 같이 있나?"

"예, 위원장님."

대답한 이광이 서둘러 물었다.

"건강하시지요? 건강하시기를 진심으로 바랍니다."

"고맙다."

등소평이 짧게 웃었다. 오후 3시 반, 베이징은 4시 반이 되어 있을 것이다. 난데없는 전화였지만 이광은 먼저 반갑다는 생각이 든다. 이제 등소평의 나이는 1904년생이었으니 한국 나이로 87세, 1987년에 공산당 중앙위원회를 사직하면서 동시에 반대파 원로들을 함께 퇴진시켰다. 그러나 1989년인 작년에 천안문 사태로 격변을 치르면서 중국을 다시 재정립시켰다. 이제 장쩌민 체제가 된 것은 순전히 등소평의 막강한 배후 지원이 있었기 때문이다. 그때 등소평이 입을 열었다.

"이 회장, 베이징으로 오게."

"예, 위원장님."

"자네한테 할 이야기가 있어."

"예, 가지요."

"지금도 군산연 놈들하고 전쟁 중이지?"

178

"예, 하지만……."

그때 등소평이 다시 짧게 웃었다.

"그자들은 미국 대통령도 우습게보지만 내 손님을 건드리지는 못할 거야."

"예, 위원장님."

"우리가 가장 큰 고객이니까 말이야."

그러고는 통화가 끊겼다.

"무슨 일일까?"

후버가 묻자 윌슨이 고개를 기울였다.

"글쎄요, 그자들은 눈앞에 있는 닭도 정색하고 개라고 주장하는 인간들이라……."

"그게 무슨 말이냐?"

갑자기 후버가 화를 냈다.

"얀마, 비유를 하려면 그럴듯하게 해라. 왜 난데없는 닭하고 개냐?"

"죄송합니다, 부장님."

"죄송한 상판도 아니군그래."

"다만 한 가지, 우리가 전화를 도청하고 있다는 것을 알고 통화를 한 것은 분명합니다."

"당연하지."

"아마 이번 쿠웨이트 원유 구입 문제 이야기를 할 것 같습니다."

"제놈들은 받아 처먹기만 하면 되지 무슨 이야기야?"

"곧 중국이 한국과 수교할 예정 아닙니까?"

"그래, 내년이지. 그게 왜?"

"등소평은 킹메이커입니다."

"말도 안 되는 소리."

쓴웃음을 지은 후버가 고개를 저었다.

"내가 분석관 놈들 이야기 들었다. 그런데 넌 그놈들의 허무맹랑한 예상에 홀린 모양이다."

"가능성이 있습니다, 부장님."

"글쎄, 이광은 정치인이 못 돼. 지난번에도 거절한 전례가 있어."

"등소평이 밀면 됩니다."

"한국이 그렇게 간단한 나라가 아니다."

후버가 다시 고개를 저었다.

"이광은 기업인이지 정치인이 아냐, 정치를 했다가는 망한다. 등소평이 모르고 하는 것이야."

그러고는 덧붙였다.

"등소평이 만일 그런 계획이라면 무식이 드러나는 거야."

의자에 등을 붙인 후버가 쓴웃음을 지었다.

"역시 공산당 체제에서 산 놈들은 생각이 단순해. 민주주의 체제가 얼마나 복잡하고 골치 아픈지 겪어보지 않아서 그래."

그 시간에 등소평은 중국 주석 장쩌민과 둘이서 차를 마시는 중이다. 이곳은 밤 9시다. 이화원의 안가는 오늘도 조용했고 정원 연못에는 등을 여러 개 매달아서 환했다. 시력이 나빠졌기 때문에 등소평은 요즘 주위를 밝게 해놓는 것을 좋아했다. 찻잔을 든 등소평이 장쩌민에게 물었다.

"너는 한국을 어떻게 생각하느냐?"

"중국의 경제발전에 꼭 필요한 우방입니다, 위원장님."

장쩌민은 등소평에게 최대의 예의를 보이고 있다. 그리고 실제로 지금도 등소평이 마음만 먹으면 장쩌민을 내일 실각시킬 수도 있는 것이다. 장쩌민의 비서 왕용을 하루아침에 길림성의 돼지 축사 직원으로 하방시킨 것만 봐도 그렇다. 하방이 아니라 숙청이다. 등소평의 얼굴에 쓴웃음이 번졌다.

"계속해라."

"무엇을 말씀입니까?"

"한국을 이용해서 경제발전을 해야만 한다. 그것은 내가 만들어 놓은 것이야."

"그렇습니다."

"그다음에는?"

그때 장쩌민이 정색하고 등소평을 보았다.

"한국은 개방을 일찍 한 덕분에 우리보다 20년쯤은 앞서 있습니다."

"뻐기고 있지."

"내년에 한국과 수교한 후에는 한국 투자를 끌어 모으는 데 전력을 다할 계획입니다."

"일본은 안 돼, 한국뿐이야."

"그렇게 10년이면 중국 경제의 기반이 잡힐 것입니다."

"그때까지 한국 비위를 맞춰야 돼."

"우리가 한국을 이용해서 급격히 성장하면 미국이 견제할 것입니다."

"바로 그렇다."

등소평이 정색하고 장쩌민을 보았다.

"지금 소련이 위험해. 고르바초프가 소련 체제를 해체하고 연방국을 곧 독립시킬 것 같다. 그때는 어떻게 될 것 같으냐?"

장쩌민이 숨만 쉬었을 때 등소평이 말을 이었다.

"격변기다. 소련이 붕괴하고 나면 더 이상 미국의 적수가 아냐. 동서 냉전으로 미국 소련이 대결할 때 우리가 소련의 견제 세력으로 미국의 지원을 빌었지만 경쟁 상대인 소련이 없어졌을 때 미국은 어떻게 나올 것 같으냐?"

"당연히 중국을 견제하겠지요."

"그러니까 앞으로 10년은 기를 쓰고 기반을 굳혀야 돼."

"예, 위원장님."

"미국한테 죽는시늉을 하고 비위를 맞추고 일본 놈들한테는 옛날이 야기는 절대로 말아라. 다 잊어버린 것처럼 행동해."

"예, 위원장님."

"괜히 남경학살이네 옛날이야기 꺼냈다가 그놈들이 미국한테 자꾸 위험신호를 보내면 우리 경제에 걸림돌이 된다."

"예, 위원장님."

"곧 이광을 내가 만난다."

등소평이 눈을 가늘게 뜨고 장쩌민을 보았다.

"그놈을 한국 대통령으로 만들어 놓으면 중국이 세계를 지배하게 될 텐데."

장쩌민은 숨만 들이켜고 입을 열지 않았다. 등소평의 구상은 따라갈 수가 없는 것이다.

지난번 만난 여자들한테 연락할 수도 있었지만 강정규는 포기했다. 이쪽에서 연락을 못 했기 때문에 깨진 관계인 것이다. 시간이 났다고 연락해서 변명을 늘어놓기도 피곤했을 뿐만 아니라 만나서 뭘 할 것인가? 이런 생활을 하는 동안에는 틀림없이 같은 실수, 같은 과정을 반복하게 될 것이다. 여자를 만나고 싶을 때는 차라리 돈을 주고 서비스를 받는 관계를 갖도록 하자. 강정규는 호텔 방에 혼자 남았을 때 그렇게 결심했다. 그리고 서울 체류 사흘째 되는 날 저녁, 오늘도 강정규는 호텔 지하 1층의 '바'로 들어섰다. 이곳은 특급 호텔의 특급 바여서 손님 대부분이 호텔 투숙객이나 그 일행이다. 강정규가 구석 쪽 빈자리에 앉았을 때 종업원이 다가와 어제 마시다 만 발렌타인 32년을 가져와 내려놓았다. 실내는 약간 어둡고 은근한 음악이 흐를 뿐 조용하다. 100평쯤 되는 바에는 손님이 10여 명뿐이다. 강정규는 이런 분위기가 마음에 들었기 때문에 사흘째 계속해서 오고 있다. 딱히 저녁에 할 일도 없기 때문이다. 밤 8시 40분, 이곳에서 2시간쯤 혼자서 술을 마시고 방으로 올라가는 것이다. 술을 마시는 동안 손님들 구경을 하거나 창밖의 서울 시내의 야경을 보고 때로는 적당히 알코올 기운에 젖어서 음악을 듣는다. 그러면서 지난 일, 그리고 앞날을 생각하는 것이 좋은 것이다.

"선생님."

옆에서 부르는 소리에 강정규가 고개를 들었다. 종업원이 웃음 띤 얼굴로 내려다보고 있다. 강정규의 시선을 받은 종업원이 눈으로 옆쪽을 가리켰다.

"저쪽 손님이 합석하면 안 되겠느냐고 물어보시는데요."

종업원의 시선을 따라 옆쪽을 본 강정규는 기둥 옆자리에 앉아있는 여자를 보았다. 7미터쯤 떨어진 거리였는데 기둥이 조명을 가려서 몸의 윤곽만 드러나 있다. 날씬한 몸매, 세련된 옷차림.

"난 싫은데."

강정규가 웃음 띤 얼굴로 고개를 저었다.

"난 혼자 생각할 것이 있어서."

"네, 선생님."

"저분이 마시는 술 한 잔을 갖다 드리지, 한 잔이야."

"네, 명심하겠습니다."

종업원이 돌아갔을 때 강정규는 다시 창밖으로 시선을 돌렸다. 이곳에 이른 바 '콜걸'이 오지는 않는다고 했다. 그러나 누가 아는가? 손님이나 투숙객을 가장한 '원정녀'가 올 수도 있는 것이다. 한 모금 술을 삼킨 강정규가 잔을 내려놓고 기둥 쪽을 보았을 때 자리는 비어 있었다. 여자가 사라진 것이다. 작전에 실패했거나 무안해서 그랬거나 간에 상관없는 일이다. 어쨌든 인연을 만들지 않았던 것이 다행이었다. 그뿐이다.

그 시간의 쿠웨이트는 오후 3시가 되어가고 있다. 이곳은 힐튼 호텔의 클럽 안, 권철이 허리에 두 손을 얹고 서서 앞에 도열해 있는 여자들을 훑어보고 있다. 여자들은 모두 6명, 이번에 새로 채용된 웨이트리스들이다.

"응, 이번에는 괜찮다."

권철이 러시아, 프랑스, 터키, 그리스 등의 국적을 갖고 있는 여자들을 둘러보면서 만족한 웃음을 띠었다.

"처음에는 1만 불씩 받지."

"2만 불도 가능합니다."

옆에 서 있던 강재호가 거들자 권철이 눈을 흘겼다.

184

"얀마, 아무리 이곳이 전장이라고 해도 2만 불은 도둑놈 짓이다."

"도둑놈들 돈을 가져가는 것입니다, 대장님. 그리고 여자들도 한몫 챙기고요."

"닥쳐, 이 자식아."

권철이 정말로 성을 냈다.

"우리가 그 도둑놈들 친구다. 아니, 동맹군이지, 안 그러냐?"

"예, 그렇습니다."

기가 죽은 강재호가 고개를 숙였다.

"제가 잘못 생각했습니다, 대장님."

"돈을 조금 더 받지만 신사적으로 대해야 돼, 이라크군을 말이다."

"명심하겠습니다."

"이라크군 지휘부도 우리한테 최대한의 배려를 해주고 있지 않느냐 말이다."

"예, 대장님."

광장에서 제14 기갑사단장 카리프 소장이 총살당한 것은 이틀 전이다. 권철은 보안대장 아지르와 함께 총살 현장을 참관하고 온 것이다. 그 후부터 권철은 카심 대장을 알라신이라도 되는 것처럼 존경했다. 부하들에게 공공연하게 세상에서 두 번째로 존경하는 사람이라고 말했다. 첫 번째가 누구냐고는 말하지 않았지만 당연히 이광일 것이다. 헛기침을 한 권철이 강재호에게 말했다.

"저기, '터키', 내 방으로 데려와."

이광이 베이징 공항에 도착했을 때는 오후 6시경이었다. 비행기가 전용기 터미널에 멈춰 서자 곧 트랩 밑으로 리무진이 멈춰 섰다. 비행기 창밖으로 리무진을 내려다본 안학태가 이광에게 말했다.

"위원장님 비서 양비윤 씨가 나왔습니다."

양비윤은 군사위원장 비서 겸 군사위 간사다. 서열 20위권의 거물인 것이다. 이광이 창밖을 내다보더니 쓴웃음을 지었다.

"위원장께서 미리 암시를 주시는 것 같군."

안학태가 다음 말을 기다리는 것처럼 시선을 주었지만 이광은 자리에서 일어섰다.

양비윤은 과묵했다. 꼭 필요한 말도 '절반'만 하는 성격이다. 양비윤이 그런 성격이다. 차를 타고 곧장 등소평이 기다리고 있다는 이화원 근처의 안가로 가면서도 이광에게 한 말은 다섯 마디도 안 되었다. 그중 세 마디가 인사였고 두 마디는 등 위원장이 기다리고 계신다는 말이었다. 그래서 안학태는 양비윤의 말에서 '암시'를 찾는 것을 포기했다. 안학태에게 중국인은 두 종류뿐이었다. '욕심이 많은 놈', 그리고 '게으른 놈'이다. 양비윤은 '게으른 놈'이었다.

"어서 오게."

자리에 앉아있던 등소평이 일어났지만 그게 그거였다. 앉으나 서나 키가 마찬가지라는 말이다. 그래서 두 팔을 벌리고 다가온 등소평이 이광의 목을 감싸 안아야 정상인데 허리를 감았다. 아이가 어른에게 매달리는 꼴이다. 이광은 허리를 굽혀 자신도 등소평의 허리를 감아 안았다. 뒤에 선 안학태에게 등소평은 당연히 '욕심이 많은 놈'이다. 등소평은 처음 보는 사내와 함께 있었는데 이광에게 소개했다.

"이번에 상임위원은 안 됐지만 서열 12위야. 경제담당 비서에 한국과의 업무를 총괄하는 역할을 맡았어."

"장현보입니다."

사내가 이광에게 허리를 꺾어 절을 했다. 50대 초반쯤으로 건장한 체격의 호남이다. 이광이 손을 내밀어 장현보와 악수를 했다. 곧 한국과 국교정상화가 된다. 그때 이 사내가 실세인가?

"이제 중·한 무역대표부가 설치되면 본격적으로 양국의 경제활동이 활발해질 것이네."

등소평이 정색하고 말을 이었다.

"그다음 순서가 북한을 달래는 거야. 우리가 남한에만 집중하면 북한이 소외감을 느껴서 긴장을 조성할 수도 있어."

이광 옆에 앉은 안학태는 숨을 죽였다.

등소평은 지금 대국(大局)을 말하고 있다. 앞으로의 남북한, 중국, 나아가 세계정세를 설명하고 있는 것이다.

"그래서 중국과 남한의 무역대표부가 설치되고 나서 바로 남북한의 유엔 동시 가입을 지원할 작정이네. 아마 미국도 적극 지지할 거야."

등소평이 주름진 얼굴을 펴고 웃었다.

"그러고 나서 중국과 남한이 정식 수교를 하는 거지. 그럼 우리 양국의 경제는 동반 발전을 하는 거야."

"그래야지요."

이광이 고개를 끄덕였다.

"우리는 서로 필요한 관계니까요."

"바로 그거야."

등소평이 웃음 띤 얼굴로 말을 이었다.

"우리는 수천 년 동안 서로 돕고 살아온 민족 아닌가?"

"그렇습니다."

"그런데……."

한숨을 쉬고 난 등소평이 지그시 이광을 보았다. 시선을 받은 이광이 긴장했다. 안학태는 숨도 안 쉬고 있다. 등소평은 굉장히 뜸을 들이고 있다. 지금까지 이광과 등소평은 서로 돕는 관계였다. 등소평은 이광의 절대적인 후원자이자 보호자였지만 그 대가는 철저하게 받았다. 오히려 이광이 이용당하는 느낌이 들 정도였다. 이번에도 미국이 중국으로 공급하는 원유가 쿠웨이트산으로 대체된다. 이 원유는 공짜가 아니다. 국제가격으로 공급하되 10년 후부터 1년분씩 상환하는 조건이다. 무이자 상환이니 엄청난 혜택이다. 세상에 공짜는 없는 것이다. 그 원유 공급의 대리인이 리스타인 것이다. 그때 등소평이 입을 열었다.

"리, 리스타 중국 공장이 몇 개던가?"

"17개입니다."

"그렇지, 종업원이 30만 명쯤 되지?"

"42만 명입니다."

"대단해."

감동한 표정으로 등소평이 커다랗게 고개를 끄덕였다.

"리스타가 투자한 금액이 지금까지 중국 정부가 받아들인 전체 외국 투자금액의 12퍼센트나 되더군. 1개 한국 업체가 말이야."

등소평이 한숨까지 쉬고 나서 이광을 보았다.

"이 회장, 자네는 내 아들처럼 여겨왔어."

"감사합니다. 저도 아버님처럼 존경하고 있습니다."

"중국이 이렇게라도 경제발전 기반을 굳힌 건 리스타에서 배웠기 때문이야."

"아닙니다. 위원장님의 선견지명 때문입니다."

"이제부터 본격적으로 중국 경제가 발전해야 되네."

"그렇게 될 것입니다."

"도와주게."

"최선을 다하겠습니다."

이 대목까지 숨을 죽이고 듣던 안학태는 심장이 터질 것 같았기 때문에 마침내 숨을 들이켰다. 소리가 커서 등소평이 힐끗 시선을 주더니 이광에게 말했다.

"이 회장, 부탁이 있네."

"말씀하십시오."

이광은 바로 대답했지만 안학태가 어금니를 물었다. 이제 본론이다. 저 늙고 교활한 구렁이가 공치사나 하려고 회장을 부른 것이 아니다. 그때 등소평이 의자에 등을 붙이더니 이광을 보았다. 옆쪽에 앉은 장현보는 거구였지만 왜소한 등소평에 가려서 보이지도 않는 것 같다.

"쿠웨이트산 원유 말이네."

"예, 위원장님."

"지금 그 원유를 미국이 사들여 중국에 차관으로 원조해줄 계획 아닌가?"

"예, 그렇습니다."

"그 중개인 역할은 리스타가 하고 말이지, 그렇지?"

"예, 위원장님."

"쿠웨이트 원유 생산량이 1일 200만 배럴이 되더군. 그 이상이 될 수도 있고."

"예, 위원장님."

"이라크는 원유 생산량이 미미해. 쿠웨이트한테 비교하면 말이야,

그렇지?"

"그렇습니다."

"이라크가 쿠웨이트를 점령한 것이 이해가 가더라고."

숨을 돌린 등소평이 이제는 지그시 이광을 보았다.

"이 회장."

"예, 위원장님."

"우리 중국은 미국의 우방이네. 미국 덕분에 우리가 경제 개발을 하고 있지. 물론 이 회장이 크게 도와주고 있고."

"……."

"그런데 쿠웨이트는 완전히 산업시설이 폐쇄 상태더군. 기름만 겨우 뽑아 올리고 말이야."

이제는 이광이 눈만 껌벅였고 등소평의 말이 이어졌다.

"이 회장이 후버한테 말해서 이번에 새 대통령이 된 부시한테 전해주게."

"무엇을 말씀입니까?"

"쿠웨이트에 있던 노동자들이 다 도망가서 노동력이 제로 상태야. 우리 중국인 노동자 1백만이 대기하고 있네."

"……."

"1백만을 다 쿠웨이트에 보내 달라는 건 아냐. 3십만이면 쿠웨이트가 이라크군 점령 전의 경제활동을 할 수 있을 것이네."

"……."

"후세인은 이 회장하고 친형제 같은 사이니까, 아니 부자 같은 사이인가? 나하고 비슷하군. 이 회장이 설득시킬 수 있지 않을까?"

"……."

"미국, 이라크 양쪽 정상에게 이야기해서 중국 근로자를 쿠웨이트에 넣어주게. 그럼 그것으로 중국은 엄청난 외화벌이가 되네. 1년에 수십억 불이 되겠지."

"······."

"중국 같은 나라가 어디 있는가? 이 값싸고 성실한 노동력, 거기에다 어느 한쪽에 치우치지 않는 국가가 아닌가?"

그러고는 등소평이 한숨을 쉬고 나서 어깨를 폈다.

"이 회장, 부탁하네. 이번 일이 성사되고 나면 나는 이 회장을 남한 대통령으로 밀 예정이네. 전 중국의 힘을 모아서 말이네."

이광의 숙소는 이화원 근처의 영빈관이다. 자주 묵는 곳이어서 이광 일행은 영빈관에서 투숙한 다음 날 오전에 다시 공항으로 출발했다. 일박 이일의 여정이었지만 중국의 실력자 등소평을 만나고 바로 나온 것이다. 공항까지 배웅 나온 것은 경제비서 장현보다. 장현보가 비행기 안에까지 따라 들어오더니 이광의 손을 쥐고 말했다.

"위원장께서 부담 느끼지 마시라고 하셨습니다."

"감사합니다."

"노욕(老慾)으로 무리한 요구를 하셨는지도 모르니까 일이 성사되지 않아도 절대 실망하지 않으실 거라고 말씀하셨습니다."

"최선을 다하겠다고 전해주시죠."

"앞으로 제가 잘 부탁드리겠습니다."

장현보가 정중하게 인사를 하고는 비행기에서 내려갔다. 비행기가 출발했을 때 이광이 고개를 돌려 안학태를 보았다. 안학태가 숨을 죽이면서 기다렸지만 이광의 입은 열리지 않았다.

이광이 입을 열었을 때는 비행기가 이륙한 지 10분쯤 지났을 때다.

"위원장이 중국과 한민족은 수천 년 동안 서로 돕고 살아온 민족이라고 했지?"

이광이 묻자 안학태가 고개를 끄덕였다.

"예, 회장님."

"그것이 당이 신라를 도와서 백제, 고구려를 멸망시켰을 때부터야."

"그럼 1,500년쯤 전입니다."

"서기 660년에 백제가, 668년에 고구려가 멸망했으니까 그쯤 되겠지."

"그때부터 중국과 한민족이 서로 돕고 살아왔습니까?"

"한반도를 중국의 형제국, 또는 변방으로 여긴 것이지."

"속국 말입니까?"

"조공을 바치는 조공국 취급을 하신 것 같아. 중국은 그런 식으로 천하를 통치해 왔으니까."

"저도 아까 그 말씀 듣고 의아했습니다. 중국에 수없이 침략을 당했지 않습니까? 친했던 기록이 없습니다."

"중국 입장에서 보면 말 안 듣는 동생, 또는 자식을 혼낸 경우였겠지."

"불쾌했습니다."

안학태가 이런 표현을 쓰는 것은 드문 일이다. 외면한 채 안학태가 말을 이었다.

"그런 관점에서 회장님을 한국 대통령으로 민다는 것이었군요."

그런데 이광은 등소평의 제의를 사양하지도 그렇다고 받아들이지도 않았다. 그저 웃기만 했을 뿐이다. 이광이 웃음 띤 얼굴로 안학태를 보았다.

"이번에는 장현보 비서가 옆에 있었기 때문에 나한테 그런 이야기를 하셨는지도 몰라."

안학태의 시선을 받은 이광이 말을 이었다.

"지난번에 나하고 둘이 있었을 때는 전혀 다른 이야기를 하셨거든."

그러고 나서 이광은 다시 입을 다물었다. 그때 한 번뿐만이 아니다. 둘이 있었을 때는 여러 번 그런 이야기를 했다. '믿지 마라', '중국이 어느 정도 발전되면 빠져나갈 준비를 해라', '중국과 한국은 대등한 관계가 될 수는 없다', '중국의 패권주의는 종주국과 속국 관계일 뿐이다', '약자는 당연히 속국이 된다', '중국은 고구려사를 중국 역사에 편입시키는 중이다', '따라서 한반도는 중국 역사에 편입되고 중국 지방이 된다' 이것이 그동안 등소평으로부터 직간접으로 들어온 '중국의 입장'이었던 것이다. 등소평은 이광을 자식처럼 여겼기 때문에 그런 '주의'를 준 것이다. 그것이 어제 장현보 앞에서 달라진 것은 곧 한·중 국교가 수립되는 상황이기 때문이다. 장현보 앞에서 중국 공식 입장을 표현해준 것이다. 이광은 심호흡을 했다. 세상일은 겉과 속이 다르게 진행되는 것이 많다. 그러나 나는 신념을 지킬 것이다.

그로부터 이틀 후, 이곳은 워싱턴의 케네디센터 근처의 CIA 안가 사무실이다. 유리 벽 너머로 포토맥강을 두 줄기로 나눈 시어도어 루즈벨트섬이 보인다. 창가의 의자에 앉은 후버가 루즈벨트섬을 응시한 채 해밀턴의 이야기를 듣는다. 해밀턴은 등소평의 부탁을 전달한 것이다. 이윽고 해밀턴이 이야기를 마쳤을 때 후버가 섬을 응시한 채 말했다.

"중국 놈들 지독하군."

해밀턴이 옆에 앉은 윌슨과 시선을 주고받았다. 후버가 혼잣소리처럼 말을 잇는다.

"그놈들이 소련 놈들보다 더 지독하게 나올 가능성이 있어."

해밀턴과 윌슨은 입을 다물었다. 1991년인 현재, 소련은 이미 붕괴된 것이나 마찬가지다. 고르바초프는 1985년부터 집권했는데 그동안 소련은 대변혁을 일으켰다. 미국의 로널드 레이건은 1981년부터 1989년까지 집권하는 동안 소련 연방(USSR)이 붕괴하도록 만든 주역 중의 하나다. 고르바초프 시대인 1988년부터 통제력을 잃은 소련연방은 1989년 6개 연방국을 상실했다. 이제 소련은 러시아로 다시 태어나기 직전이고 동서 냉전은 끝난 것이나 마찬가지인 것이다. 소련의 견제 세력으로 중국을 힘껏 지원했던 미국 입장이 달라질 수밖에 없다. 그때 후버가 고개를 돌려 해밀턴을 보았다.

"중국 근로자 30만이라고 했나?"

"예, 부장님."

"원유는 그대로 받는다고 하고?"

"예, 원유 이야기는 안 했습니다. 그러니까 원조는 계속 받는다는 것이지요."

"도둑놈들."

"염치없는 놈들이지요."

"그, 등소평이, 아주 교활한 놈이야."

"맞습니다."

"안 된다고 해."

"예, 부장님."

"어림 반 푼어치도 없는 일이라고. 이젠 중국의 이용가치가 없어졌다고도 전해."

"예, 그렇게 전하겠습니다."

"이젠 알아서 빌어먹든지, 굶어 죽든지 하라고 전해."

"알겠습니다."

"이광을 대통령으로 밀어준다고 했다고?"

"예, 부장님."

"등소평이?"

"중국 정부겠지요."

"그럼 이광이 한국 대통령이 될 것 같나?"

"등소평은 아직도 한국을 중국의 지방쯤으로 생각하는 것 같다고 합니다."

"누가 그래?"

"회장님이 그랬습니다."

"이광이 그랬어?"

"예, 부장님."

그때 후버가 몸을 돌려 똑바로 해밀턴을 보았다.

"그게 가능할까?"

"모르겠습니다."

"이 회장은 대통령이 되고 싶다더냐?"

"그런 말은 안 하셨습니다. 그냥 부장께 전하라고만 하셨습니다."

그때 후버가 길게 숨을 뱉더니 윌슨에게로 고개를 돌렸다.

"이거, 늑대 잡으려고 곰을 키운 것 같다."

"아프간이야."

볼룸이 말하고는 주위를 둘러보았다.

"그쪽이 앞으로 큰 시장이 될 거야."

"기선을 잡는 것이 중요합니다."

피셔가 맞장구를 쳤다. 뉴욕 맨해튼에는 리차드 볼룸이 소유한 빌딩이 3개나 있다. 이곳은 그중 하나인 아메리카 빌딩의 44층 사무실 안이다.

피셔가 정색하고 볼룸을 보았다.

"회장님, 이광이 아프간에는 손을 대지 못할 겁니다."

"그거야."

쓴웃음을 지은 볼룸이 말을 이었다.

"쿠웨이트 오더만 하는 데도 일이 넘치겠지. 개 같은 놈."

"그놈이 중국을 업고 있는 바람에 우리가 또 당했습니다."

어느덧 피셔의 눈에 열기가 띠어졌다.

피셔는 이광과의 전쟁 중에 가족을 잃었을 뿐만 아니라 저택이 폐허가 되었다. 철저하게 당한 사연이 있다.

소련이 붕괴되면서 중국이 군산연의 최대 시장으로 부상한 것이다. 그 중국이 이광의 역성을 들고 있는 터라 군산연은 이를 갈아야만 했다.

미국 정관계를 움직여서 이라크와 공조한 리스타를 붕괴시키려고 했다가 중국의 압력으로 손을 들었다. 중국이 군산연의 무기 인수를 거부하는 바람에 눈물을 머금고 리스타 압박을 철회했던 것이다.

그때 볼룸이 말했다.

"오마르가 이번에 사우디, UAE, 이란으로부터 엄청난 지원금을 뜯어낸 모양이야."

"사우디의 빈 라덴이 수십억 불을 지원한 것 같습니다."

"그래, 빈 라덴."

196

고개를 끄덕인 볼룸의 얼굴에 다시 쓴웃음이 떠올랐다.

"그놈이 앞으로 빅 바이어가 될 거야."

"본래 예멘 출신이었다고 합니다."

"예멘인으로 사우디에 가서 거부가 된 놈들이 많지. 예멘 출신들이 장삿속이 밝아."

"앞으로 아프간을 '탈레반'이 장악하게 될 겁니다."

볼룸이 고개를 끄덕였다. 탈레반은 본래 아프간 남부 파슈툰족에서 만들어졌다. 1989년, 소련군이 철군할 때까지 소규모 부대로 소련군에 대항하던 게릴라 조직이 성장한 것이다.

탈레반은 이슬람을 배우는 학생 조직으로 시작되었는데 지금은 규모가 커졌다. 지도자인 무하마드 오마르의 강력한 리더십 때문이다. 그때 볼룸이 혼잣소리처럼 말했다.

"탈레반을 키우면 아프간 정부군과 탈레반 양쪽의 시장이 커질 거야."

"그리고 오래 갈 겁니다."

피셔의 얼굴에도 웃음이 떠올랐다.

"아프간 부족은 분열되어서 통합되기가 힘들거든요. 전쟁이 오래 갈 겁니다."

"앤더슨을 보내기로 하지."

마침내 볼룸이 결정했다.

"탈레반이 가져갈 상품이 많아."

"리스타랜드 인구가 6만이 되었습니다."

리스타 해외 법인 연합회 사장 겸 리스타랜드 시장인 진남철이 보고했다. 오전 10시 반. 리스타랜드의 중심부에 위치한 그룹 회장실 안이다. 진남철이 말을 이었다.

"올해 말까지는 8만이 될 것이고 부대시설도 모두 갖춰지게 될 것입니다."

"수고했어."

고개를 끄덕인 이광이 벽에 붙은 리스타랜드를 보았다.

리스타랜드는 인도네시아 술라웨시섬 북쪽 술라웨시해에 떠 있는 동서 80킬로, 남북 14킬로인 반월형 섬이다.

이광이 옆에 앉은 안학태, 오금봉, 조백진 등 경영진을 둘러보았다.

"이제 인도네시아는 말할 것도 없고 필리핀, 말레이시아도 우리 랜드에 관심이 많더군."

"그렇습니다."

오금봉이 먼저 입을 열었다.

"리스타랜드를 인도네시아에서 영구 임대했지만 어차피 인도네시아령입니다. 만일 인도네시아 정부에서 점령해 버린다면 속절없이 당할 수밖에 없는 것이 문제지요."

"그건 최악의 경우지만 그럴 리가 있습니까? 이곳은 엄연히……."

진남철이 바로 반박했다.

"이곳은 영국이 중국으로부터 임차한 홍콩보다도 더 안전합니다."

그때 안학태가 입을 열었다.

"영국은 강국(强國)이었지요. 우리하고는 전혀 다릅니다."

"하지만……."

진남철이 입을 열었다가 닫았다. 비교가 잘못되었기 때문이다.

이광은 듣기만 했다.

리스타랜드의 기반이 굳어질수록 투자에 대한 불안감이 커져 가는 것은 이광 혼자만이 아니다.

'리스타금융'의 하사드도 섬을 싱가포르처럼 만들어 놓고 나서 인도네시아가 빼앗아 가면 누구한테 하소연하느냐고 물었고, 해밀턴과 조백진은 아예 군대를 갖자고 했다.

경비대가 아니라 육·해·공군을 보유하자는 것이다.

이제 리스타랜드의 발전보다도 '존속'이 문제로 다가왔다. 발전이 되어 가니까 존속이 부각되는 것이다. 모두의 머릿속에 든 생각은 같다. '죽 쒀서 개 주는' 일이 되어서는 안 된다는 것이다.

"어떻게 생각하십니까?"

둘이 남았을 때 안학태가 불쑥 물었기 때문에 이광이 고개를 들었다. 이광의 시선을 받은 안학태의 얼굴에 웃음이 떠올랐다.

"등 위원장이 말씀하신 대통령 출마 건은 어떻게 하실 겁니까?"

"그 말을 믿나?"

이광이 되물었기 때문에 안학태가 숨을 들이켰다.

"등 위원장께서 농담을 하신 겁니까?"

"아냐, 떠보셨겠지."

"대답은 하셔야 될 것 같은데요."

"나는 정치인은 안 돼."

"왜 그렇게 생각하십니까?"

"내 영역이 아냐."

"회장님은 능력이 있으십니다."

"나는 상품을 상대해야 되는 사람이야."

"회장님은 리스타의 수십만 명 임직원을 이끌고 계십니다."

"국민이 아니지, 국민은 모셔야 돼."

그러고는 이광이 손바닥을 펴 보이고 웃었다.

"난 정치 지도자의 능력이 없어. 그 이야기는 그만 하지."

이광의 명령이다. 안학태가 입을 다물었을 때 이광이 눈썹을 모으고 말했다.

"내 스승은 등 위원장님이야."

그러고는 안학태를 똑바로 보았다.

"이번 중국인의 쿠웨이트 고용 문제를 결정하고 나서 위원장님을 다시 만나야겠다."

서울은 리스타의 뿌리지만 사업체가 세계로 뻗어 나가는 바람에 각 사업 본부는 외국으로 옮겨갔다. 다만 리스타그룹의 한국 법인이 서울에 남았고 법인장이 윤방철이다.

윤방철은 한국 국제유통의 사장을 겸하고 있었는데 지역이 서울을 중심으로 충청도, 전라도다. 제일유통의 사장 백갑상은 강원도, 경상도, 제주도를 맡았으니 한국을 둘이 양분한 셈이다.

오후 3시 반, 리스타유통 한국 법인장 사무실에서 윤방철과 백갑상이 마주 앉아 있다.

리스타에는 고위 경영진이 수십 명이지만 대부분이 밑바닥에서부터 '기어' 올라왔다. 윤방철은 이광이 국제파 고성규의 보좌역을 지낼 때부터 똘마니로 부리던 부하였고, 백갑상은 제일유통 총무부장이었다가 이광의 심복이 된 인물이다.

작년까지만 해도 서울에 리스타상사가 하나 남은 그룹 중심 사(社)였지만 올해 초에 리스타랜드로 이주한 바람에 그룹의 '한국 법인'만 남아 있는 것이다.

"어때? 각 업종별 인원은 금방 뽑을 수 있겠지?"

서류를 든 윤방철이 묻자 백갑상이 고개를 끄덕였다.

"경쟁률이 2 대 1은 되겠어. 시간 여유만 더 준다면 경쟁률이 10 대 1도 넘을 거야."

"그렇군. 이번 해외 근로자 파견이 경제에 활력을 넣는다고 언론이 계속 선전하더군."

"웃기는 게 정부에서 모두 제 공인 것처럼 떠드는 거야. 가관이지. 쿠웨이트하고 전화 한 통화 못 하고 있는 주제에."

"놔둬라, 놔둬. 생색내라고 해."

윤방철이 손까지 저으면서 웃었다. 이번에 이광은 중국 등소평의 제의를 받고 온 후에 미국 측에 연락을 하고 나서 바로 한국 정부에도 내용을 알려준 것이다.

물론 쿠웨이트에는 권철을 시켜 카심에게 보고하도록 했다.

중국인 근로자 30만을 쿠웨이트에 보낼 바에는 한국 근로자부터 먼저 보내려는 것이다.

카심은 금방 후세인의 허락을 받았다. 카심이나 후세인은 중국인보다 한국인 근로자를 선호하는 성향이다. 그것이 리스타 영향인 것은 두말할 필요도 없다.

"선발이 끝나면 10일 후부터 출발시키도록 하지."

한국의 쿠웨이트 근로자 파견 총책임자가 된 윤방철이 서류를 내려놓으며 말했다.

한국 근로자 수요는 대략 3만 명이다. 그것도 고급 인력이다. 막노동급은 중국 근로자 몫이다.

오늘은 조금 일찍 바에 내려온 강정규가 바텐더에게 말했다.

"나, 내일 오후에 떠나니까 오늘 밤에 마시고 당분간 못 보겠어."

"아이구, 그러십니까? 서운합니다."

30대 중반쯤의 바텐더가 서운한 기색을 가득 드러내며 말했다.

"어디로 가시는데요?"

"일본."

"가까운 곳이니까 오시기 쉽겠습니다."

"꼭 그런 건 아니지."

"그건 그렇습니다."

바텐더가 잔에 따른 위스키를 강정규 앞에 내려놓고 다시 커다란 500시시짜리 잔에 맥주를 따라 밀어놓았다.

오후 7시 반. 바 안은 한낮에도 어두웠기 때문에 항상 같은 분위기다.

오늘은 손님이 대여섯 명뿐이었는데 조금 이른 시간이기 때문일 것이다.

강정규가 한 모금에 위스키를 삼키고 입을 헹구듯이 맥주를 한 모금 마셨을 때 바텐더가 말했다.

"오늘도 그분 오실 겁니다."

"누구 말인가?"

"그 여자분 말입니다."

그때 강정규가 피식 웃었다. 지난번 합석하지 않겠느냐고 물었던 여자다.

"난 그분 얼굴도 못 보았어."

"여기 자주 오시는 분입니다."

위스키를 채운 잔을 밀어놓은 바텐더가 말을 이었다.

"그런 제의는 처음 하셨습니다."

"용감하신 분이군."

"글쎄요."

바텐더가 웃음 띤 얼굴로 강정규를 보았다.

"그런 미인을 거부하신 선생님이 더 용감하게 보이십니다."

"글쎄, 난 얼굴도 못 보았다니까 그러네."

그때 여자 하나가 다가왔기 때문에 둘의 시선이 그쪽으로 옮겨갔다.

여자가 똑바로 이쪽으로 다가오고 있다. 이제는 바로 옆 조명을 받아서 얼굴이 드러났다. 그 여자인 것 같다.

갸름한 얼굴형에 미인이 맞다. 맑은 눈, 곧은 콧날, 단정한 입술. 강정규의 시선을 받은 여자의 얼굴에 희미하게 웃음기가 떠올랐다가 지워졌다.

여자가 곧 눈길을 돌리더니 옆쪽으로 지나갈 때다. 강정규가 말했다.

"괜찮으시면 합석하시죠. 제가 한잔 사겠습니다."

그 시간에 권철은 카심 대장 앞에 앉아 있었는데 오늘도 보안대장 아지르가 옆쪽에 앉아 있다. 카심 대장의 집무실, 카심이 정색하고 권철에게 말했다.

"이봐, 대령, 자네는 군인보다 사업가가 어울리겠어."

"감사합니다, 각하."

"감사하다고?"

카심이 되물었고 아지르는 숨을 들이켜더니 콧구멍이 벌름거렸다. 카심의 시선을 받은 권철이 대답했다.

"예, 각하. 저는 리스타 기조실의 부장이기도 합니다. 그래서 그 말씀이 저에게 칭찬입니다."

"말재주도 좋아."

"감사합니다, 각하."

"한국인 고급 근로자 3만 명은 다 받아들이겠어. 각 직능별 보수는 진주군 사령부에서 지급해 주기로 하지."

"감사합니다, 각하."

"이 회장께 그렇게 보고하도록."

"예, 각하."

"중국인 근로자는 리스타를 통해 수입해 올 테니까 중국에서 선발하도록."

"예, 각하."

고개를 끄덕인 카심이 권철이 제출한 서류를 뒤적이다가 마지막 부분에서 움직임을 멈췄다.

"이건 뭐야?"

"예?"

카심이 고개를 들고 권철을 노려보았다.

"건강 증진 사업에 한국 여자 1천 명, 이게 무슨 사업인가?"

"예, 그것이……."

어깨를 편 권철이 똑바로 카심을 보았다.

"예, 기록해 놓은 대로 '건강 증진 사업'입니다."

"1천 명이나 되는 여자는 어떤 건강 증진 사업을 하나?"

"예, 힐튼호텔에서 사업을 할 것입니다."

아지르가 다시 숨 들이켜는 소리를 내었고 카심은 이맛살을 찌푸리고 서류를 노려보았다. 그러고는 이 사이로 말했다.

"나이트클럽 사업이군."

"예, 각하."

"물론 미인들이겠지?"

권철은 금방 대답하지 않았다. 카심은 기습전(戰)의 달인이기 때문이다.

5장 대조적인 후계자

"끌렸어요."

정가영이 차분한 얼굴로 강정규를 응시한 채 말했다.

"여기 자주 오지만 이런 짓 해 본 적이 없거든요."

강정규는 고개만 끄덕였고 정가영이 말을 이었다.

"근데 이상해요. 하나도 부끄럽지도 어색하지도 않아요. 당연히 이렇게 될 사이인 것처럼 느껴져요."

"굉장히 자신만만한 여자야, 당신은."

"좀 그런 셈이죠."

"지금까지 남자는 선택해온 것 같고."

"맞아요."

"대개 먼저 싫증이 났겠지."

"그래요."

정가영이 술잔을 들면서 웃었다. 28세, 실버만삭스 직원, 미혼, 실버만삭스는 미국계 투자회사다. 섹시한 용모에 이런 몸매를 가진 여자는 룸살롱이나 나이트클럽 댄서들뿐인 줄로 알았던 강정규다. 더구나 실버만삭스 직원이라니. 이야기를 들어보니까 직원이 맞다. 강정규는 리스타 부장으로 소개했으니 저울추가 올라간 건 아니다. 비등비등한 위치다. 그래서 정가영의 눈이 더 반짝이는 것 같다. 한 모금에 위스키를 삼킨 강정규가 웃음 띤 얼굴로 정가영을 보았다.

"나 내일 일본으로 가."

"그렇군요."

"만나던 여자가 서울에 있는데 연락은 안 했어."

"시간이 지나면 잊게 돼요. 죄책감 느낄 것 없어요."

"난 그런 식으로 안 살아. 그런 실수는 안 하기로 마음을 먹었어."

"상대 나름이죠."

"글쎄, 내 자신과의 문제라니까?"

강정규가 손으로 권총을 만들어 정가영을 겨누었다.

"당신은 내가 만난 여자 중에서 가장 인상에 남는 여자가 될 거야."

"왠지 으스스해요."

정가영이 눈썹을 모으고 강정규를 보았다.

"뒤가 안 좋을 것 같다는 예감이 들어서."

"당신을 내 머릿속에만 넣고 갈게."

"저 봐, 내 예감이 맞았군."

어깨를 늘어뜨린 정가영이 잔에 술을 채웠다.

"오늘 밤 같이 지내려고 했더니."

"한마디 더, 난 우연을 믿지 않는 사람이야."

"알아요."

다시 한 모금 술을 삼킨 정가영이 웃음 띤 얼굴로 강정규를 보았다.

"어땠어요?"

"근사했어."

"영화나 드라마 같으면 결말을 어떻게 냈을까요?"

"섹스했겠지."

"그건 당연하고."

"이야기했을까요?"

"헤어질 때."

"그럼 우린 헤어질 때도 아무 말 하지 맙시다."

"그러지."

고개를 끄덕인 강정규가 자리에서 일어섰다. 같이 방에 들어갈 수도 있다. 그리고 헤어질 때 아무 말 하지 않아도 되는 것이다. 정가영은 그 것을 바라고 있다. 이렇게 헤어지는 것은 너무 싱겁고 순진하다. 다 웃을 것이다. 강정규가 손을 내밀자 따라 일어선 정가영이 잡고는 눈웃음을 쳤다.

"안녕."

"머릿속에 넣을게."

그러자 정가영이 소리 내어 웃었다. 몸을 돌린 강정규의 뒷모습을 바텐더가 놀란 표정으로 보았다. 그러고는 정가영을 본다. 강정규의 얼 굴에도 웃음이 떠올랐다. 정가영은 CIA 정보원이다. 그리고 정가영도 강정규가 정체를 알고 있다는 것을 안다. CIA는 리스타와 동맹관계 아 닌가?

"고맙네."

등소평이 이광의 손을 두 손으로 감싸 쥐고 말했다. 작고 주름진 얼굴이 할머니 같다. 웃음으로 잔뜩 일그러져서 쭈그러진 종이 같기도 하다. 그러나 온몸에서 따뜻한 온기가 풍겨 나온다. 이런 얼굴을 보면 누가 적의를 품겠는가?

"아닙니다."

갑자기 목이 멘 이광이 등소평을 보았다. 이곳은 상하이 주택가의 안가(安家)다. 이광이 이번에는 상하이로 날아온 것이다. 오후 9시 반, 약간 어두운 베란다에는 둘뿐이다. 둘이 마주 앉아 있는 것이다. 바로 옆쪽 잔디밭도 어둡다. 건너편의 작은 연못에 등 하나만 세워져 있어서 정원 윤곽이 드러나 있다. 이광은 등소평의 부탁대로 중국인 근로자 20만 명을 쿠웨이트에 보내도록 해준 것이다. 당사자인 이라크군 최고 사령관인 사담 후세인은 이광의 부탁을 승인했지만 CIA가 시비를 걸다가 마지못한 듯이 허락을 했다. 이제는 미국이 중국을 대하는 자세가 전 같지 않다. 그래서 등소평이 이광을 치하하는 것이다. 이제 중국 노동자들이 쿠웨이트에서 연간 수십억 불을 벌어들이게 되었다. 그때 등소평이 말을 이었다.

"그런데 이 회장, 나한테 상의할 일이 무언가?"

"예, 회장님."

숨을 들이켠 이광이 등소평을 보았다. 이것 때문에 상하이까지 날아온 것이다. 이제 등소평도 정색하고 이광을 주시하고 있다. 주위는 조용하다. 주택가 안인 데다 저택도 넓다. 상하이 중심부에 이런 곳이 있으리라고는 아무도 생각지 못할 것이다. 이광이 입을 열었다.

"리스타랜드 문제입니다."

"음, 거기가 이제 남아시아의 중심이 되어 있더군."

"그것이 문제입니다, 위원장님."

"그럴 줄 알았어."

등소평이 천천히 고개를 끄덕였다. 이광이 리스타랜드 말을 꺼내자마자 눈치를 챈 것이다. 이광이 똑바로 등소평을 보았다.

"랜드가 커 갈수록 걱정도 커집니다."

"당연하지."

"어떻게 하면 좋겠습니까?"

"리스타랜드는 홍콩하고 다르네."

"알고 있습니다, 위원장님."

"이제 홍콩은 6년이 지나면 우리가 되찾겠군."

홍콩은 1997년에 영국으로부터 반환받을 예정인 것이다. 눈을 가늘게 뜬 등소평이 이광을 보았다.

"가장 바람직한 방법은 리스타랜드에 우리 중국 해군의 '수리창'이나 '보급창'을 만들어놓는 것인데 미국이 결사반대하겠지?"

이광이 소리 죽여 한숨을 쉬었다. 등소평의 말이 진담이라고는 생각하지 않았다. 그러나 만일 그렇게 된다면 중국은 단숨에 말레이시아, 인도네시아, 필리핀 주위 바다를 장악하게 될 것이다. 리스타랜드가 그 중심에 떠 있기 때문이다. 그때 등소평이 지그시 이광을 보았다.

"이 회장."

"예, 위원장님."

"나는 너를 내 친아들보다도 더 사랑한다."

이광은 시선을 준 채 대답하지 않았다. 그러나 등소평의 눈빛을 보면 진심이라는 것을 알 수 있다. 몇 년 전에도 등소평은 이광의 이름을 부르면서 아들 취급을 한 적이 있다. 그런데 지금은 더 진심 같다. 이제 등소평의 나이가 1904년생이니 88세다. 그때 등소평이 말했다.

“광아.”

“예, 위원장님.”

“후버한테 이야기해라.”

숨을 들이켠 이광에게 등소평이 말을 이었다.

“미 해군 보급기지나 수리창을 만들라고 하면 후버는 환장을 할 것이다. 그러고는 인도네시아 정부한테 무슨 수단을 써서라도 허가를 받아내겠지.”

“…….”

“아니, 허가를 안 받아도 리스타에서 원하면 되는 거야. 인도네시아에서 미군을 쫓아내겠느냐?”

“위원장님, 감사합니다.”

“그것이 서로 좋은 일이지. 그럼 리스타랜드는 미국이 망하지 않는 한 네 영토가 되는 거다.”

그러고는 등소평이 길게 숨을 뱉고 나서 이광을 보았다. 어둠 속에서 눈동자가 반짝이고 있다.

“너, 내가 옛날에 한 말을 기억하고 있느냐?”

“예, 위원장님.”

“다시 한 번 말하는데 곧 중·한 수교가 되고 한국 투자가 무더기로 쏟아져 들어올 거다. 중국 정부는 온갖 혜택을 줄 테니까.”

“예, 알고 있습니다.”

“한국 기업들은 모두 리스타를 본보기로 삼겠지.”

등소평의 얼굴에 쓴웃음이 떠올랐다.

“너는 5년쯤 후에 한국 투자가 가장 많이 들어올 때를 기점으로 중국에서 빠져나가라.”

"예, 위원장님."

"중국인 기질이 배부르면 배고플 때 사정 다 잊는다. 명심해라."

"예, 위원장님."

"끝까지 중국에 매달리게 되면 다 거지가 되어서 쫓겨날 거다."

"……."

"국민성이, 체제가 그렇게 되어있어. 그래서 중국은 비약적으로 발전할 거다."

등소평이 어깨를 폈다. 그러자 작은 체격이 이광에게는 거인처럼 느껴졌다.

"앞으로 20년 후는 중국이 세계 제2의 대국이 된다. 모든 것을 집어삼키는 육식공룡이 되는 거다. 그러니까 넌 공룡이 집 안에 있는 다른 종족을 삼키기 전에 나오라는 말이다."

"예, 위원장님."

이광의 눈에 눈물이 고였다. 이것이 등소평의 의리인 것이다. 등소평은 중국이 어려웠을 때 서슴없이 투자하고 도와준 이광에게 마지막으로 신의를 지키려는 것이다.

"그런데."

등소평이 잠깐 잊었다는 얼굴로 이광을 보았다.

"너, 한국 대통령 안 할 거야?"

"안 합니다."

이광이 바로 대답했다.

"기업으로 애국하겠습니다."

"하긴 두 가지 일을 하기에는 무리지."

의외로 등소평이 순순히 동의했다. 이것도 이미 예상하고 있었는가?

무섭다.

　그 시간의 쿠웨이트는 오후 4시다. 권철은 오늘도 카심 대장의 집무실로 불려 와 있었는데 보안대장 아지르도 동석하고 있다. 카심이 사무적인 표정을 짓고 권철에게 물었다.
　"거기, 네 숙소에 CIA 요원이 있지?"
　권철이 숨을 들이켰지만 거짓말을 할 엄두도 못 내었다.
　"예, 각하."
　"여자라면서?"
　"예, 각하."
　"그 여자가 리스타 신분증을 갖고 군부대 안까지 들락거리고 있더군."
　카심의 얼굴에 쓴웃음이 떠올랐다.
　"위성으로 다 내려다보는 터라 그쯤은 봐줄 수 있어. CIA와의 신사협정이지."
　"예, 각하."
　"그런데 우리도 다국적군 정보가 필요하다, 대령."
　권철이 소리죽여 한숨을 쉬었다. 지금 미국 주도로 다국적군은 사우디 담만에 본부를 두고 집결 중이다. 담만은 쿠웨이트 아래쪽으로 200킬로가 조금 넘는 위치에 있는 항구도시다. 카심이 말을 이었다.
　"그렇다고 너한테 부탁하는 건 아냐. 그, 네가 데리고 있는, 이름이 뭐더라?"
　카심이 아지르 쪽으로 고개를 돌렸다.
　"예, 페트리샤입니다."
　아지르가 바로 대답하자 카심이 말을 이었다.

"페트리샤를 통해서 다국적군 정보를 받았으면 좋겠어, 대령."

"각하, 그것은……."

"네 역량 밖이라는 말이냐?"

"예, 각하."

"네가 페드리샤힌테 말해, 니기 그러더라고. 다국적군의 정보를 내가 필요로 한다고 말이야."

카심의 얼굴에 웃음이 떠올랐다.

"그럼 바로 CIA 본부에 보고하겠지. 이거 어쩌면 좋으냐고 말이야. 그럼 후버가 뭐라고 할 것 같나?"

대답이 막힌 권철이 눈만 끔벅였을 때 카심이 말을 이었다.

"정보를 줄 거다."

권철이 숨만 쉬었고 카심의 얼굴에 쓴웃음이 번졌다.

"어쨌든 전쟁은 일어날 것이고 그 배후에서는 서로 정보를 주고받게 되는 거야."

"……."

"내가 페트리샤를 받아들인 건 이런 용도 때문이다. 이것이 양측의 피해를 극소화하는 거다."

그러고는 카심이 턱으로 아지르를 가리켰다.

"아지르 대령을 데리고 가서 페트리샤에게 정식 소개를 시켜."

"예, 각하."

"페트리샤는 이제 네 침실로 데려가지 마라. 아지르가 자주 만나야 할 테니까."

권철의 시선을 받은 카심이 쓴웃음을 지었다.

"그, 미에라고 했나? 일본 정보원, 걔가 좋아하겠구나."

아프간 남부의 에미라트 마을 안, 이곳은 파슈툰족 지역으로 사방이 험준한 산악지대여서 옛날부터 난공불락의 요새였다. 소련이 10년 이상 아프간을 점령했지만 단 한 번도 함락되지 않은 지역이다. 오후 8시 반, 마을 안 부족장 하시타의 벽돌집 거실에 네 사내가 둘러앉아 있다. 낡은 양탄자 위에 둘러앉은 넷은 군산연의 밀사 앤더슨과 보좌관 바이트, 그리고 탈레반의 참모 우지란과 검정 안대로 한쪽 눈을 가린 애꾸눈 사내, 바로 무하마드 오마르다. 앤더슨은 바이트와 함께 파키스탄을 거쳐 걸어서 사흘 만에 온 것이다. 전등이 없었기 때문에 기둥에 카바이드 등을 켠 거실은 넓다. 옆쪽 벽에 10여 정의 AK-47 소총이 나란히 걸쳐 있는 것이 유일한 장식물이다. 그때 앤더슨이 입을 열었다.

　"무기는 파키스탄을 거쳐 대량으로 수송될 수 있습니다. 지난번 소련과의 전쟁 때 미군 무기를 수송했던 그 통로들이 지금도 건재합니다."

　그러자 우지란이 수염투성이의 얼굴을 펴고 웃었다.

　"그 통로 대부분은 우리가 개발했소."

　"우리도 많이 도왔지요."

　따라 웃은 앤더슨은 40대 중반쯤의 백인이었지만 수염을 길렀고 터번을 썼다. 아프간인처럼 늘어진 재킷에 바지 차림이다. 앤더슨의 시선이 오마르에게 옮겨졌다. 오마르는 하나뿐인 눈을 번들거리면서 입을 꾹 다물고 있다. 검은 얼굴, 눈과 코, 입 주위에 짙고 검은 수염이 무성해서 원숭이 같다. 볼에도 수염이 가득 덮여 있는 것이다.

　"사령관, 무기는 계약 후에 1개월이면 파키스탄에 도착합니다."

　앤더슨이 말하자 오마르가 입을 열었다.

　"이제는 미국이 우리 적이 된 상황인데 괜찮겠소?"

　"문제없습니다."

215

앤더슨이 웃음 띤 얼굴로 말을 이었다.

"우리는 정부군에게도 무기를 공급하고 있지 않습니까? 같이 싣고 와서 나눠가는 겁니다."

"우리가 구입해 가는 무기 정보는 CIA가 다 체크하겠지."

"CIA가 우리 사업을 방해할 수 없습니다, 사령관."

어깨를 편 앤더슨이 말을 이었다.

"우리 군산연은 미국 경제에 엄청난 기여를 하고 있거든요. 군산연이 키워낸 정치인, 관료, 언론인, 군인들이 부지기수입니다, 사령관."

"그런데 요즘 군산연이 리스타에 주도권을 빼앗겼더군."

"리스타는 한국 기업입니다. 기업이 아무리 발광을 해도 소국(小國)의 한계를 벗어나지 못하지요."

"그런가?"

"어쨌든 이번 무기 계약부터 처리하십시다."

앤더슨이 정색했고 오마르의 눈짓을 받은 우지란이 서류를 내밀었다. 무기 구입 내역이다. 서류를 받아든 앤더슨이 훑어보더니 쓴웃음을 지었다.

"정부군하고 품목이 같아서 준비하는 데 시간이 절약되겠습니다."

"정부군 내역을 볼 수는 없소?"

우지란이 묻자 보좌관 바이트가 대신 대답했다.

"우지란 씨, 농담하지 마시죠. 우린 변호사나 같습니다. 상대방의 비밀은 철저히 함구해야만 합니다."

"그 말을 우리가 믿으라고?"

우지란이 되물었을 때 오마르가 고개를 저었다. 그만 하라는 시늉이다. 우지란이 입을 다물자 서류에서 시선을 뗀 앤더슨이 오마르를 보았다.

"가격도 정부군 가격과 같습니다."

이광이 후버를 만난 곳은 호놀룰루 북쪽의 바닷가 별장이다. 오후 5
시 반, 바닷가 모래사장 옆쪽의 베란다에 이광과 후버, 안학태와 윌슨
까지 넷이 둘러앉아 있다. 이광은 오늘 오후에 호놀룰루에 도착한 것이
다. 바닷바람이 적당하게 불어오는 베란다 분위기는 밝다. 둘러앉은 지
10분이 지났지만 쿠웨이트 이야기로 웃음이 일어났다. 권철의 '여자 사
업' 때문이다.

"그놈이 별종이야."

후버가 웃음 띤 얼굴로 고개를 절레절레 흔들었다.

"그곳에다 대규모 클럽을 만들고 이라크군이 약탈한 달러를 진공청
소기처럼 빨아들인다면서?"

"예, 하지만 회사에서 시킨 게 아닙니다."

이광이 얼굴을 펴고 웃었다.

"물론 이익금을 보고하고 있지만 말입니다."

"얼마나 버는 거야?"

"그건 회사 비밀입니다."

"그거 다 이 회장의 비자금이 되는 거 아냐?"

"맞습니다."

"그놈, 진급하겠군."

"리스타랜드에 미 해군 기지 하나를 세우시지요. 바닷가 땅을 드릴
테니까요."

이광이 불쑥 말하자 후버가 앞에 놓인 토마토 주스 잔을 들었다가

217

그냥 내려놓았다. 그러더니 호주머니를 뒤적거리다가 말았다. 파이프를 찾는 것 같다. 월슨은 숨을 죽인 채 이광을 주시하고 있다. 그때 허리를 편 후버가 이광을 보았다. 두 눈이 번들거리고 있다.

"내가 금방 침 삼켰는데 침 넘어가는 소리 들렸나?"

"예."

못 들었지만 그렇게 대답했다. 후버가 숨을 들이켜고 나서 말을 이었다.

"개가 살이 붙은 뼈를 덥석 물었을 때의 기분을 이제야 알 것 같군."

"토지 임대료는 내셔야죠."

"전세 든 놈이 방 하나를 또 세를 주는 모양이군."

"언제 기지를 세우실 겁니까?"

"내가 내일 부시를 만나면 1시간 안에 대통령령이 떨어질 거야. 내일 오후에 성조기를 '탁' 꽂고 영사 한 놈을 보내서 텐트를 치고 자라고 하지."

"인도네시아 정부가 뭐라고 할 리는 없겠지만 그땐 알아서 해 주시지요."

"걱정은 붙들어 매게. 단지……."

숨을 들이켠 후버가 이광을 보았다. 눈동자가 두 번 흔들렸다.

"중국이 시비를 걸 것 같은데, 저희들 옆 마당 아래쪽에 우리 기지가 떡 들어서니까 말이야."

"……."

"나는 이 회장이 등씨 노인하고 친해서 리스타랜드에 중국 해군을 끌고 가려는가 했지."

"……."

"며칠 전에 등씨 노인을 만났지?"

"등 위원장이 미군 기지를 끌어들이라고 조언을 해준 겁니다."

그 순간 후버는 입을 다물었고 월슨이 숨을 엄청나게 들이켰다. 테이블에 정적이 덮였다가 마침내 후버가 깨뜨렸다.

"그 노인한테 우리가 빚을 졌군."

"대마도는 꼭 수복하고 말 거야."

대마도로 돌아온 자칭 '대마도 사령관' 강정규가 말했다. 둘러앉은 사내들은 윤석과 김태규, 홍만준 등 군(軍) 출신 부하들에다 그룹 기조실 소속 부동산 투자부장 박경수까지 넷이다. 오후 7시 반, 이즈하라시의 단독 주택 안, 강정규가 웃음 띤 얼굴로 말을 이었다.

"꼭 고향으로 돌아온 것 같다."

강정규가 이또만이라는 이름의 자위대 소좌 출신이었다는 것을 모두가 안다. 더구나 회장 이광을 암살하려다가 실패한 특수부대장이었다. 그러나 이제는 강정규가 리스타의 행동대장 중 하나가 되어서 군산연과의 전쟁을 치른 후에 대마도로 돌아온 것이다. 그때 박경수가 입을 열었다.

"대마도 토지 매입은 그동안 128건이 진행되었습니다. 제각기 다른 이름으로 구입한 데다 일본 국적으로 매입한 것이 80퍼센트 정도 되어서 당국의 의심을 피했습니다."

박경수가 벽에 걸린 대마도의 상황판을 긴 지휘봉으로 짚었다. 고구마 2개 같은 대마도 지도에 붉은색으로 그려진 부분이 리스타에서 구입한 토지다. 그런데 도시와 마을, 바닷가 쪽 거주 지역보다 산지가 많다. 국유지를 제외한 험한 산을 대량으로 구입한 것이다. 전체 대마도

면적의 15퍼센트 정도가 된다. 특히 하도(下島)는 산지의 30퍼센트가 붉은색이다. 그리고 서로 이어져 있는 것이다. 박경수가 말을 이었다.

"하도의 산지(山地) 공사는 다음 달에 끝낼 예정입니다."

강정규가 고개를 끄덕였다. 산지에 관광객용 숙박시설을 짓는 공사다. 행정 관청은 첩첩산중에 관광객용 시설을 짓는다는 말에 적극적으로 도와주었지만 속으로는 미친놈이라고 했을 것이다. 산이 가파른 데다 숲이 너무 울창해서 시야가 꽉 막힌 지역이기 때문이다. 대마도 산지가 다 그렇다.

"이번에는 완전히 점령할 테니까."

이제는 강정규도 대마도 수복이 일생의 목표가 되었다. 대마도는 한국령이다. 한국이 수복해야 되는 것이다. 산속에 숙박시설을 짓는 것은 요새를 만들기 위해서다. 공사를 끝낸 후에 자체적으로 각 시설 간의 터널 공사, 진지를 은밀하게 구축할 것이다. 그때 홍만준이 말했다.

"우리가 전쟁을 일으키면 강도단밖에 안 됩니다. 한국 정부의 승인을 받아야 할 텐데요."

그렇다. 그것이 현재로써는 가장 큰 관건이다. 지금 한국 정부는 대마도 수복에 정신을 쓸 분위기가 아니다. 민주화 열풍이 불어닥쳤고 다른 한쪽에서는 비약적인 경제 성장을 달성하는 중이다. 일본과 '대마도 전쟁'을 벌일 상황이 아닌 것이다. 강정규의 얼굴에 웃음이 떠올랐다.

"그렇다면 우리가 수복해서 정부에 바치면 되는 거야."

모두 입을 다물었다. 말이 안 된다고 생각하는 사람은 없다. 애당초 '대마도 수복'은 턱도 없는 일이었지만 전쟁도 치렀고 지금 이 정도까지 오지 않았는가?

페트리샤와 보안대장 아지르와의 공식(?) 만남을 주선해준 것이 사흘 전이다. 권철은 그 후로 페트리샤의 '꼴'도 못 보았다.

"페트리샤가 어디 갔어요?"

마침내 미에까지 그렇게 물었을 때는 사흘째 되는 날 밤이다. 미에가 권철의 방에서 물은 것이다.

"왜?"

창가의 의자에 앉은 권철이 위스키 잔을 들면서 물었다. 오후 11시 반, 권철은 방금 힐튼 호텔의 영업장에서 돌아왔다. 이제 힐튼 클럽은 쿠웨이트 주둔 이라크군 장교단뿐만 아니라 점령 치하에서도 영업을 시작한 쿠웨이트인들도 대거 몰려 왔다. 이라크군 침공 전에는 이런 클럽을 상상도 하지 못했던 쿠웨이트인들이다. 금주 국가여서 술도 못 마시던 쿠웨이트인들은 대번에 힐튼 클럽에 빠져들었다. 그들에게는 리스타의 힐튼 클럽 덕분에 새 세상을 구경하는 셈이었다. 그것을 알게 된 카심 사령관은 힐튼 클럽에 대한 우대를 해준 것이다. 그러나 14기 갑사단장 카리프 소장을 공개 총살한 것은 군기 잡기였다. 그때 미에가 대답했다.

"나타나지 않으니까 이상해요."

"곧 나타날 거야."

"어디 갔는지 아세요?"

"아지르 대령한테 물어보면 알 거야."

"아지르?"

미에의 눈썹이 모아졌다.

"잡혀갔단 말인가요?"

"그럴 리가."

221

권철이 웃음 띤 얼굴로 미에를 보았다.

"이제 둘이 팀이 되었어."

"팀이 되다뇨?"

"서로 정보를 주고받는 팀이란 말이지."

자리에서 일어선 권철이 미에의 허리를 당겨 안았다. 순순히 권철의 가슴에 안긴 미에가 다시 물었다.

"어떤 정보 말인가요?"

"전쟁을 언제 할 것인가? 군 배치는 어떻게 되었는지 등등."

"말도 안 돼."

"다국적군이 쏟아져 들어오면 이라크군은 금방 궤멸돼."

"그건 알아요."

"카심 대장, 후세인 대통령도 안다고."

권철이 미에를 번쩍 안아 들고 침대로 다가가며 말했다.

"그래서 쌍방의 피해를 최소화하려고 서로 정보를 주고받는 거야."

미에를 침대로 던지자 쿠션이 좋은 침대 위에서 미에의 몸이 출렁거렸다.

이광이 서울에 도착했을 때는 오후 6시 반 무렵이다. 비밀리에 입국한 이유는 오직 번거로움을 피하려는 것이다. 성북동 자택까지 따라온 인원은 경호실장 에릭센과 경호팀 5명뿐이다. 에릭센은 서울에 올 때는 이광 저택에서 묵는다. 성북동의 2층 저택은 방이 많았는데 대지가 넓고 뒤에 얕은 산까지 있어서 한적한 위치다. 중소기업 사장이 살던 집으로 리스타의 이광 저택인 줄은 아무도 모른다. 강은서는 온다는 연락을 받고 직접 김치찌개에 삶은 돼지고기, 상추에 새우젓까지 만들어

놓았다. 상철이, 한이가 뛸 듯이 반긴 것은 물론이다.

"나, 내년 초에는 애들 데리고 랜드로 이주할 거야."

강은서가 저녁 식탁에서 선언하듯이 말했다. 식탁에는 네 식구뿐이다. 아래층에서 떠들썩한 목소리가 들렸는데 에릭센이다. 에릭센도 경호원들과 함께 고용인들이 만들어준 저녁을 먹고 있는 것이다. 강은서가 말을 이었다.

"우리 친정 식구들도 다 데려갈 거야. 그래서 랜드를 제2의 대한민국으로 만들 거야."

"그냥 대한민국이지, 무슨 제2야?"

"아, 새 영토니까 그렇지."

강은서가 떠들썩한 목소리로 말하고는 웃었다. 우습지도 않은 이야기였지만 이광도 따라 웃었다. 상철이, 한도 웃는다.

해외에 오래 있었고 국내 언론에 보도된 적이 거의 없기도 해서 이광을 알아보는 사람이 드물었다. 오늘 밤, 이광은 인사동의 한정식당에서 대한당 국회의원 김규선을 만나고 있다. 김규선은 이광의 고등학교 3년 선배로 3선의원이다. 학교 때는 얼굴도 모르는 사이였지만 사회생활을 하면서 알게 된 사이다. 사회생활에서 알게 된 사이는 서로 '연결' 부분이 없으면 곧 잊히게 되지만 김규선과는 20년 가깝게 이어지는 관계다. 그래서 이광이 한국에 왔을 때는 꼭 연락을 해왔던 것이다. 김규선은 마른 체격에 머리는 반백이다. 피부가 검어서 병자처럼 보였는데 그 체격에 술고래다. 대한당은 여당이어서 3선 여당의원이면 '위원장' 한자리나 총무 등 감투를 쓸 만한데 김규선은 '백수'다. 그러나 지역구 관리는 딱 부러지게 해서 주민들의 지지는 압도적이다. 방 안에서 둘이 마주 앉아 소주를 한 병쯤 비웠을 때 김규선이 말했다.

"네가 정치는 안 한다고 했으니까 더 이상 말 않겠다."

"형은 말 안 한다고 해놓고 자꾸 이야기를 꺼내고 있어."

술잔을 든 이광이 눈을 흘겼다.

"난 생산적인 일이 적성에 맞아. 정치를 하기에는 너무 썩었어."

"누가 썩었단 말이냐?"

김규선이 놀란 듯 눈을 크게 떴다.

"정치가?"

"아니, 내가."

한 모금 술을 삼킨 이광이 웃었다.

"뒤에서 야합하고, 매수하고, 위협하고, 앞에서는 둘도 없는 친구처럼 끌어안는 짓으로 반평생을 보내왔어."

"야, 사람 사는 게 다 그렇지."

"그런 자세로 국민을 대한다면 당장 사기꾼으로 밝혀질 거야."

"과장하지 마라."

"장사는 불량품이나 약속을 어겼을 때 배상을 하거나 최악의 경우에 회사가 망하지만 정치는 잘못하면 나라가 망해."

"그런 자세면 훌륭해."

"자, 이야기가 또 길어졌는데, 그만둡시다."

"할 이야기가 있어야지."

쓴웃음을 지은 김규선이 붉어진 눈으로 이광을 보았다.

"넌 매스컴을 피하고 있지만 너를 모르는 사람은 없지."

"요즘은 내가 여자 문제를 일으키지 않아서."

다시 술잔을 든 이광이 김규선을 보았다.

"매스컴들이 좀 재미없어 할 거야, 그렇지?"

"하긴 그렇다."

"내가 한국에 올 기회가 적어서 그런 점도 있지."

"외국에서는 스캔들이 있냐?"

"요즘은 바빴지만 언론에 보도되는 횟수도 적었으니까."

"하긴 리스타랜드에 박혀 있으면 누구도 모를 테니까."

그때 문에서 노크 소리가 들리더니 문이 열렸다. 고개를 든 이광이 숨을 들이켰다. 여자 하나가 들어서고 있다. 늘씬한 몸매, 화사한 분위기다.

"실례합니다."

여자가 머리를 숙여 인사를 했다.

"아, 어서 와, 윤 박사."

김규선이 손으로 옆쪽 자리를 가리키며 말했다.

"이리 와 앉지, 앉아서 소개할 테니까."

이광이 눈만 크게 떴고 여자가 이광에게 인사를 했다.

"이렇게 뵙게 되어서 영광입니다."

"아, 반갑습니다."

이광이 고개를 돌려 김규선을 보았다. 무슨 일이냐고 묻는 것이다. 그때 김규선이 소개했다.

"정치학 박사야, 아직 미혼이고. 우리 당의 정책위원이고 한진대학의 전임강사를 하고 있지. 전부터 나한테 널 소개시켜 달라고 했어."

"네, 전부터 뵙고 싶었습니다."

여자가 앉은 채로 깊게 고개를 숙였다가 세웠다. 30대 중반쯤 되었을까? 짧게 자른 머리, 맑은 피부, 눈이 맑다. 이광이 김규선에게로 시선을 돌렸다.

"방금 여자 이야기를 한 것이 우연 같지가 않은데?"

"여자 이야기는 네가 먼저 꺼냈지."

쓴웃음을 지은 김규선이 여자를 보았다.

"뭐해? 정식으로 인사해."

그때 여자가 앉은 채로 이광에게 고개를 숙였다.

"윤서인입니다, 미국 UCLA에서 정치학 박사학위를 받았고요. 전부터 회장님을 존경하고 있었습니다."

"똑똑해."

김규선이 덧붙였다.

"미인이고 섹시해서 여러 명이 노렸지만 한 번도 스캔들이 없는 여자지. 그런데 너는 좋아하는 것 같다."

이광이 고개를 끄덕이며 웃었다.

"정치 전공인 당 정책위원이라니, 대단하시군."

"영광입니다."

윤서인이 재빠르게 말을 받았다. 두 눈이 반짝였고 얼굴에 웃음이 떠올랐다.

"회장님 같은 분이 정치 지도자가 되셔야 하는데요. 김 의원님한테서 회장님이 정치에 뜻이 없으시단 말씀을 듣고 실망했습니다."

이광이 웃기만 했지만 김규선이 이 여자를 데려온 의도가 궁금해졌다.

셋이 다시 소주를 마시기 시작했는데 리스타랜드의 이야기를 하다가 윤서인이 이광에게 물었다.

"거기 취직할 수 없을까요?"

"지금도 계속해서 랜드로 취업자가 들어오고 있으니까 리스타 본부에 연락해 봐요."

이광이 부드럽게 말했다.

"여러 가지 직종에 인력이 많이 필요하니까."

그때 김규선이 풀썩 웃었다.

"윤 박사는 정치 자문역이나 정치 보좌관, 또는 보좌관 역할을 바라는 거야."

"그건 안 되겠는데."

따라 웃은 이광이 윤서인을 보았다.

"비서실 소속으로 보좌역이 수십 명이거든. 물론 정치학 박사도 있고 외국인도 많아서."

"인재가 많다는 말이군."

"미국 정부 기관에서 일한 경력자도 많아."

그러자 김규선이 윤서인을 보았다.

"윤 박사, 내가 뭐랬어? 안 되겠다고 했잖아?"

"전 오늘 뵙는 것으로 만족해요."

윤서인이 웃음 띤 얼굴로 말을 이었다.

"저는 리스타랜드의 행정 조직, 각 부서의 역할, 리스타랜드의 자치국 체계에 대한 기준을 만들고 싶었거든요. 물론 기조실에서 진행하고 있겠지만요."

이광의 시선을 받은 윤서인이 웃었다.

"미 해군 기지가 리스타랜드에 유치됨으로써 자치국 체계가 서둘러 수립되어야 한다고 생각했거든요."

"그렇지."

따라 웃은 이광이 술잔을 들었다.

"준비하고 있어요, 윤 박사."

"당 정책이나 열심히 연구해. 내가 내년에는 조그만 위원회를 만들어서 위원장 시켜줄 테니까."

김규선이 달래듯이 말했을 때 이광이 물었다.

"형, 윤 박사한테 빚진 거 있어?"

"왜?"

검은 얼굴이 더 검어진 김규선이 이광을 보았다.

"너, 내가 윤 박사하고 그렇고 그런 사이인 것 같으냐?"

"신경 써주는 것 보니까 보통 사이는 아닌 것 같구먼그래."

"그래, 몇 번 잤다."

윤서인은 웃기만 했고 김규선이 말을 이었다.

"자는 조건으로 너한테 엮어주기로 약속했다."

"큰일 냈군."

"고소하면 난 끝나."

"그러니까 형 같은 아마추어는 여자는 만나지 말아야 돼."

말을 받으면서도 이광은 김규선의 말이 진담인지 점점 아리송해졌다.

한정식당을 나왔을 때는 밤 10시 반이 되어 갈 무렵이다. 식당 옆 주차장으로 다가가자 이광의 경호원 3명이 어둠 속에서 나타났다.

"어이쿠."

놀란 김규선이 주춤했다가 이를 드러내며 웃었다. 김규선은 운전사만 나왔을 뿐이다.

"네가 3선의원보다는 격이 높지."

"형, 내 몸뚱이가 돈이어서 그래."

"난 껍데기고."

김규선이 바로 말을 받았다.

"그렇지, 정치인은 얼마든지 대역이 가능하지."

그때 옆에 서 있던 윤서인이 웃으며 말했다.

"회장님은 이미 기업인이 아니시죠. 절반은 정치인이 되셨습니다."

"그런가?"

차에 오르려던 이광이 김규선을 보았다.

"한잔 더 할까, 호텔 바에서?"

"좋지, 네 단골로 가는 거냐?"

반색한 김규선이 다가갔다가 고개를 돌려 윤서인에게 물었다.

"윤 박사, 같이 갈 거야?"

역삼동 뉴타운 호텔 스카이라운지의 카페, 이곳은 37층이어서 강남의 야경이 다 내려다보인다. 한강 건너편의 야경은 불빛에 덮인 바다처럼 보인다. 라운지의 밀실 3면이 유리벽인 것이다. 셋은 어둑한 방에 둘러앉아 술을 마신다.

"음, 술도 좋고 분위기도 좋다."

위스키 잔을 쥔 김규선이 만족한 얼굴로 창밖을 내려다보면서 말했다.

"하루살이 같은 인생인데 그 짧은 동안에 온갖 욕심을 부리다니, 이런 때는 다 내려놓고 산속으로 들어가고 싶다."

"형이 무슨 고민이 있는 모양이군."

한 모금에 술을 삼킨 이광이 웃었다.

"일이 잘 풀리고 있을 때는 절대로 이런 이야기가 나올 수 없지."

옆쪽에 앉은 윤서인이 소리 없이 웃었고 김규선이 대답했다.

"그렇다. 썩지 않은 놈이 없고 욕심을 내려놓는 놈이 없다. 나까지 포함해서 말이야."

"뜸 들이지 말고 돈 필요하면 말해. 대가 없이 줄 테니까."

"그건 말도 안 되는 소리, 돈 받으면 그 순간부터 썩게 돼."

"그럼 정치 그만두든지."

"그만둬도 너한테 무슨 부탁하지는 않는다."

"윤 박사를 데려온 건 이미 부탁한 거야."

"아까워서 그래."

이광은 잔에 술을 채우면서 대답하지 않았다. 김규선은 이광이 존경하는 몇 명 안 되는 정치인 중 하나였다. 지금까지 수십 번을 만났지만 후원금 이야기를 해본 적이 없다. 서로 세상 돌아가는 정보만 주고받았을 뿐이다. 오늘 김규선이 윤서인을 데려온 것은 특별한 경우다. 그때 윤서인이 입을 열었다.

"제가 정책위원 그만둔다니까 의원님이 리스타에 소개시켜 주신다고 하셨어요."

이광의 시선을 받은 윤서인이 얼굴을 펴고 웃었다.

"저는 회장님 얼굴이나 뵈려고 나왔지 취업은 기대하지 않았습니다."

"그건 거짓말 같은데."

이광이 정색하고 윤서인을 보았다.

"김규선 의원이 그런 약속을 자주 하는 분이 아니라서 내가 하는 말이오."

"네, 그렇습니다."

윤서인이 시선을 내렸다가 올렸다.

"기대했습니다."

"내가 데리고 갔다니까 그러네."

술기운이 오른 김규선이 나섰을 때 윤서인은 웃기만 했다. 김규선이 정색하고 말을 이었다.

"진짜야."

"알았어."

고개를 끄덕인 이광이 술잔을 들었다. 이제 좀 감이 잡힌다. 취업 부탁하기가 멋쩍어서 그런 것 같다.

오전 1시 반, 침대에 누워있던 이광이 벨 소리에 핸드폰을 집어 들었다. 발신자는 안학태다.

"응, 무슨 일이야?"

"주무시는데 죄송합니다."

안학태도 지금 서울 집에 와 있다. 모처럼 가족과 함께 있는 것이다. 안학태가 말을 이었다.

"뉴욕에서 후버 부장이 연락을 해왔습니다. 지금 통화가 가능하시냐고 묻는데요."

이광의 얼굴에 웃음이 떠올랐다.

"하시라고 해."

침대에서 일어난 이광을 강은서가 물끄러미 보았지만 놀라는 표정은 아니다. 창가의 의자에 앉았을 때 다시 전화벨이 울렸는데 모르는 번호다. 발신지는 미국. 이광이 핸드폰을 귀에 붙였다.

"예, 이광입니다."

"이 회장, 서울은 오전 1시 반인데 미안해."

"천만에요."

"지금 집인가?"

"와이프하고 같이 침대에 있습니다."

"저런, 내가 방해한 것이 아닌가?"

"이미 하셨습니다."

"미안하네, 내가 보상하지."

"괜찮습니다."

"미세스 리한테 내 안부를 전해주게."

"그러지요."

"그런데 내일 미국 영사가 리스타랜드에 도착하네. 미 공군기를 타고 말이네. 비행기가 2대야."

"랜드에 연락을 해 놓지요."

"해병대 1개 소대와 관리, 기지 공사 담당자까지 모두 1백여 명이야."

"알겠습니다."

"고맙네, 이 회장. 부시 대통령이 안부 전해달라고 했어, 정말이야."

"예, 알겠습니다."

통화를 끝낸 이광이 다시 안학태에게 후버가 전한 말을 이야기해주고 나서 침대로 돌아왔다.

"무슨 일 있어?"

강은서가 옆에 누운 이광의 몸에 붙으면서 물었다. 가운 차림의 강은서는 밑에 팬티도 입지 않았다. 이광이 강은서의 어깨를 당겨 안으면서 웃었다.

"부시 대통령이 자기한테 안부 전해 달래."

이 정도 거짓말은 괜찮다. 분위기가 더 업 될 것이다.

"이러다가는 한국 놈들이 대마도를 '실효지배'하게 될 겁니다."

이즈하라 경찰서 수사과장 야시로가 똑바로 마쓰무라를 보았다.

"토지를 위장 등록했지만 대마도 산림 면적의 20퍼센트가량이 한국인 소유라고 보시면 될 겁니다."

오전 1시 50분, 야시로와 마쓰무라는 이즈하라의 카페에서 둘이 술을 마시고 있다. 그때 한 모금 일본 소주를 삼킨 마쓰무라가 야시로에게 말했다. 마쓰무라는 이즈하라 경찰서장이다.

"이봐, 야시로, 놔둬라."

"예? 놔두다니요?"

40대 중반의 야시로는 검도 3단으로 조상이 사무라이였다. 죠슈번의 사무라이 가문으로 집에 갑옷과 칼까지 보관하고 문장을 박은 예복도 있다. 가문의 문장은 활짝 펴진 부채다. 부채 한복판에 검정색 원이 그려져 있는데 그것이 눈이라고 했다. 어깨를 부풀린 야시로가 마쓰무라를 보았다.

"서장님, 그 일당 중 한 놈을 잡을 수 있습니다. 시내 '곤도파친코' 옆집에 사는 놈인데 간부급 같습니다. 그놈을 우선 불법체류자로 잡았다가 마약범으로 몰아 구속시켜 버리는 것이 어떻습니까?"

경력 15년의 야시로다. 이쯤은 문제가 없다.

곽재영이 파친코에서 나왔을 때는 오후 3시 반, 일본에는 두 집 건너서 한 집꼴로 파친코가 세워졌지만 한국에는 없다. 요즘 곽재영은 점심

먹고 1시간쯤 파친코를 하는 것이 버릇이 되었다. 일본 돈 5천 엔쯤 바꿔서 한 시간쯤 놀면 다 잃거나 1만 엔쯤 따거나 해서 통계를 내봤더니 두 달 동안 5만 엔쯤 땄다. 날씨가 맑아서 5시에 회의 참석하기 전에 강을 따라 산책이나 할 요량으로 발을 떼었을 때 옆으로 사내 하나가 다가왔다.

"잠깐 같이 가실까요?"

고개를 든 곽재영이 사내를 본 순간 숨을 들이켰다. 처음 본 사내지만 형사다. 기조실 부동산 투자부장 박경수의 보좌역으로 시장조사를 맡은 곽재영이다. 리스타 기조실에 들어오기 전에는 경찰 정보과 형사로 7년을 보냈던 터라 형사는 형사를 알아본다.

"무슨 일인데?"

여유를 찾은 곽재영이 발을 멈춘 채 일본어로 물었더니 옆쪽으로 사내 하나가 더 붙었다.

"조사할 것이 있어."

"영장 있어?"

"한국인은 영장 없어도 불심 검문이 가능해."

"그런 말 처음 듣는데?"

"나중에 대사관 통해서 항의하든지."

그때 다른 사내가 곽재영의 어깨를 움켜쥐었다.

"수갑 채워서 갈까?"

옆을 지나던 사내 둘이 힐끗거렸기 때문에 곽재영은 집에 남아있을 박경수가 걱정되었다. 오늘은 박경수가 집에 와 있었기 때문이다. 이곳은 집에서 30미터밖에 떨어지지 않은 것이다.

"뇌! 이 자식들아! 날 체포하려면 영장을 보이란 말이야!"

곽재영이 고래고래 소리쳤을 때 박경수는 막 마당으로 나오는 참이었다. 단층 목제 주택은 마당이 5평쯤밖에 안 되었고 대문 밖의 소음이 그대로 전달된다. 그 순간 몸을 돌린 박경수가 저택 모퉁이를 돌아 뒷마당으로 나왔다. 뒷마당과 옆집 사이에 담장이 쳐져 있었고 곽재영은 판자 3개를 흔적이 나지 않게 떼어놓았다. 곧장 판자를 젖힌 박경수가 옆집 마당으로 들어가 안에서 대문을 열고 밖으로 나왔다. 이곳은 옆 골목이다. 서둘러 골목을 나온 박경수가 반대편 도로로 들어섰다. 오늘은 오전에 이곳에 와서 느긋하게 쉬고 있던 참이었다. 점심 먹고 옆쪽 파친코에 다녀오겠다던 곽재영이 잡힌 것이다.

  강정규는 산속의 공사장에서 보고를 받았다. 지하 벙커공사는 한국에서 온 기술자가 맡았고 용병들이 인부 노릇을 했다. 보안을 유지하기 위해서다. 물론 용병들은 보통 잡부 임금의 5배쯤을 수당으로 더 받았기 때문에 시간 외 공사도 했다. 시간 외 수당이 더 붙었기 때문이다.
  "곽재영이 잡혔습니다. 오후 3시 반입니다."
  윤석이 땀을 뻘뻘 흘리면서 산을 올라와 보고했을 때는 오후 5시 반이다. 박경수를 통해 연락을 받고 나서 곧장 산으로 온 것이다. 강정규도 시멘트 반죽을 쏟아붓던 중이어서 허리를 펴고 윤석을 보았다.
  "어디서?"
  "시내 저택 옆에서요. 경찰에 체포된 겁니다."
  "박경수는?"
  "무사합니다. 지금 이즈하라 북쪽 안가로 피신했습니다."
  손바닥으로 얼굴의 땀을 닦은 윤석이 강정규를 보았다.
  "증거를 잡았는지 모릅니다, 대장님."

"일본 당국이 병신이 아닌 이상 파악은 하고 있겠지."

벙커 작업 현장을 나온 둘이 참호에 서서 맑은 공기를 마셨다. 산은 이미 그늘이 졌고 어둠이 덮이기 시작했다.

"전쟁이 시작된 것일까요?"

윤석이 묻자 강정규가 앞쪽 골짜기를 노려보며 대답했다.

"이번 전쟁은 지난번과는 다를 것 같다."

"어떻게 말입니까?"

"곽재영을 파악했다면 다른 방법으로 체포했을 수도 있었어. 그런데 백주에 거리에서 잡혔어."

강정규가 말을 이었다.

"우리한테 경고하는 거야. 곧 다른 메시지가 올 가능성이 커."

"곽재영은 어떻게 될까요?"

"그냥 추방시키지는 않을 거야."

그때 산을 올라오는 사내 하나가 보였다. 이곳은 이즈하라에서 20여 킬로 떨어진 삼림 지역으로 주변에 민가도 없다. 아래쪽에 보호 막사가 있어서 아무나 올라올 수 없다. 이윽고 둘 앞에 나타난 사내는 이즈하라에 있던 홍만준의 부하 안성길이다. 가쁜 숨을 뱉으며 다가온 안성길이 강정규에게 보고했다.

"경찰이 곽재영의 숙소를 수색해서 헤로인 1킬로를 찾아냈다고 합니다."

강정규가 시선만 주었고 안성길이 말을 이었다.

"이즈하라 경찰에 비상이 걸렸습니다. 곽재영 일당을 체포한다면서 시내에 검문검색이 시작되었습니다."

그때 강정규가 윤석을 보았다.

"이놈들이 일단 우리를 마약사범으로 모는군."

그 시간에 이즈하라 경찰서장 마쓰무라가 후쿠오카 경찰청장 안도와 통화를 하고 있다. 안도는 대마도 지역까지 총괄하고 있기 때문에 마쓰무라의 직속상관인 것이다.

"그놈이 헤로인 1킬로를 갖고 있었다고?"

안도가 굵은 목소리로 묻더니 혀 차는 소리를 냈다.

"1킬로라면 대마도 주민을 다 중독자로 만들 양 아냐?"

"예, 청장님."

마쓰무라가 숨을 고르고 말을 이었다.

"그리고 그놈이 리스타 사원입니다."

"뭐?"

이번에는 안도가 숨을 들이켰다가 뱉고 나서 물었다.

"리스타?"

"예, 본인은 관광객이라고 주장하고 있지만 리스타 본사 기조실 소속 과장입니다."

"이런 빌어먹을."

"지금 대마도에 리스타 직원이 수십 명 체류하고 있습니다. 수시로 숙소를 이동하고 있지만 지난번 전쟁 이후로 더 교묘하게 대마도에 뿌리를 박고 있습니다."

"그래서?"

"예?"

"리스타가 마약 사업을 한단 말인가?"

"그놈 숙소에서 헤로인이 발견되었으니만치……."

"이번에 그놈을 체포한 담당 경찰이 누구야?"

"예, 야시로 수사과장이 지휘했습니다."

"야시로."

"예, 청장님."

"야시로가 기획했나?"

"예? 무슨 말씀이신지요?"

"리스타와의 전쟁을 말이야."

"기획했다기보다도 수상한 행동을 하는 한국인을 감시하다가 체포하고 보니까 마약이 발견된 것이지요."

"그리고 그놈이 리스타 사원이고 말이지?"

"예, 청장님."

"이봐, 마쓰무라."

"예, 청장님."

"너, 경찰 경력이 지금 몇 년째지?"

"26년째가 되었습니다, 청장님."

"내가 후쿠오카 서부서 과장일 때 네가 신입으로 들어왔지?"

"그렇습니다, 청장님."

"넌 성실한 놈이었어. 뇌물 안 먹는 놈은 너뿐이었어."

"감사합니다, 청장님."

"그렇지만 대가 약해서 주변의 거친 동료들한테 휘둘렸지. 너, 그 야시로란 놈한테 끌려간 거지?"

"아닙니다, 청장님."

"야시로, 그놈이 이미 언론에 보도 자료를 보냈겠지?"

"예, 청장님."

그때 안도가 길게 숨 뱉는 소리를 냈다.

"마쓰무라, 지금 너한테는 그 야시로란 놈이 널 잡아먹는 귀신이 되었다."

"박 부장이 잡혔습니다."

강정규가 홍만준의 보고를 받았을 때는 오후 9시가 되어 갈 무렵이다. 산에서 내려와 이즈하라 서쪽의 마을 민가에 들어가 있던 강정규에게 홍만준이 찾아온 것이다. 깊은 밤, 산골 마을은 조용하다. 드문드문 떨어진 민가 10여 채 중 사람이 사는 집은 6채뿐이다. 나머지는 빈집이다. 강정규는 윤석과 부하 10여 명과 함께 회의 중이었는데 또 사건이 겹친 셈이다. 홍만준이 정색하고 강정규를 보았다.

"이즈하라 북쪽 안가에서 부하 셋과 함께 있었는데 모두 잡혔습니다."

"넷이?"

"예, 대장님."

"그럼 곽재영까지 다섯인가?"

"예, 수사과장 야시로가 직접 지휘해서 체포했습니다."

"……."

"윗집에 사는 정보원 야마시다가 저한테 자세히 말해주었습니다. 경찰 10여 명이 소리 없이 저택을 포위하고 덮쳐서 빠져나갈 수도 없었다고 합니다."

"이놈들이 치밀하게 계획을 세웠군요."

윤석이 강정규에게 말했다.

"숙소를 다 파악하고 있는 것 같습니다."

강정규가 시선만 주었다. 대마도를 놔두고 밖의 일을 맡아 나가 있었던 것이다. 그 기간이 석 달 가깝게 된다. 그동안 이곳은 박경수 지휘로 토지 매입에 집중했는데 방심했다. 고개를 든 강정규가 입을 열었다.

"시내 안가 숙소를 모두 비우도록. 오늘 밤 안에 모두 산으로 이동한다."

"산으로 말입니까?"

놀란 윤석이 묻자 강정규가 고개를 끄덕였다.

"부동산 팀에서 산속의 진지 내역을 모르고 있는 게 다행이야. 서둘러."

강정규가 일어서자 모두 따라 일어섰다. 이곳은 전기가 들어오지 않아서 방 안의 촛불이 흔들렸다. 폐가를 아지트로 삼아서 전원이 끊겨 있는 것이다.

그 시간에 도쿄 신주쿠의 요정 '아사히'에서 '리스타 일본 법인' 사장 김필성이 스미요시카이 회장 기요타와 마주 앉아 있다. 상 위에는 요리와 술이 가득 차려져 있었지만 둘은 젓가락도 들지 않았다. 앞에 놓인 술잔에 예의상 술만 채워놓았을 뿐이다. 주위를 둘러본 김필성이 이맛살을 모으고 기요타를 보았다.

"이번 대마도 사건은 일본 측에서 먼저 시작한 겁니다. 우리가 토지, 산림을 매입한 것은 적법한 사업이었지, 공개되어도 문제될 일이 아닙니다."

"잡아놓고 수색해서 헤로인을 찾아내는 건 우리 야쿠자를 잡는 수법인데."

쓴웃음을 지은 기요타가 술잔을 쥐었다.

"거기 촌구석에 박혀있던 야시로란 놈이 그 수법을 쓰고 있군."

"벌써 다섯이 잡혔어요, 갑자기 덮치는 바람에. 이런 개 같은 상황은 처음이오."

"글쎄."

한 모금 술을 삼킨 기요타가 김필성을 보았다.

"기습한 건 맞는데 이게 정부 차원에서 조직적으로 한 일인지 야시로라는 수사과장 놈의 공명심 때문인지부터 파악해야 되지 않겠소?"

"기요타 회장님."

자리를 고쳐 앉은 김필성이 기요타를 보았다.

"소문 듣지 못하셨습니까?"

그러자 기요타의 얼굴에 쓴웃음이 떠올랐다.

"오무라 말이오?"

"예, 지금도 총리 비서실을 뒤에서 조종한다는 소문을 들어서요."

"나도 들었어요."

기요타가 말을 이었다.

"총리도 수시로 만난다는 소문입니다. 그런데……."

잠깐 말을 멈춘 기요타가 김필성을 보았다. 어느덧 정색한 얼굴이다.

"그 오무라의 배후에 CIA가 있다는 거요. 난 그 말을 듣고 처음에는 미친놈들이 지어낸 말이라고 했다가 요즘에는 그 말도 일리가 있다는 생각이 든단 말이오."

"……."

"미국이 언제 의리 지킨 적 있습니까? 아니, 다른 나라도 마찬가지요. CIA가 한국, 일본에 의리 지킬 이유라도 있습니까? 둘 다 똑같지. 미국에 이익이 되는 대로 움직여야지."

"……."

"그러려면 서로 경쟁시키고 감시해야지."

"그러기 위해서는 오무라가 일본에 있는 것이 이익에 맞겠지요."

"미국에 충성만 한다면야 제거할 이유가 없지."

"한국이 너무 크는 것도 바람직하지 않고."

혼잣소리처럼 말한 김필성이 고개를 들고 기요타를 보았다.

"그럼 대마도 사건 배후에 오무라가 있는 것 아닙니까?"

"그럴 가능성이 크지."

"미국은 한국이 대마도를 회복하는 것을 바라지 않는 것일까요?"

"대마도보다 리스타가 더 커지는 게 바람직하지 않을지도 모르지."

"리스타랜드에 기지까지 내줬는데도 말이오? 그건 배은망덕한 짓 아닙니까?"

"그건 그거고 이건 이거지."

그러자 김필성이 어깨를 부풀렸다가 내렸다.

"보고해야겠어."

"내 이야기 잘해주시오."

이번에는 기요타가 어깨를 올렸다가 내린다.

"보고할 때 말이오, 기요타가 열심히 일한다고. 그리고 언제 한 번 '오야붕'을 뵙고 싶다고도 전해주시오."

지금 기요타가 말한 '오야붕'은 이광이다. 말이 그렇게 나와 버렸다.

"개 같은 놈들."

후버가 파이프를 이로 지근지근 씹었다. 가장 화가 날 때의 버릇이다. 두 번째는 파이프에 담배를 꾹꾹 눌러 담기만 하는 것인데 거짓말이겠지만 담배 한 봉지가 다 들어가더라는 것이다. 그러나 지금 후버는 최고 등급의 화가 나 있다. 앞쪽에 앉은 사내는 둘, 부장보 겸 해외작전국장 윌슨과 아프간 담당 본부장 마이클이다. 후버가 다시 이 사이로 말했다.

"이 개 같은 놈들은 원폭 실험장에 갖다 놔야 한다."

처음 듣는 욕이었기 때문에 윌슨은 고개를 들었고 아까부터 주눅이 든 마이클은 쳐다보지도 못한다. 마이클은 후버하고 처음 마주 앉은 것이다. 경력 15년의 중간 간부지만 오늘 첫 독대다. 물론 윌슨과 함께이긴 해도 부장과 독대가 많을수록 진급이 빨라진다는 것이 CIA에서는 정설이다. 박살나게 깨지는 경우에도 그렇다. 그때 후버가 마이클에게 물었다.

"무기 인수는 언제냐?"

"예, 20일 남았습니다, 부장님."

마이클이 바로 대답했다. 탈레반의 오마르가 군산연으로부터 무기를 받는 시간을 말한다. 지금 후버는 군산연을 욕한 것이다. 마이클로부터 군산연이 탈레반에게 무기를 판 내역을 보고받은 것이 후버가 파이프를 부술 듯이 씹은 이유다. 그때 후버의 시선이 윌슨에게 돌려졌다.

"윌슨, 어떻게 생각하냐?"

"여기서 우리가 탈레반을 치면 군산연은 벌떼처럼 달려들 것입니다. 아마 온갖 루머를 다 터뜨리고 정·관계, 언론계를 움직여서 CIA를 공격하겠지요."

"계속해."

"대통령 각하도 진절머리를 내실 것입니다. 따라서……."

"은밀하게 처리하는 것이 낫겠군."

"그렇습니다."

후버의 시선이 마이클에게로 옮겨졌다. 거구의 백인, 금발이다.

"야, 네 이름이 뭐라고?"

"마이클입니다, 각하."

"윌슨의 처신을 잘 배워라. 이것이 출세하는 인간의 처신이다."

후버가 심각한 표정으로 말했다.

"불이야!"

갑자기 밖에서 외침 소리가 들렸다. 깜짝 놀란 요시다가 몸을 일으
켰을 때 다시 울리는 외침.

"불이야! 불!"

이번에는 여러 명이 소리친다. 요시다는 직원들과 함께 밖으로 뛰
어나갔다. 순간 눈앞이 환해지면서 불길에 덮인 창고가 보였다. 바로
옆 건물, 이미 한쪽 벽이 불덩이가 되었고 지붕으로 불길이 번지는 중
이다.

"소방서! 소방서! 소방서에 연, 연락!"

너무 급작스러운 일이라 앞에 선 모리 경감이 말까지 더듬으면서 소
리쳤다. 그때다.

"꽈광!"

창고 안에서 엄청난 폭음이 울리면서 지붕이 절반 이상이나 하늘로
솟구쳤다. 파편이 밤하늘로 솟았기 때문에 모두들 '와' 하면서 흩어졌
다. 비품 창고에 폭발성 물질이 있었던 것 같다. 요시다도 몸을 돌려 건
물 모퉁이로 내달렸다. 불을 끌 엄두가 나지 않는다. 그때 옆으로 달려

온 사또가 소리쳤다.

"갑자기 불길이 와락 솟았어!"

사또는 밖에서 불길을 본 것 같다. 밤 10시 40분, 이즈하라 경찰서는 평소와는 달리 근무 인원이 많아서 다행이다. 그것은 리스타 마약 사범 다섯을 체포했기 때문이다.

"창고가 다 타고 있어!"

밖에 나갔다가 온 도시바가 소리치듯 말했을 때 스다가 주의를 주었다.

"야, 왔다 갔다 하지 마!"

여기는 창고에서 40미터쯤 떨어진 부속 건물이다. 더구나 창고와의 사이에 작은 연못이 있었기 때문에 불길이 번질 염려가 없다. 그때다. 도시바의 뒤로 사내 넷이 나타났는데 모두 눈만 내놓은 복면을 썼다.

"앗!"

놀란 스다가 소리쳤지만 몸을 비틀었다가 둔탁한 발사음을 들었다.

"퍽! 퍽!"

다음 순간 어깨에 격렬한 충격을 받은 스다가 한 걸음쯤 날아가 벽에 등을 부딪치면서 주저앉았다. 사내들은 손에 소음기가 끼워진 권총을 쥐고 있었던 것이다. 주저앉은 스다는 앞쪽에 넘어진 도시바를 보았다. 도시바는 엉덩이에 총알이 박힌 모양이다. 엎어진 채 두 손으로 엉덩이를 움켜쥐고 버둥거린다. 그때 사내들이 안쪽의 영창으로 달려갔다.

"퍽! 퍽!"

다시 울리는 총성, 이곳은 지하 1층이어서 밖의 소음은 들리지 않는다. 대신 발사음이 시멘트벽에 부딪쳐 크게 울렸다. 안쪽 영창에는 '리스타 마약 사범' 다섯 명이 갇혀 있는 것이다. 그때 스다는 지하실 계단을 내려오는 두 사내를 보았다. 이자들도 눈만 내놓은 마스크를 썼다. 그중 앞장선 사내의 시선이 스다에게로 옮겨졌다. 다가선 사내와의 거리는 3미터쯤 되었기 때문에 스다는 고통도 의식하지 못한 채 숨을 죽였다. 그때 사내가 쥐고 있던 권총을 올려 스다를 겨누었다. 총구가 스다의 얼굴을 겨누고 있다. 그때 안쪽에서 수선스러운 발자국 소리가 들리더니 체포되었던 '리스타 마약 사범' 5명이 쏟아져 나왔다. 뒤를 침입자 넷이 따른다. 그때 총을 겨누었던 사내가 총신을 내리더니 몸을 돌렸다. 그러고는 모두 계단을 올라가 사라질 때까지 스다는 움직이지 않았다. 앞쪽에서 버둥거리던 도시바도 마찬가지다. 엉덩이에 총탄이 박혔는데도 신음 소리 한 번 뱉지 않았던 것이다.

본관 2층 서장실에 있던 마쓰무라는 불이 나자마자 창고 앞으로 뛰어 내려와 있었다. 그러다 곧 부속동의 유치장 생각이 떠오른 것은 창고의 불이 '방화'라는 확신이 들었기 때문이다.

"비상!"

마쓰무라가 소리치자 창고 주위에 모여 있던 10여 명의 경찰이 쳐다보았다. 비상사태에서 '비상'을 외친 것이 놀라운 일도 아니었다. 그래서 그냥 쳐다본 것이다.

"몇 명만 나 따라와!"

마쓰무라가 그렇게 소리치고 몸을 돌렸다. 야시로는 시내에 정보원을 만나러 간 상황이다. 연못을 돌아 부속동으로 다가간 순간 마쓰무라는 부속동 현관에서 쏟아져 나오는 사내들을 보았다. 깊은 밤, 이곳은 화광이 건물 뒤쪽에서 비추는 바람에 어둡다. 사내들을 보고 마쓰무라가 소리쳤다.

"오이! 거기 용의자들 별일 없지?"

그때 다가온 사내들을 본 마쓰무라가 숨을 들이켰다. 사내들이 총을 겨누고 있는 것이다. 모두 10여 명, 다음 순간 뒤쪽 경찰 하나가 소리쳤다.

"앗! 용의자들이다!"

그렇다. 용의자들이 풀려 나왔다. 그리고 사내들은 모두 복면을 썼다. 그 순간이다.

"퍽! 퍽!"

발사음이 울리더니 방금 소리친 형사 다까무라가 쓰러졌다.

"손들어!"

앞장선 사내가 일본어로 소리쳤다. 그러자 마쓰무라는 그냥 섰지만 따라온 경찰들은 일제히 손을 들었다.

"안으로 밀어 넣고 와!"

사내가 일행에게 지시하자 일제히 달려들었다. 리스타 놈들이다. 마쓰무라가 아연한 표정을 짓고 사내들에게 등을 밀려 부속동으로 다가갔다. 이것이 무슨 꼴이란 말인가? 마쓰무라의 머릿속에는 그 생각밖에 나지 않았다.

30분쯤 후인 밤 11시 20분, 후쿠오카 경찰청장 안도가 마쓰무라의 전화를 받는다. 안도는 정보국장하고 술을 마시는 중이었는데 마쓰무라가 식당으로 전화를 해온 것이다. 예감이 수상한 안도가 심호흡부터 하고 전화기를 귀에 붙였다.

"마쓰무라, 무슨 일이냐?"

"경찰서에 불이 났습니다."

마쓰무라가 이 사이로 대답했다. 입맛을 다신 안도가 다시 물었다.

"불났다고 보고하는 거냐? 내가 소방청장이냐?"

"리스타 놈들이 탈옥했습니다."

안도가 숨을 들이켰고 마쓰무라의 말이 이어졌다.

"무장한 리스타 놈들 10여 명이 습격해 총을 쏴서 5명이 중상을 입었습니다."

"총을 쏴?"

"예, 청장님."

"습격을 했다고?"

"예, 창고에 불을 지르고 부속동 유치장을 습격한 것입니다."

"죽었어?"

"누가요?"

"총에 맞았다면서?"

"중상이지만 죽지는 않았습니다, 5명이…….."

"너희들도 쏘았고?"

"아닙니다, 기습을 받아서 저희들은 비무장 상태였습니다."

"다섯 명을 빼내 갔단 말이지?"

"창고는 전소했습니다. 부속동 유치장 당번 셋이 모두 총에 맞았고요."

"그, 야시로란 놈은?"

"그때 시내에 있었기 때문에……, 조금 전에 경찰서에 왔습니다."

"내가 뭐라더냐?"

"예?"

"그, 야시로란 놈이 너를 잡아먹는 귀신이 된다고 했지?"

옆에서 듣던 정보국장은 외면했고 안도의 목소리가 높아졌다.

"총 맞은 다섯은 즉시 후쿠오카로 옮겨! 내가 병원 수배할 테니까. 헬기를 보내겠다."

"예, 청장님."

"불난 것 외의 입단속 시켜! 다섯 놈이 탈옥한 것은 비밀에 부치란 말이다! 총 맞은 것도!"

안도의 눈에 핏발이 섰다.

6장 영웅의 조건

"누구 미행을 붙이고 온 사람은 없지?"

기요타가 묻자 김필성은 입맛만 다셨고 고재성은 순진하게 방 안을 둘러보는 시늉을 했다. 오전 10시 반, 어중간한 시간이었지만 셋은 긴자의 요정 '사꾸라'의 밀실에서 모였다. 고재성은 고베 야마구치 구미의 회장 이노우에 구니오의 양아들 노릇을 하면서 마약 사업을 하다가 온갖 곡절을 겪은 후에 지금은 고베 야마구치구미의 회장이다. 그야말로 전화위복, 새옹지마의 주인공이 된 셈이다. 그러나 그렇게 만들어준 사람이 바로 옆에 있는 기요타, 김필성, 그리고 대마도에 있는 강정규다. 특히 강정규와 고재성의 인연은 각별하다. 강정규는 고재성을 죽이려고 대전까지 갔다가 나중에는 회장이 되도록 밀어준 주인공이다. 그래서 김필성, 기요타가 고재성을 부른 것이다. 먼저 김필성이 대마도 상황을 설명하는 동안 고재성은 묵묵히 듣기만 했다. 기요타는 해장술을 마신다면서 혼자 정종을 한 주전자 다 마셨다. 이윽고 김필성의 이야기가 끝났을 때 고재성이 물었다.

250

"제가 할 일은 뭡니까?"

당연히 하겠다는 시늉이다.

이광은 서울에서 보고를 받았는데 보고자는 '리스타 유통'의 대표 오금봉이다. 오금봉이 뉴욕에서 보고한 것이다.

"지금 강정규는 산속의 벙커에 들어가 있습니다."

오금봉이 말을 이었다.

"강정규가 지휘하고 있는 팀이 정예입니다. 밖에 나가서 온갖 실전을 다 겪고 돌아왔으니까요."

그렇다. 체첸 마피아에서부터 군산연이 고용한 아랍 테러단까지 몰살시키고 돌아왔다. 그 때문에 3개 팀원 모두가 인터폴의 수배자가 되어 겨우 대마도로 돌아왔을 때 이즈하라 경찰서의 야시로 과장은 잠자는 사자의 코털을 뽑은 다람쥐가 되었다. 이광이 전화기를 고쳐 쥐고 물었다.

"강정규가 독단으로 일으킨 일이오?"

"예, 회장님."

오금봉이 입맛 다시는 소리를 내었다. 경찰서를 습격한 것을 말한다. 이것은 보통 사건이 아닌 것이다. 일본 정부에 대한 공격이나 같다. 오금봉이 입을 열었다.

"무모하다고 생각했습니다만 시간이 조금 지나고 보니까 그 방법이 가장 적절한 것 같습니다."

"어째서 그렇습니까?"

"첫째 경찰서를 습격해서 피의자를 강탈해오고 충격으로 5명에게 중상을 입힌 데다 경찰서 건물 1개 동을 전소시켰는데도……."

숨을 고른 오금봉이 말을 잇는다.

"사건 발생 8시간이 지났지만 일본 정부에서는 아무 반응이 없습니다."

"……."

"이즈하라 경찰서는 후쿠오카 경찰청 관할입니다만 후쿠오카에서 막고 있을 리는 없습니다. 이미 총리한테까지 보고되었을 것입니다."

"……."

"총에 맞은 경찰 5명은 헬기로 후쿠오카로 이송해서 병원에 입원시켰는데 외부로 소문이 나오지 않았습니다."

"……."

"경찰서 화재 보도뿐입니다."

"앞으로의 대책은?"

"김필성과 기요타, 고재성이 추진 중입니다만 그건 따로 보고하겠습니다."

국제통화인 것이다. 오금봉의 말에 '도청'이 우려된다는 분위기가 풍겼다.

"랜드로 돌아가지."

전화기를 내려놓은 이광이 안학태에게 말했다.

오전 11시 반, 늦게 일어나 커피를 끓이던 윤서인이 전화벨 소리에 고개를 들었다. 오피스텔 안은 깔끔하게 정돈되었지만 진열장 같은 분위기가 풍겨 왔다. 전자레인지는 사용도 하지 않고 갖다만 놓아서 비닐도 벗기지 않았다. 거실 바닥에 깐 양탄자도 가격표가 그대로 붙어 있다. 오피스텔에서는 잠만 자러 들어왔기 때문이다. 겉만 깨끗하지 세탁실의 세탁기 안에는 빨랫감이 가득 쌓여 있다. 전화기를 귀에 붙인 윤서인이 소리 죽여 한숨부터 뱉었다. 당 정책실일 것이다. 사표를 내었는데도 자꾸 다른 위원회를 추천하고 있다. 정책위원장, 당 총무까지 윤서인의 기획력을 좋게 평가하고 있기 때문이다.

"여보세요."

억양 없는 목소리로 대답했더니 처음 듣는 사내 목소리가 울렸다.

"윤서인 씨?"

"네, 누구시죠?"

커피 잔을 든 윤서인이 냄새부터 맡았다. 그러자 기분이 조금 나아졌다.

"나, 리스타 비서실장 안학태라는 사람입니다."

"아!"

놀란 윤서인이 커피 잔을 내려놓는다는 것이 미끄러져서 잔이 양탄자 위로 떨어졌다. 커피가 아직 상표도 안 뗀 양탄자에 쏟아졌다. 그때 안학태가 물었다.

"통화해도 됩니까?"

"네."

"리스타 그룹에서 일하고 싶다고 하셨습니까?"

"네."

윤서인의 얼굴이 금방 붉게 상기되었다. 어느새 한쪽 손이 주먹을 쥐고 있다. 안학태가 앞에 있었다면 시치미를 뚝 뗀 표정으로 응대했을 것이다. 그때 안학태가 말했다.

"비서실의 기획조정실 소속 정책보좌관으로 임명할까 하는데, 직급은 부장급이오."

"아, 네."

"직속상관은 나이고."

"네."

"회장님께 조언을 드리고 정책에 관한 지시사항을 이행하는 업무요."

"아, 예."

"할 겁니까?"

"그럼요, 사장님."

마침내 윤서인의 인내심이 한계에 이르러 터져 버렸다. 윤서인이 소리치듯 말했다.

"감사합니다, 사장님."

그 시간에 해밀턴은 뉴욕의 안가에서 후버와 만나고 있다. 맨해튼 공원이 내려다보이는 이 안가는 해밀턴이 후버의 부하였을 때부터 지겹도록 드나들었던 곳이다. 오늘은 해외작전국장 월슨과 아프간 담당 마이클까지 소파에 둘러앉아 있었는데 후버는 해밀턴을 웃는 얼굴로 맞았다. 그러나 세 명 중에서 후버를 가장 오래 접촉해 온 해밀턴은 웃는 얼굴을 안 본 것처럼 행동했다. 후버를 몇 번 만난 놈들 중에서 '웃는 얼굴'로 대하면 나중에 '박살'이 난다느니 또는 그 반대가 된다느니 하고 잘난 체를 하다가 모두 '병신'이 되었기 때문이다. 저 웃는 얼굴은 낚시용 떡밥이다. 저 웃는 꼴을 보고 이쪽이 반응을 하면 뒤집어서 골탕을 먹이려는 수작인 것이다. 그때 후버가 입을 열었다. 물론 해밀턴한테다.

"야, 리스타에서 군산연이 오마르한테 공급하는 무기를 폭파시켜 버려라. 내가 무기는 다 댈게."

"무슨 말씀이신지, 통."

이제는 해밀턴이 빙글거리면서 후버를 보았다.

"보스, 혹시 제가 지금도 해외작전국장인 줄로 알고 계신 것 아닙니까?"

"아닌가?"

"그만둔 지 6년 되었습니다, 보스."

"벌써 그렇게 되었나?"

후버도 여전히 웃는 얼굴이다.

"세월이 빠르구나, 해밀턴."

"보스는 그때하고 똑같으십니다."

"내가 대마도 사건을 덮어줄 테니까 지금 산속으로 들어가 있는 그놈을 다시 써먹기로 하지."

그 순간 숨을 들이켠 해밀턴의 얼굴에서 웃음기가 지워졌다. 후버가 여전히 웃음 띤 얼굴로 말을 이었다.

"그놈들 팀이 막강해. 강정규, 일본 자위대에 있을 때는 이또만 소좌였지? 그놈하고 그 일당이 모두 인터폴의 수배자 명단에 들어있는데 내가 그 기록도 지워줄 테니까 말이야."

"고재성을 보냈는데요."

김필성이 말했을 때 오금봉이 길게 한숨부터 뱉었다.

"잘했어."

오전 10시 반, 지금 김필성은 도쿄의 '리스타 일본 법인' 사무실에서 전화를 받고 있다. 오금봉이 뉴욕에서 전화를 한 것이다. 오금봉이 물었다.

"언제 보냈는데?"

"예, 어젯밤에 출발했습니다."

"지금은 대마도에 있겠군."

"대마도에 규모가 작지만 '리스타 유통' 소속의 영업장이 47개나 있는 데다 부동산이 좀 있거든요. 그래서 고재성이 간 것은 자연스럽습니다."

"몇 명이야?"

"예, 200명쯤 됩니다. 오야붕 5명이 40명씩을 데리고 갔습니다."

"김 사장은 순발력이 빨라서 좋아."

"감사합니다."

"그런데 걱정 안 해도 될 거야."

오금봉이 애매하게 말하고는 통화를 끊었다.

뉴욕은 오후 8시 반이다. 전화기를 내려놓은 오금봉이 웃음 띤 얼굴로 해밀턴을 보았다.

"김 사장이 고베 야마구치 조원 200명과 함께 고재성을 대마도로 보냈다는 겁니다."

"고재성을."

해밀턴의 얼굴에도 웃음이 떠올랐다.

"고베 야마구치가 적당하죠. 더구나 고재성은 한국인인 데다 강정규하고 인연이 있으니까요."

"김 사장이 기요타 씨하고 상의를 하겠다더니 서둘러 고재성을 보낸 겁니다."

"이제는 각 지역에서 자급자족을 하는군요, 오 사장."

해밀턴이 빙글거리며 말을 이었다.

"내일쯤 강정규가 산에서 나오면 고재성이 놀라겠습니다."

"당분간 고재성이 대마도를 관리하도록 하지요, 잘 된 겁니다."

둘은 마주 보고 웃었다.

그 시간에 강정규는 산으로 올라온 이상호를 만나고 있다. 이상호는 리스타 유통 소속의 중간 관리자로 강정규와 안면은 있다. 그러나 영업장 관리를 맡고 있었기 때문에 업무가 다르다. 이마의 땀을 닦으면서 이상호가 강정규를 보았다. 이곳은 국도에서 산으로 10킬로나 떨어진 곳이다. 길도 없는 가파른 산을 네 시간이나 올라온 것인데 안내자가 없었다면 하루 종일 헤매도 못 찾는다.

"일본 법인장 지시를 전하려고 왔습니다."

이상호가 숨을 고르며 말을 이었다.

"지금 즉시 전 대원을 인솔하고 산을 내려오라고 했습니다."

이곳은 벙커 안이다. 강정규는 윤석 등 간부들과 함께 둘러앉아 있었는데 경찰서 유치장에서 빼낸 박경수도 옆에 있다. 이상호가 말을 이었다.

"산에서 내려오시면 이즈하라에서 배로 한국으로 이동한 후에 새 임무가 주어질 것이라고 합니다."

"이즈하라에서 말이오?"

홍만준이 성급하게 묻자 이상호가 고개를 끄덕였다.

"예, 경찰은 염려하실 필요가 없다고 하셨습니다."

"그렇군."

홍만준이 웃음 띤 얼굴로 강정규를 보았다.

"대장, 위에서 합의를 한 것 같습니다. 그런데 한국에서 어떤 임무를 받게 될까요?"

알 리가 없는 강정규가 대답 대신 간부들을 둘러보았다.

"여긴 비워 놓을 수가 없으니까 관리자로 셋만 남겨 놓기로 하지."

강정규의 목소리에도 활기가 띠어져 있다.

그 시간의 이즈하라 경찰서, 서장실에 들어선 야시로가 고개를 숙여 절을 했다.

"부르셨습니까?"

"거기 앉아."

마쓰무라가 턱으로 앞쪽 의자를 가리켰지만 시선을 마주치지는 않았다. 야시로가 자리에 앉았을 때 마쓰무라가 입을 열었다.

"내가 따로 지시하겠지만 수색 병력 전원 철수시켜."

"그러면 자위대로 대체하는가요?"

야시로가 대뜸 그렇게 물었을 때 마쓰무라의 시선이 처음으로 옮겨왔다.

"건너뛰지 마라, 이 자식아."

마쓰무라한테 욕 얻어먹은 것은 경찰서 안에서 야시로가 처음일 것이었다. 숨을 들이켠 야시로에게 마쓰무라가 던지듯이 말했다.

"검문 금지, 비상 해제야, 알겠어?"

"저는 영문을……."

"내가 그 이유까지 너한테 설명해줘야 되는 거냐?"

"아닙니다, 저는."

"네가 내 상관이냐?"

마쓰무라의 목소리가 높아졌다.

"까라면 까는 거지, 너한테 보고해야 돼?"

"아닙니다, 서장님."

"한마디만 하지. 경찰청장, 후쿠오카 경찰청장한테서 내려온 지시다."

"예, 서장님."

"그리고."

어깨를 부풀린 마쓰무라가 야시로를 노려보았다.

"너, 오늘 자로 수사과장 직위 해제하고 대기발령이다. 이유는 무리한 수사, 직권 남용까지만 해놓겠다."

그러고는 마쓰무라가 외면하더니 나가라는 손짓을 했다.

"오무라가 배후에 있는 것 같습니다."

윌슨이 보고하자 후버는 신문에서 시선을 떼지 않고 말했다.

"일본 놈들은 입을 다물고 있을 때가 거짓말을 안 하는 때야."

"예, 그 말씀, 여러 번 들었습니다."

"그 거짓말에 속아서 진주만을 기습당한 거다."

20번쯤 들었던 이야기지만 윌슨이 소리죽여 한숨만 쉬었을 때 후버가 신문을 젖히고 물었다.

"뭐라고 했어? 자세히 말해 봐."

"예, 관방장관 다케야마한테 대뜸 그렇게 말했지요. 요즘 총리실의 정보수집이 잘 되고 있느냐고요."

"너도 날 닮아가는구나. 그랬더니?"

"다케야마가 놀란 듯이 주춤거리다가 열심히 하고 있다고 하더군요."

"그래서?"

"우리가 도와드릴 일이 있느냐고 물었습니다."

"당연히 사양했겠지."

"예, 정중히 사양하더군요."

"그래, 오무라 이야기를 꺼냈나?"

"예, 오무라 씨 있을 때가 정보수집 활동이 활발했고 양국 간 협조가 잘 되었다고 했습니다."

"그랬더니 좋아했겠군."

"눈에 띄게 좋아하더군요."

"그때 강정규 이야기를 꺼냈나?"

"예, 강정규 팀한테 시킬 일이 있다고 했더니 알겠다고 했습니다."

그 결과가 바로 나타난 것이다.

"오무라가 살아있어. 그놈이 계속해서 일본 정보기관의 총대장 노릇을 하고 있었던 거야."

후버가 쓴웃음을 지은 얼굴로 윌슨을 보았다.

"네가 오무라 이야기를 꺼냄으로써 일본은 그놈의 컴백을 간접적으로 승인받은 것으로 여길 것이다."

"대가로 강정규 팀을 빼낸 것이니까요."

따라 웃은 윌슨이 말을 이었다.

"남는 장사라고 생각할 것입니다."

"리스타가 대마도에 한국계 보스가 있는 야쿠자를 무더기로 보냈다면서?"

"예, 후쿠오카 경찰청에서 그것을 보고 난리가 일어났다가 진정되었습니다."

"그 자식들이 어쩔 작정으로 야쿠자를 쏟아부었을까? 또 전쟁하려고?"

"그건 유통 사장인 오금봉과 연합 사장 해밀턴이 상의해서 작전을 하는 것입니다."

"그 개놈들이 정보부 출신 아니냐? 오금봉이는 KCIA의 2인자였고 해밀턴 그놈은……."

말을 그친 후버가 한숨을 쉬더니 눈동자의 초점을 잡고 윌슨을 보았다.

"이번 작전은 해밀턴 관할이겠군. 우리가 전폭 지원할 테니까 잘 끝내라고 해. 호르무즈 해협 작전처럼 말이야."

도로에 나왔을 때는 오후 6시 반이 되어가고 있다. 골짜기 사이의 도로는 이미 어둠에 묻혀 있다.

"저기 있군요."

앞장을 섰던 김태규가 손으로 앞쪽을 가리켰다. 길가에 버스 2대가 서 있다. 관광버스였는데 밖에 나와 있는 사람도 없다. 그때 뒤쪽 버스에서 사내 하나가 나오더니 소리쳤다.

"어서 오세요!"

리스타 유통 직원이다. 목소리가 밝고 커서 골짜기를 울렸다. 그것을 본 윤석이 강정규에게 말했다. 쓴웃음을 띤 얼굴이다.

"다 준비가 된 모양인데요."

"할 수 없지. 타는 수밖에."

따라 웃은 강정규가 발을 떼었다. 뒤를 24명이 따른다. 강정규까지 총원 25명이다.

윤서인의 안내를 맡은 것이 심순자다. 이제는 프랑스 이름 미셸은 사용하지 않고 심순자로 자신을 소개하는데 전혀 이름에 대한 '생각'이 없다. 프랑스에서 성장했기 때문이겠지. 이틀째 되는 날 오전, 리스타 랜드 시장 보좌역 겸 홍보실장, 이민국 자문관까지 겸하고 있는 데다 랜드의 경비 본부장 권철의 부인이기도 한 심순자는 랜드 주민 6만여 명 중에서 가장 영향력 있는 여성 중 하나일 것이다. 그래서 안내를 받는 윤서인이 상관을 모시는 부하처럼 따라다녔는데 그것이 자연스러웠다.

"저기 좀 봐요."

시청 소개를 끝내고 차를 몰고 바닷가를 달리다가 심순자가 멈춘 곳은 한창 항만공사를 하는 현장 앞이었다. 심순자가 말을 이었다.

"이곳에 미 해군 기지가 들어서요. 벌써 저기 앞바다에 미 해군 구축함 2척이 떠 있지요?"

"그러네요."

눈을 가늘게 뜬 윤서인이 두 척의 군함을 보았다. 윤서인은 리스타 랜드에 미군 기지가 세워지고 있다는 것을 모르고 있었다. 심순자가 말을 이었다.

"이곳이 아시아 남쪽 바다의 중심이죠. 그래서 회장님이 등소평의 양해를 얻어냈고 미국을 이용해서 랜드를 우리 땅으로 만드신 것이죠."

윤서인이 듣기만 했고 심순자의 목소리에 열기가 띠어졌다.

"물론 등소평이 거저 양보하지는 않았겠죠. 제 다리 밑에 미군 기지가 세워지니까요. 뭔가 대가를 받았겠죠."

"그렇겠죠."

"우리는 미군 기지를 이용해서 인도네시아 정부가 마음이 변할 경우에 대비할 수 있고요."

"그렇죠."

윤서인의 눈빛이 강해졌다.

"중국과 미국을 경쟁시키듯이 이용해야 돼요. 그리고 일본도요."

"맞아요."

심순자가 커다랗게 고개를 끄덕이며 웃었다. 흰 이가 드러났고 꽃이 피어나는 것처럼 분위기가 환해졌다.

"우리가 강대국을 이용하면 일본도 말려들겠죠. 견제하기 위해서라도 끌려 들어올 수밖에 없어요."

"그래요, 동감입니다."

따라 웃은 윤서인이 심순자를 보았다.

"안목이 넓으세요."

"제가 일본 총리실 소속의 정보관계 일을 했거든요."

순간 숨을 들이켠 윤서인을 향해 심순자가 말을 이었다.

"그래서 이곳을 정탐하러 왔다가 잡혀서 포로생활을 했어요."

"어머나."

"그랬다가 이곳 경비본부장과 결혼하고 회장 사모님 보좌역이 되었다가 출세가도를 달리게 된 거죠."

"어머나."

"파리 7대학에서 정보분석학 박사 학위를 받았죠. 스파이에 딱 맞는 학위죠."

"어머나."

그때 정색한 심순자가 지프의 브레이크를 풀면서 말했다.

"자, 한 바퀴 돕시다."

섬을 돌자는 말이다.

오후 9시 반, 도쿄 신주쿠 골목 안의 '미우라' 오뎅집, 좌석이 10여 개밖에 없는 오뎅집은 텅 비었다. 밖에 '금일휴업' 푯말이 걸려 있기 때문이다. 그러나 안에는 두 사내가 마주 보고 앉아있다. 나무탁자 위에는 오뎅 그릇과 사기 술병, 잔 2개만 놓여 있을 뿐이고 주방에도 사람이 없다. 안쪽 방으로 들어간 모양이다. 얼굴을 마주 보며 앉은 두 사내는 관방장관 다케야마와 오무라다. 다케야마가 입을 열었다.

"이봐요, 오무라 씨. 그렇다고 지금 당장 총리실로 복귀할 수는 없지 않겠소?"

"당연하지요."

오무라의 얼굴에 웃음이 떠올랐다.

"그렇게 되면 우선 당장 미국 정부 입장도 난처하게 될 테니까요."

"그렇지, 어쨌든 이번에 오무라 씨, 당신에 대한 족쇄는 풀렸어."

"대마도에 있었던 놈들 덕분입니다."

"계기는 되었지."

따라 웃은 다케야마가 말을 이었다.

"하지만 우연한 계기는 아니오. 오무라 씨 당신이 다시 등장할 때가 온 거요. 쌓이고 쌓였다가 이번에 터진 것이지."

"역사가 다 그렇지 않습니까?"

오무라가 흐린 시선으로 다케야마를 보았다.

"소련이 붕괴되고 중국 세력이 부각되면서 우리 일본의 역할이 다시 필요하게 된 것이지요."

그러고는 덧붙였다.

264

"한국이 무섭게 성장하고 있습니다."

이곳은 파키스탄 중부 국경지대 도시인 쿠에타(Quetta), 혼잡한 인도 옆 물담배 가게 안에서 앤더슨이 물담배를 피우고 있다. 오후 2시 반, 가게 안에는 7, 8명의 손님이 앉아 있었는데 앤더슨이 옆에 앉은 사내에게 말했다.

"이번에는 차로 옮기지만 다음번에는 비행기를 빌릴 거야. 물론 운송비를 추가시켜야겠지. 위험수당까지 포함해서 말이야."

"차라리 그게 낫겠어, 앤더슨 씨. 항구에서 이곳까지 열흘이나 걸린다니 지치는군. 앞으로 열흘을 기다려야 한다니……."

투덜거린 사내는 오마르의 참모 우지란이다. 우지란이 말을 이었다.

"여기서 다시 국경을 넘는 데 사흘이 더 걸려."

"이왕 기다린 거 참아."

쿠에타에서 같이 하물을 기다리다 친해진 앤더슨이 한 모금 물담배를 빨고 나서 말을 이었다.

"정부군에게 가는 무기는 15일 전에 카불에 도착했어, 우지란. 수송에서 시간을 잡아먹는 거야."

우지란이 한숨과 함께 연기를 내뿜었다. 탈레반이 주문한 무기는 어젯밤에 파키스탄 서쪽 항구인 과다르에 도착한 것이다. 무기는 바로 배에서 하역되어 14대의 트럭에 실려 이곳으로 오는 중이다. 파키스탄은 관리에서부터 주민들까지 탈레반에 협조적이었기 때문에 트럭을 운행하는 데는 지장이 없다. 다만 미국에 우호적인 파키스탄 군부(軍部)의 일부 세력이 불심 검문을 하면 불법무기를 압류당하겠지만 그런 경우는 드물다. 군부대 안에도 정보원이 깔려 있기 때문이다.

"안 되겠어."

물담배를 입에서 뗀 앤더슨이 우지란을 보았다.

"아편을 마셔야겠어. 그래야 시간이 잘 가더군."

아편은 얼마든지 있다. 다만 집에서 마셔야 한다.

C-140 수송기가 구름층에 들어와 흔들렸기 때문에 강정규가 그물망을 쥐었다.

"젠장, 꼭 실려 가는 짐승 기분이 든다니까."

옆에서 김태규가 투덜거렸다. 25명의 대원은 C-140의 화물칸에 좌우로 마주 보고 앉아 있었는데 앞에 안전띠 대신으로 그물이 쳐져 있는 것이다. 강정규가 손목시계를 보았더니 앞쪽에 앉은 윤석이 소리쳤다.

"1시간 반 남았습니다!"

엔진 소음에 묻혔지만 들렸다. 윤석이 다시 소리쳤다. 다른 대원들도 들으라는 것 같다.

"칸다하르에는 현지 시간으로 오후 7시 반에 도착합니다!"

그리고 칸다하르에서 트럭을 타고 국경으로 가야만 한다. 강정규가 대원들을 둘러보았다. 대마도 이즈하라에서 미군 수송선을 타고 군산으로 간 다음에 그곳 미군 비행장에서 대기 중이던 C-140 수송기로 필리핀 마닐라 공군기지까지 날아갔다. 이즈하라에서 출발한 지 20시간 만에 마닐라에 도착한 것이다. 마닐라에서 해밀턴이 보낸 안내원 쿠트 대위를 만나고 CIA 요원들로부터 6시간 동안 교육을 받은 후에 전원 아프간 정규군 복장으로 갈아입고 다시 출발한 것이다. 마닐라에서 다시 9시간 비행이다.

"이봐, 이번 작전 끝나면 회사에서 특별수당이 지급될 거다!"

266

강정규가 버럭 소리치자 모두의 시선이 모였다. 안내역 쿠트는 눈을 둥그렇게 떴다. 한국어로 소리쳤기 때문이다. 강정규가 다시 소리쳤다.

"개인당 10만 불이야! 만일의 경우에는 가족에게 지급된다!"

"오오!"

이쪽저쪽에서 탄성이 터졌다. 해밀턴이 알려준 것이다. 명분이 약한 '대리전' 형식이었기 때문에 '용병' 대우를 해서 수당을 지급하라는 회장의 지시였다. 구름층을 벗어나지 못해서 비행기가 계속해서 흔들렸지만 분위기가 밝아졌다. 이곳저곳에서 웃음소리가 울렸다. 지난번 호르무즈 해협의 전투에서는 이쪽의 기습 공격으로 전상자가 적었다. 그러나 지금은 육상전이다. 강정규가 저절로 어금니를 물고는 고개를 돌렸다. 그러자 이쪽을 보고 있던 윤석과 시선이 마주쳤다. 윤석도 차분한 표정이다.

"어, 페트리샤, 잠깐."

권철이 부르자 계단을 내려가던 페트리샤가 고개만 돌렸다. 조금 당황한 표정이다. 오후 7시, 알리바바 호텔의 7층 복도에 권철이 서 있고 페트리샤는 비상계단을 내려가던 중이다. 다가간 권철이 페트리샤에게 물었다.

"왜 엘리베이터를 안 타는 거야?"

"그건 내 마음이죠."

페트리샤가 쏘아붙이듯이 말했지만 시선을 마주치지는 않았다. 권철이 한 걸음 다가가 섰다. 페트리샤는 계단을 3개 내려가 있어서 머리가 권철의 배꼽쯤 높이에 있다.

"어때? 아지르하고 재미가?"

"무슨 말이죠?"

페트리샤의 얼굴이 빨개졌다. 페트리샤는 요즘 아지르하고 자주 만나는 바람에 호텔로 돌아오지 않을 때가 많다. 그때 권철이 말했다.

"다국적군 정보를 나한테도 좀 달라고. 언제 여기 공격할 것 같아?"

"그건 당신 본부에다 물어봐요."

"이것 봐, 페트리샤."

정색한 권철이 페트리샤를 보았다.

"네가 잊어먹고 있는 것이 있어. 아지르하고 노는 재미에 빠져서 말이야."

"내가 논다고? 난 주어진 일을 하고 있을 뿐이야."

페트리샤가 똑바로 권철을 보았다.

"당신이야말로 여기서 놀고 있어, 미스터."

"너, 내가 네 신상을 보고하고 있다는 거, 알고 있어?"

그 순간 페트리샤가 입만 벌린 채 대답하지 않았다. 권철이 말을 이었다.

"이건 말 안 해주는 게 원칙이지만 너에 대한 내 보고서가 CIA로 올라가. 네가 아지르하고 몇 번 잔 것까지 말이야."

"……."

"며칠 전에는 보석이 박힌 목걸이를 하고 왔다가 벗었지? 그거 아지르가 준 거 아냐?"

"……."

"서로 업무 협조하는 의미에서 비공식으로 접촉하는 내락을 받았지만 그거, 너무하는 거 아냐?"

"당신, 질투하는 거죠?"

불쑥 페트리샤가 물었기 때문에 권철이 숨을 들이켰다가 말했다.

"CIA하고 이라크 보안부하고 서로 정보를 나눠 갖는 건 좋아. 이제 내가 내 위치를 밝힌 이상 나한테도 정보를 나눠주란 말이야, 이 여자야."

그러고는 권철이 눈을 흘겼다.

"내 주변의 여자를 봐. 내가 질투를 한다고?"

"이틀 후야."

무전기를 귀에서 뗀 강정규가 말했다.

"지금 쿠에타에서 3백 킬로 남쪽 지점까지 와 있어. 거기서부터는 길이 좋으니까 쿠에타까지 하루, 쿠에타에서 이곳까지 하루 걸릴 거다."

앞에 선 윤석이 손목시계를 보았다. 오후 4시 반이다.

"트럭이 다니는 길은 이곳뿐이니까 놓칠 리는 없습니다. 다만……"

윤석이 말을 멈췄지만 둘러선 간부들은 모두 뒷말을 이을 수 있다. '변수'가 걱정되는 것이다. 산전수전 다 겪은 군산연이나 탈레반 측이 방해공작에 대비하지 않았을 리가 없다. 이곳은 국경에서 아프가니스탄 쪽으로 8킬로쯤 들어온 골짜기 안이다. 양쪽이 암반 지역인 데다 험한 골짜기가 10킬로나 이어져서 1개 사단을 매복시켜도 충분했다. 그러나 방심은 금물이다. 윤석이 말을 이었다.

"트럭 14대 분량의 무기를 인력으로 옮긴다면 적어도 1천 명은 달려들어야 합니다. 이 길에서 기다리면 되겠지요."

"일단 쿠에타에서 어떻게 움직이는가 보자고."

강정규가 결정했다.

"이곳에서 국경까지는 8킬로야. 쿠에타에서 어느 쪽으로, 어떤 방향

269

으로 무기를 나르는지 알게 될 테니까.”

산길은 골짜기 뒤쪽으로 뻗어 나가고 있다. 한 사람이 겨우 다닐 수 있는 길을 당나귀나 등짐을 진 부족들이 다니는 것이다. 그때는 이곳을 벗어나 산길로 옮겨 가면 된다. 산길의 구비가 많고 길이 험해서 격전을 치르게 될 것이다.

앤더슨이 고개를 들었을 때 바이트가 다가와 앞에 앉았다. 오후 5시 반, 쿠에타 북쪽의 주택가 안, 거실의 양탄자 위에 누워서 앤더슨은 아편을 피우고 있던 참이었다.

“대장, 학생들 700명이 지원했습니다. 내일까지는 8백 명이 넘는다고 합니다.”

“웬 8백 명이나.”

놀란 앤더슨이 머리를 흔들면서 일어나 앉았다. 방 안에 아편 기운이 가득 차 있었기 때문에 바이트가 창문을 반쯤 열고 돌아왔다. 이곳 본채는 그들 둘이 사용하고 있기 때문에 오가는 사람도 없다. 바이트가 말을 이었다.

“탈레반이 운영하는 이슬람 원리 학교가 10개도 넘거든요. 학생 수는 수천 명이라고 합니다.”

“빌어먹을 탈레반 놈들. 어쨌든 상관없어. 난 트럭이 이곳에 도착하면 우지란한테서 잔금을 받고 바이바이하면 돼.”

아편 기운이 줄어들면서 한기를 느낀 앤더슨이 눈으로 창을 가리켰다.

“바이트, 춥지도 않냐? 문 닫아라.”

무더운 날씨여서 바이트는 에어컨도 없는 방에서 땀을 흘리고 있었지만 일어나 창을 닫고 돌아왔다. 앤더슨이 다시 불평했다.

"이 새끼들은 계좌로 송금도 안 해봤는지 현금으로 3천2백만 불을 받아가야 하니 트럭을 빌려 놓아야겠군."

"트럭은 저 친구들이 타고 온 트럭이 있으니까요."

"돈 세는 데 닷새는 걸리겠다."

"묶음으로 되어 있다고 했으니까 시간이 별로 안 걸릴 겁니다."

"그나저나 7백 명, 아니 8백 명한테 무기를 짊어지게 하고 국경을 넘어가게 하다니. 그거 볼 만하겠다."

아편이 남아있는지 상자 안을 뒤적거리면서 앤더슨이 말했다. 쿠에타에서 일주일이 넘게 기다리고 있으면서 앤더슨은 아편 중독자가 되었다. 그때 바이트가 말했다.

"탈레반 규모가 큰 것이 놀랍습니다. 쿠에타에만 탈레반 학생들이 수천 명이나 되는 거 같습니다."

"그래서 여기에서 무기를 등에 지고 옮기려고 했군."

앤더슨이 말을 받는다. 탈레반은 본래 파슈툰족 부족에서 시작한 '이슬람 원리를 배우는 학생조직'이란 말이었는데 이제는 반군의 중심으로 변했다. 그래서 파슈툰족은 수천 명의 부족원, 동조자를 국경을 넘어 파키스탄으로 보내 '이슬람주의'는 두 번째로 하고 '테러훈련'을 시켜 반군을 양성하고 있는 것이다.

안내역 쿠트가 쿠에타에 다녀왔을 때는 오후 9시 무렵이다. 동굴로 들어온 쿠트가 지친 얼굴로 말했다.

"대장, 여기서 옮겨야 할 것 같습니다. 탈레반이 학생들을 모아놓았어요."

동굴 안에는 강정규와 김태규, 윤석까지 셋이 모여 있었는데 쿠트가 말을 이었다.

"원체 모아놓은 인원이 많아서 소문이 퍼졌습니다. 현재 7백 명가량을 모았는데 내일쯤이면 8백 명이 넘을 것이라고 하네요."

"그럼 그놈들을 인부로 써서 산길을 걸어 운반한다는 말이지요?"

윤석이 묻자 쿠트가 쓴웃음을 지었다.

"뒤쪽 산길은 습격하기도 어려운 데다 대규모 짐꾼이 곧 병력이거든요. 모두 짐을 졌지만 무장병력 8백이라고 봐도 됩니다."

"그렇군."

윤석이 고개를 끄덕이자 강정규가 말했다.

"더구나 놈들도 대비하고 있을 거야. 산길도 놈들이 더 잘 알고 있을 테니까 말이야."

"조심해, 앤더슨."

수화구에서 피셔의 목소리가 울렸다.

"놈들이 칸다하르에서 남하했다는 정보가 있다."

"아프간 정규군입니까?"

앤더슨이 묻자 피셔가 소리쳐 대답했다.

"특공대를 파견한 것 같다! 병력 규모는 아직 파악하지 못했어!"

"그럼 국경으로 내려갔겠군요."

"조심하라고 전해!"

"예, 알겠습니다."

전화기를 내려놓은 앤더슨이 옆에 선 바이트에게 말했다.

"우지란한테 전해! 특공대가 칸다하르에서 남하했다고! 아프간 특공대인 모양이야."

"우지란도 예상하고 있었습니다. 아프간 정규군 내부에도 정보원이 있다고 하더군요."

나갈 준비를 하면서 바이트가 말을 이었다. 오후 2시 반이 되어 가고 있다.

"오늘 저녁에 트럭이 도착하면 바로 짐꾼들이 출발할 겁니다."

"병력이 몇 명 보강되었지?"

"우지란이 이끄는 호위병력이 3백 명 가깝게 되는 데다 짐꾼도 모두 무장병력이니까, 1천이 넘습니다."

"어두울 때 출발해야겠군."

"트럭이 시 북쪽의 제지공장 마당으로 집결하면 거기서부터 하역이 시작되는 겁니다. 이미 병력은 제지공장에서 기다리고 있습니다."

바이트가 응접실을 나갔을 때 앤더슨이 길게 숨을 뱉었다. 트럭이 도착하면 무기 인계를 하고 나서 앤더슨은 무기대금만 받으면 임무 끝이다. 정보를 주는 것은 A/S 차원인 것이다. 앞으로 계속해서 거래를 할 것이기 때문이다.

리스타랜드에서 이광의 집무실은 바닷가의 오두막이다. 회장 안가 (安家)가 여러 곳이 있지만 단층 건물인 이곳은 응접실 겸 집무실로 사용되는 방 1개짜리다. 물론 바로 앞이 백사장이고 푸른 바다가 펼쳐져 있다. 오후 3시 반, 이광이 앞에 앉은 안학태에게 말했다.

"강정규를 계속해서 리스타 용병으로 운용하고 있군그래. 본인이 불평하지 않을까?"

"그런 것 같지는 않습니다."

"물어봤어?"

"확인은 안 했습니다."

"목숨을 건 업무만 계속해서 시키고 있는 거야."

"권철과 둘을 번갈아 시켰는데 그렇게 되었습니다."

입맛을 다신 안학태가 말을 이었다.

"믿고 그런 일을 맡길 만한 간부가 둘뿐이어서 그렇습니다."

이광이 천천히 고개를 끄덕이더니 문득 물었다.

"강정규, 여자는 있나?"

"현재로는 없는 것 같습니다."

그러고는 안학태가 덧붙였다.

"일본에 이혼한 전처가 있고 그 후로 한국 여자 두어 명을 만났지만 관계가 끊겼습니다."

"그놈이 나하고는 다르군."

"……."

"권철이가 여자관계는 나 닮았어. 닥치는 대로 건드리는 걸 보면 말이야."

안학태는 숨만 쉬었고 이광의 말이 이어졌다.

"강정규는 '탈레반 작전' 끝나면 이곳으로 부르도록, 내가 만나볼 테니까."

"예, 회장님."

"그리고 비서실 소속이 된 윤서인은 어때? 지금도 업무파악 중인가?"

"아닙니다. 이제 행정조직을 연구하고 있습니다."

"오늘 저녁에 같이 식사하자고 해. 자네하고 셋이서 말이야."

'셋'을 강조한 이광이 쓴웃음을 지었다.

"다국적군은 지휘, 통제하는 데 시간이 걸리게 되어 있어요."

페트리샤가 말을 이었다.

"지금은 각국의 지휘 체계를 통일시키고 무기를 정비하는 과정이죠. 왜냐하면 나라마다 무기도 다르고 병사들이 수련도도 다르기 때문에 시간이 더 걸릴 수도 있다는군요."

"그건 어디서 나온 정보야?"

"CIA."

페트리샤가 술잔을 집으면서 웃었다.

"CIA가 지휘부의 상황회의에 참석하거든요. 그리고 자체적으로 조사도 하고."

"당연히 미국군이 주도를 하고 다국적군은 보조를 하겠지. 그럼 간단한 거 아닌가?"

"하지만 보조 역할도 등급에 따라서 배치되어야 하기 때문에……."

"아지르한테도 말해주었지?"

"당연하죠."

한 모금에 위스키를 삼킨 페트리샤가 말을 이었다.

"이라크 쪽은 될 수 있는 한 쿠웨이트 수복작전을 미뤄달라는 입장이니까."

"후세인 대통령의 지시가 전해지겠지."

"당연하죠."

"CIA 통로는?"

"마크를 통해 윌슨, 그리고 후버 부장한테 직보되는 거죠."

이곳은 힐튼호텔의 권철 집무실이다. 집무실이지만 스위트룸이어서 응접실 안쪽 문을 열면 침실이다. 응접실에서 마주 보고 앉아 있는 둘의 분위기는 화기애애하다. 의좋은 부부간 싸움은 칼로 물 베기나 같다는 말이 바로 이런 경우다.

"아지르가 말만 그러지는 않았을 텐데. 조건을 내걸었을 거 아냐?"

"그러지 말아요, 권."

페트리샤가 눈을 흘겼는데 교태다. 색기가 줄줄 흐른다.

"내가 당신한테 넘어갈 줄 알아?"

"괜히 앙큼 떨지 마, 페트리샤. 아지르한테서 금목걸이만 받은 게 아니라는 거 내가 알고 있어."

그때 페트리샤가 다시 눈을 흘겼다. 이번에는 눈빛이 차다.

"뭔데요? 말해 봐요."

"이번에 보석상 여러 곳이 숨겨둔 보석을 빼앗겼더군."

페트리샤가 숨을 들이켰다. 이라크가 침공하기 전까지 페트리샤는 쿠웨이트 시내 중심가에서 보석상 주인으로 위장한 CIA 요원이었던 것이다. 이라크군이 침공했을 때 페트리샤는 직원에게 보석을 들려 탈출시켰다. 페트리샤의 보석상은 CIA 재산이나 마찬가지였고 이번에 이라크군에게 약탈당하지 않았다. 그러나 다른 보석상 대부분은 외국으로 탈출하지 못했다. 그래서 집에 숨겨두었던 보석들을 빼앗긴 것이다. 권철이 웃음 띤 얼굴로 페트리샤를 보았다.

"점령군이 보석상 주인들 집을 알 리가 없지, 페트리샤."

"아지르가 말해 주었지요?"

"내가 누구야? 카심 대장하고 통하는 사람이야."

"웃기고 있네."

"보석을 한 박스 받았다고 들었어. 시가로 1천만 불 가깝게 된다더군."

"그렇게는 안 돼. 아지르가 허풍떤 거야."

"나한테 잘 보이면 그런 건 입 다물어 줄 수 있어. 그리고……."

권철의 얼굴에 웃음이 떠올랐다.

"전쟁이 끝나기 전에 내가 그 보석을 반출해줄게. 무슨 말인지 알겠지?"

"도대체 당신들은 누구 편이죠?"

"양쪽 다야."

"공격을 6개월쯤 늦추는 조건으로 아지르가 15억 불을 제의했었는데……."

"후세인 대통령의 제의를 전달했군."

"당연하죠."

"그래서?"

"CIA 측은 40억 불을 내라고 했어요."

"으음!"

술잔을 든 권철이 이 사이로 말했다.

"군산연 놈들은 공격이 늦춰지는 것에 올인하겠군."

"당연하죠."

"아지르 아니, 후세인 대통령이 받아들인 거야? 결정이 난 건가?"

"보석상자가 2개예요, 권."

"2개나?"

눈을 크게 떴던 권철이 곧 지그시 웃었다.

"페트리샤, 넌 내 여자가 되어야 해."

"아지르 다음에, 지금은 어쩔 수 없으니까."

"요부 같은 년."

"그 보석상자를 CIA 모르게 내 사촌한테 전해줘요. 전쟁 일어나기 전에."

"좋아, 약속하지. 그럼 말해."

"어제 30억 불로 양측이 합의했어요. 6개월 공격을 연장해주는 조건이죠."

"빌어먹을 놈들."

쓴웃음을 지은 권철이 소파에 등을 붙였다.

"다 도둑놈들이야."

그러나 원원이다. 군산연도, CIA나 미국 정부도, 리스타도, 그리고 이라크 측도. 죽어나는 건 약소국이지.

"저기 오는군."

앤더슨이 앞쪽을 보면서 투덜거렸다.

"빌어먹을 놈들, 꾸물거리기는."

오후 10시 반, 트럭 대열은 예정 시간보다 3시간 늦게 도착했다.

"짐 내리려면 3시간 정도 걸릴 테니 새벽에 돈 받겠다."

바이트에게 화풀이하듯이 말했을 때 어둠 속에서 우지란이 다가왔다. 뒤를 무장한 부하들이 따르고 있다.

"앤더슨, 트럭에서 하역할 때 복잡하니까 개수만 파악하고 계산을 할게."

우지란이 선심 쓰듯이 말하자 앤더슨의 얼굴이 펴졌다.

"그래 주면 고맙고. 그럼 한 시간 후면 난 떠날 수 있겠군."

"돈 실은 당나귀가 30분이면 도착해."

"당나귀?"

고개를 든 앤더슨이 우지란을 보았다.

"돈을 당나귀에 싣고 온단 말이야?"

"국경을 넘어서 다 왔어. 당나귀 20마리야."

"어이구."

"트럭에다 옮겨 싣고 가면 되겠다."

그때 트럭이 한 대씩 제지공장 마당으로 들어섰다. 제지공장은 오래 전에 폐업했기 때문에 3층 건물도 짙은 어둠 속에 묻혀 있다. 트럭에서 뻗어 나온 헤드라이트 불빛에 마당에 가득 차 있는 사내들이 비쳤다. '탈레반 병사'들이다. '탈레반 학생'들이 이제는 '병사'로 변신한 것이다. 모두 AK-47을 메었거나 들었는데 이제 등에 짐을 지고 국경을 넘어 산길로 걸어야 할 것이다. 목적지는 앤더슨도 알 수 없다. 우지란이 알려주지 않았기 때문이다. 우지란이 마당으로 들어서는 트럭 대열을 향해 달려갔기 때문에 앤더슨이 다시 투덜거렸다.

"아편을 한 대 피우고 싶구나."

옆에 선 바이트는 트럭의 라이트에 비친 군상들만 보았다. 모두 어두운 색깔의 쑵나 작업복을 입었기 때문에 무더기로 몰려 서 있는 것이 짐승 떼 같다. 더구나 모두 침묵을 지키고 있어서 구더기 떼 같기도 했다.

"모두 800명이 넘는다네요."

바이트가 말했다.

"경비 병력까지 합하면 1천 명도 넘습니다."

"젠장, 당나귀는 언제 오는 거야?"

앤더슨이 주위를 둘러보며 말했다. 이제 트럭은 다 도착한 것 같다. 라이트 14쌍이 나란히 비치는 중이었고 호위 병력을 태운 트럭 3대, 지프 2대도 옆쪽에 멈춰 서 있다.

"잘 비치는군."

후버가 스크린에 펼쳐진 위성사진을 보고 감탄했다.

"아주 선명해."

트럭의 라이트 때문이다. 위성사진이어서 라이트 1쌍이 반짝이는 점 1개로 보였지만 나란히 세워져 있는 것이다. 불빛은 모두 19개, 제지공장 마당에 세워진 차량들이다. 후버가 고개를 돌려 윌슨을 보았다.

"저기서 1천 명 가까운 놈들이 짐을 가지고 아프간으로 간단 말이지?"

"예, 국경을 넘으려면 사흘은 걸릴 겁니다. 짐을 메고 있으니까 더 걸릴지도 모릅니다."

윌슨이 화면에서 시선을 떼지 않은 채 설명했다. 이곳은 오후 12시 55분, 랭글리의 CIA 본부 상황실이다. 후버는 CIA 간부들에게 둘러싸여 있었는데 들뜬 표정이었다. 점심시간이 되었는데도 30분 전에 간부들을 끌고 와서 위성사진을 보고 있는 것이다. 그때 후버가 화면을 응시하면서 혼잣소리처럼 말했다.

"이놈들이 아프간 정부를 무너뜨리게 놔둘 수는 없어."

아프간 정부는 친미정권인 것이다.

"자, 짐을 트럭에서 내려라!"

우지란이 마침내 소리쳐 지시했다.

"트럭 뒤에 쌓아놓도록! 옆쪽 트럭의 무기와 섞이면 안 된다!"

계속해서 우지란의 외침이 이어졌다.

"교대를 하되 나머지 인원은 뒤쪽에서 대기!"

각 트럭의 위와 뒤쪽에는 전등을 매달아 놓았기 때문에 환했다. 그러나 불빛이 멀리 비치지 않도록 위쪽을 방수포로 가렸다.

"자, 시작!"

우지란이 소리치고는 손목시계를 보았다. 밤 11시 1분이다. 그 순간이다.

"쐑!"

우지란은 발사음을 듣는 순간 허리를 숙였지만 동시에 심장이 멎는 느낌을 받았다. 휴대용 미사일의 분사음이다. 다음 순간이다.

"꽈쾅!"

엄청난 폭음과 함께 옆쪽 트럭이 폭발하면서 우지란은 자신의 몸이 허공으로 솟아오르는 것을 느꼈다. 밝다. 몸이 새털처럼 가벼워진 것 같다. 의식은 말짱해서 자신이 미사일 폭발과 함께 허공으로 솟아오르고 있다는 것도 의식하고 있다. 고통은 없다. 그 순간 우지란은 또 한 번의 폭음을 들었다. 허공에 떠 있으면서 들은 것이다.

"꾸꽈꽝!"

시력도 살아 있어서 우지란은 허공에 뜬 채로 옆쪽 트럭 한 대가 엄청난 화기를 뿜으면서 폭발하는 것을 보았다. 솟아오른 그 불길이 우지란의 머리를 부쉈기 때문에 우지란은 더 이상 보지도 듣지도 못했다.

"계속 쏴!"

강정규가 소리치고는 지대지 미사일 샘(SAM)7을 다시 겨누고는 7번째 트럭을 겨누었다. 그러고는 방아쇠를 당겼다.

"쌕!"

발사음은 그렇게 들렸다. 그 순간 어둠 속으로 직진해 간 미사일이 150미터 앞쪽의 7번째 트럭에 정통으로 명중했다.

"꾸꽈꽝!"

"꾸꽝!"

"꽝꽝!"

거의 동시에 폭발하고 있는 것은 14대의 트럭이다. 강정규의 5개 조가 소지하고 있는 미사일은 모두 5개, 지금 강정규도 2발을 쐈고 트럭 2대를 불덩이로 만들었다. 뒤에 선 부하가 미사일 발사관에 다시 미사일을 채우는 시간은 10분밖에 걸리지 않는다.

"꽝꽝!"

"꽝꽝!"

다시 3조, 4조가 3번째 미사일을 발사했고 명중시켰다. 첫 번째 미사일이 날아가 5대의 트럭을 거의 동시에 폭발시켰을 때부터 마당은 아수라장이 되어 있었다. 탈레반들은 미사일이 날아오는 방향으로 어림잡아서 총격을 가했는데 1천여 명 중 절반은 총질을 해댔을 것이다. 미사일에 맞아서 이미 수백 명의 사상자를 냈기 때문에 지휘 체계는 붕괴되었다. 강정규의 5개 조는 미리 요지를 차지하고 있었던 터라 총격에 피해자가 발생하지 않는다.

"꽈꽈꽝!"

다시 3발의 미사일이 폭발하면서 마당 전체가 불덩이가 되었다. 연쇄 폭발이 일어난다.

바닷가의 '제주식당'에서 이광과 안학태, 윤서인 셋이 저녁을 먹고 있다. 오후 8시 반, 모래사장과 연결된 베란다에 식탁이 놓여졌고 셋은 옆쪽 밤바다를 바라보며 식사를 하는 중이다. 윤서인은 서울에서 이광의 전용기를 타고 같이 리스타 랜드에 왔지만 오늘 2주일 만에 처음 본다. 근처 바다에서 잡은 해산물 요리는 맛이 있었다. 이광이 어둠에 덮인 밤바다를 보면서 입을 열었다.

"인도네시아 정부가 리스타 랜드에 미 해군기지가 세워지는 것을 보고 '영구임대' 조건으로 1,500만 불을 제의했어."

윤서인의 시선을 받은 이광이 빙그레 웃었다.

"가만 놔둬도 영구적으로 리스타 랜드를 사용할 수 있겠지만 제의를 받아들이기로 했어."

윤서인이 고개를 끄덕였다.

"이제 리스타 랜드는 홍콩이 아니라 싱가폴이 되겠군요."

"인도네시아 입장으로 봐서도 이득이야. 주변 섬의 경제가 지금도 비약적으로 발전하고 있으니까."

그렇다. 리스타 랜드에 공급하는 수산물, 채소, 과일 등 식품뿐만이 아니라 각종 원부자재 소요가 엄청나서 주변 섬의 경제성장이 눈부셨다. 덩달아서 인도네시아 경제가 좋아지는 상황이다. 리스타 랜드의 현재 주민은 7만 2천, 내년에는 10만에 육박할 예정이다. 그때 윤서인이 이광을 보았다.

"회장님, 현재 랜드의 인구비율이 한국인 3 대 기타 7인데 한국인 비율을 높여도 되지 않겠습니까?"

"그렇지."

고개를 끄덕인 이광이 안학태를 보았다.

"처음에 인도네시아 정부와 계약할 때 그 조항이 있었지?"

"예, 한국인 비율을 3으로 하라는 예비조항이 있었다가 우리가 자치권을 갖게 되면서 무시되었습니다."

안학태가 웃음 띤 얼굴로 윤서인에게 말했다.

"이제 우리가 독자적으로 관리하게 되었으니까 국가 형식으로 정비해야 돼요."

그래서 윤서인을 영입한 것이다.

"알겠습니다."

윤서인이 바닷바람에 날린 머리칼을 뒤로 쓸어 올리면서 말했다.

"저도 랜드로 이주하겠습니다."

랜드를 새 조국으로 삼는다는 말이다. 이광의 의도는 리스타 랜드를 제2의 대한민국 영토로 삼는 것이었지만 인도네시아 정부는 물론이고 중국, 미국도 반대했다. 그들 입장으로 보면 말도 안 되는 '짓'이었다. 돈으로 섬을 사서 영토를 늘리는 짓이나 마찬가지였기 때문이다. 그런다면 미국이나 중국도 세계의 땅을 절반 이상 사서 국토로 만들 수 있을 테니까. 그래서 리스타 랜드는 리스타로 독립하게 된다. 그때 안학태가 손목시계를 보는 시늉을 하더니 자리에서 일어섰다.

"연락 올 데가 있어서 먼저 실례하겠습니다."

이광에게 말한 안학태가 몸을 돌렸다. 이곳은 밤 9시지만 세계 각국에 뻗어 있는 리스타의 시간대는 다 다르다. 그때 이광이 안학태의 등에 대고 물었다.

"이봐, 정말 연락 올 데가 있는 거야?"

주춤, 발을 멈춘 안학태가 몸을 돌려 이광을 보았다. 차분한 표정이다.

"예, 그렇습니다."

이광이 3초쯤 시선을 주었다가 고개를 끄덕이자 안학태는 다시 몸을 돌렸다. 안학태가 안쪽으로 사라지자 베란다에 정적이 덮였다. 파도 소리가 들렸고 바람결에 바다 냄새가 맡아졌다. 이곳은 안쪽과 격리된 곳이었고 조명도 어둑했다. 베란다에는 둘뿐이다. 그때 이광이 말했다.

　"전에는 내가 여자관계가 복잡했어."

　윤서인이 숨을 죽였고 이광이 포도주 잔을 들더니 한 모금 삼켰다.

　"지금 두바이 법인 사장이라든가 중국 법인 사장도 모두 나하고 가까운 사이였지. 아니……."

　쓴웃음을 지은 이광이 윤서인을 보았다.

　"지금도 깊은 관계야."

　"……."

　"안 사장은 그것을 다 알고 있는 사람이지. 그래서 오늘 먼저 일어났는가 하고 물어본 거야."

　"저한테도 먼저 말씀하셨어요."

　윤서인이 이광의 시선을 받은 채 말을 이었다.

　"일이 있어서 먼저 일어날 테니까 이해하라고 하시더군요."

　"그런가?"

　"신경 쓰지 마세요, 회장님."

　"내 여자관계를 다 알고 있을 텐데 불쾌할까봐 그랬다."

　"전혀 그렇지 않습니다."

　윤서인이 똑바로 이광을 보았다.

　"제가 알기로는 금력이나 권력을 이용한 강압적인 관계가 아니라 오히려 그 반대의 경우 같습니다."

　이광은 쓴웃음을 지었고 윤서인의 말이 이어졌다.

"저도 선택받은 느낌이 들었으니까요. 그분들도 마찬가지였을 겁니다."

"내 자신의 문제야."

바다 쪽으로 시선을 돌린 이광이 말을 이었다.

"이젠 아름답고 품위 있는 여자를 옆에 두고 자제할 수도 있어."

"뭐라고?"

버럭 소리친 볼룸이 어깨를 부풀렸다.

"당했어?"

볼룸의 목소리가 떨렸다. 이곳은 뉴욕, 오전 8시 10분, 볼룸은 지금 맨해튼의 아파트에서 전화를 받고 있다. 그때 수화구에서 피셔의 목소리가 울렸다.

"현지 시간으로 어젯밤, 쿠에타에서 습격을 받았습니다. 미사일로 공격했는데 무기가 모두 폭파되고 탈레반은 3백여 명의 사상자가 발생했습니다."

볼룸은 숨만 쉬었고 피셔의 목소리가 이어졌다.

"아프간 정부군 특공대가 파키스탄 영내에까지 잠입해서 기습했다는 것입니다. 파키스탄 정부가 사건을 감추는 바람에 저도 이제야 연락을 받았습니다."

"……."

"앤더슨이 미사일 파편에 맞아서 죽었고 오마르의 참모 우지란도 폭사했다고 합니다."

"이 개 같은……."

볼룸이 욕설을 뱉을 때 침대에서 나온 제인이 다가왔다. 제인은 TV

286

드라마에 나오는 배우다. 손짓을 해서 침실로 돌려보낸 볼룸이 숨을 고르고는 다시 물었다.

"그래, 무기가 다 폭발한 거야?"

"앤더슨 보좌관 바이트가 겨우 살았는데 트럭 14대가 모두 재가 되었다는데요."

그때 피셔가 한숨을 쉬었다.

"그놈들은 샘(SAM)7을 10정 정도나 갖고 있었다고 합니다. 사방에서 미사일을 쏘아대는데 당할 수가 없었다고 했습니다."

쿠에타에서 기차를 타고 파키스탄 중심부의 스쿠르까지 가는 데 만 19시간이 걸렸다. 열차가 시속 60킬로밖에 속력을 내지 못하는 데다 10킬로마다 멈추었기 때문이다. 좌석도 없는 짐칸에 수백 명씩이 타고 있어서 강정규는 구석에 박혀 잠만 잤다. 모두 파키스탄 군복을 입고 군인 행세를 해서 아무도 이상하게 보지 않았다. 둘씩 셋씩 군중들 사이에 끼어 있었기 때문이다. 스쿠르는 대도시다. 역에서 내려 안내역 쿠트를 따라 시 외곽의 미 공군 정찰기지에 도착했을 때는 밤 10시 반이었다. 25명 전원이 귀환한 것이다. 탈레반이 마구잡이로 쏜 총탄에 셋이 경상을 입었지만 병원에 실려 갈 정도도 안 되어서 응급처치만 하고 이곳까지 왔다. 먼저 셋을 기지 의무실로 보내 치료를 받게 한 후에 대원들은 미군이 제공한 막사에서 쉬었다. 다음 날 오전에 C-140을 타고 필리핀으로 떠날 예정이다. 강정규와 막사로 함께 들어온 쿠트가 위스키 병을 탁자 위에 내려놓으면서 말했다.

"대령, 쿠에타에서 이곳까지 우리가 흔적은 남기지 않았지만 군산연은 눈치채게 될 거요."

"그러겠지."

쓴웃음을 지은 강정규가 군복을 벗어 던지면서 말했다.

"대상은 우리밖에 없으니까."

파키스탄 군복은 그동안 때가 묻고 더럽혀져서 오히려 잘 어울렸다. 수염을 텁수룩하게 기른 강정규는 마치 파키스탄인 같다. 위스키 병의 뚜껑을 열던 쿠트가 강정규를 보았다.

"대령, 오마르가 이번 쿠에타에서의 습격은 미국의 소행이라고 비난했습니다. 그리고 복수를 맹세했어요."

"그놈들은 무슨 일이건 미국 아니면 소련의 소행으로 밀어붙이니까."

쿠트가 위스키를 절반쯤 채워준 잔을 들면서 강정규가 말을 이었다.

"군산연이 CIA 소행인지를 캐겠군. CIA 내부에도 군산연 정보원이 있을 테니까 곧 사실이 밝혀지겠지."

"대령, CIA를 비하하지 마시오."

쿠트가 눈썹을 찌푸렸다.

"우린 동맹관계 아닙니까? 서로 믿어야 되지 않습니까?"

"대위, CIA에 몇 년 있었어?"

"난 현역 육군 대위요, CIA 업무는 1년 반 되었습니다."

"난 자위대 소좌였다가 리스타 용병대 대령이 된 사람이야."

"압니다."

"고위층 지시를 받은 작전을 몇 개 하다 보니까 세상일이 말과 계약대로 단순하게 굴러가지 않더라고."

"무슨 말입니까?"

"내가 이번에 한 작전은 리스타 용병대가 CIA 하청을 받은 작전이야, 그렇지?"

288

"그러니까 우리가 이렇게 돕고 있는 거 아니겠소?"

한 모금 크게 술을 삼킨 쿠트가 입맛을 다셨다.

"술맛 좋군요, 대령."

"하지만 대위."

강정규도 한 모금 술을 삼키고는 지그시 쿠트를 보았다.

"이 작전은 언젠가는 밝혀지고 CIA는 뒤로 슬쩍 빠질 거야. 우리는 모르는 일이었다고 하면서 말이야."

"에이, 그럴 리가."

쓴웃음을 지은 쿠트가 다시 술을 삼키고는 강정규를 보았다.

"대령, 그럴 리가 있습니까? CIA와 리스타는 동맹관계나 마찬가지인데 우리가 배신한다는 말이오?"

"글쎄, 세상일이 단순하지가 않다니까 그러네, 대위."

잔에 위스키를 다시 절반쯤 채운 강정규가 말을 잇는다.

"이번 일은 먹잇감으로 내주고 또 다른 비밀 협상을 맺을 거야. 우리 리스타하고 CIA가 말이야."

이제는 쿠트가 쳐다만 보았고 술잔을 든 강정규가 빙그레 웃었다.

"그렇게 동맹관계가 굴러가는 거지. 서로 이해하면서 말이지. 지금까지 그렇게 해 왔거든."

워싱턴 디시, 백악관에서 부시 대통령을 만나고 후문으로 나오던 후버가 걸음을 늦추면서 옆을 따르던 비서실장 왓슨에게 물었다.

"저거, 몬트레이 아니냐?"

"맞습니다."

왓슨도 당황한 듯 두리번거렸지만 이미 저쪽에서 알아보고 기다리

는 중이었다. 후문 옆 주차장 입구에 서 있는 몬트레이는 공화당 외교
위원장이다. 대통령 부시의 절친으로 10선 의원, 52세, 대를 이은 정치
가문으로 아버지 에델은 국무장관을 지냈다. 돌아갈 수도 없는 입장이
라 후버가 다시 발을 떼면서 투덜거렸다.

"저 빌어먹을 놈이 날 기다리고 있었군."

후버가 다가가자 몬트레이가 눈을 가늘게 뜨고 입술 한쪽을 비틀면
서 말했다. 웃는 것 같지만 비꼬는 것처럼 보이기도 한다.

"후버 씨, 이야기 좀 합시다."

"여자 이야기라면 차 안에서 하지."

후버가 같은 웃음을 띠면서 대답했다.

"우리 둘이서 말이야."

"아니, 보좌관도 옆에 있는 게 좋겠는데, 여기서 잠깐이면 되니까."

이제 몬트레이의 얼굴에서 웃음기가 지워졌다. 멈춰선 후버에게 몬
트레이가 말을 잇는다.

"아프간 탈레반 오마르의 성명 들으셨지요?"

"오마르란 이름이 1백 명도 넘는 걸 내가 어떻게 안다고 그러시나?"

"CIA가 주도해서 쿠에타의 탈레반 3백여 명을 폭사시켰다던데, 파
키스탄 정부도 간접적으로 시인하는 분위기고."

"우린 모르는 일인데, 몬트레이 씨."

머리를 기울인 후버가 정색하고 몬트레이를 보았다.

"그거 오마르란 놈한테서 들은 거요? 그렇다면 당신 큰일 났는데?"

"날 겁주는 거요, 후버 씨?"

몬트레이가 눈을 치켜떴을 때 후버가 입맛을 다셨다.

"피셔한테서 연락을 받은 모양이군, 몬트레이."

이제는 이름을 부른 후버가 흐린 눈으로 몬트레이를 보았다.

"군산연의 뇌물을 먹고 탈레반을 도와주겠단 말이지? 어디, 반역죄가 성립이 되나 안 되나 볼까?"

"날 그렇게 쉽게 잡지는 못할걸?"

몬트레이의 얼굴에 다시 웃음이 떠올랐다.

"CIA가 10년 전부터 마약 사업을 하고 있다는 걸 국민이 알면 어떻게 될까? 이건 '반역' 정도가 아닐 거야."

"부전자전이라니까."

후버가 혀를 차더니 반걸음 물러섰다.

"플로리다에 있는 네 애비한테 상의해 봐. 네 애비가 갑자기 사임을 한 이유가 뭔지 물어봐."

"앞으로 6개월에서 8개월 후 사이에 다국적군이 쿠웨이트에 진입합니다."

해밀턴이 말했을 때 이광이 고개를 끄덕였다. 해밀턴은 권철로부터 보고를 받은 것이다. 이곳은 리스타 랜드의 바닷가 안가, 석양이 수평선 위로 거대한 붉은 섬처럼 떠 있다. 바다는 석양빛을 받아 광란하듯 반짝였고 하늘은 붉은 기운으로 뒤덮여 간다. 베란다에는 이광과 안학태, 해밀턴 셋이 둘러앉아 있다. 해밀턴이 말을 이었다.

"30억 불로 합의를 했다는군요. 후세인과 CIA 양자가 말입니다."

"……."

"CIA는 40억 불을 요구했는데 결국 30억 불로 확정이 된 것 같습니다."

"6개월?"

"예, 회장님."

이광의 얼굴에 쓴웃음이 번졌다.

"후세인 대통령은 가능하면 다국적군 진입을 늦추려고 할 테니까 또 변수가 생기겠지."

"그렇지요."

그때 안학태가 말했다.

"쿠웨이트 망명정부도 어떻게든 다국적군이 빨리 진입하도록 로비를 하고 있으니까요. 후세인 대통령과 CIA가 은밀하게 합의를 했다는 걸 알면 배신감을 느끼지 않겠습니까?"

"당연하지."

쓴웃음을 지은 이광이 해밀턴을 보았다.

"해밀턴, 핫산 왕세자도 눈치는 채고 있겠지?"

"당연하지요."

해밀턴의 얼굴에도 쓴웃음이 번졌다.

"하지만 자금은 있어도 정보력이 부족합니다. 이 사실은 모르고 있을 겁니다."

고개를 끄덕인 이광이 이제는 정색했다.

"전쟁을 길게 끌려는 세력의 중심은 군산연이야. CIA는 중간 입장에서 조율하는 시늉을 하면서 이득을 취하고 있어."

"그렇습니다."

해밀턴도 정색하고 고개를 끄덕였다.

"다국적군은 정치가가 주무르는 로봇 집단일 뿐이죠. 미국 대통령도 쿠웨이트 진입이 6개월 늦으나 1년 늦으나 상관하지 않습니다. 오직 국익만 따지면 되는 거죠."

그렇다. 그동안 군산연을 통해 수백억 불의 무기를 팔면 미국 군수 산업은 엄청난 달러를 벌게 될 것이다. 미국 경제가 좋아지는 것이다. 쿠웨이트 정부가 돈이 있는 한 진입은 늦출수록 좋다. 이라크 입장도 같다. 쿠웨이트를 점령하는 동안 매일 1억 불 상당의 원유를 퍼 올려서 이제 판매 루트도 확보한 상태다. 다국적군의 진입이 늦을수록 좋다. 그런 상황에서 CIA는 후세인과 비밀 협상 끝에 30억 불의 비자금을 챙긴 것이다. 이광의 눈앞에 쓰러져 있는 물소를 뜯어먹는 하이에나 떼가 떠올랐다. 물소는 아직 죽지 않았다. 버둥거리고 있다. 이윽고 눈동자의 초점을 잡은 이광이 해밀턴과 안학태를 차례로 보았다.

"나도 하이에나 중 한 마리군."

둘은 무슨 말인지 알 수 없었기 때문에 눈만 껌벅였다.

밤 9시가 되었을 때 이광이 핫산 왕세자와 둘이 숲 속 저택의 응접실에 앉아 있다. 이곳은 핫산 왕세자의 숲 속 저택이다. 2층 저택은 3면이 숲에 둘러싸였고 동쪽은 트여서 바다가 보인다. 어둑한 응접실에서 둘은 바다를 향해 나란히 앉아 있다. 이광이 입을 열었다.

"말씀드릴 것이 있어서 왔습니다."

핫산이 고개만 끄덕였고 이광은 말을 이었다.

"나도 이번 쿠웨이트 사건에서 득을 보고 있는 사람 중의 하나지만 가만히 있어서는 안 되겠다는 생각이 들어서 왔습니다."

한 마디씩 분명하게 말한 이광이 핫산을 향해 쓴웃음을 지어 보였다. 핫산은 시선을 준 채 정색하고 있다. 리스타 아일랜드에 망명 정부를 세웠지만 핫산은 섬 밖으로 나간 적이 없다. 이광이 자주 찾아왔을 뿐 외부 인사는 만나지도 않았다.

"군산연, 미국 정부, 그리고 이라크까지 쿠웨이트 점령 기간을 가능한 한 늘리려고 합니다. 그래야 득이 되니까요."

핫산이 손을 뻗어 탁자 위의 물 잔을 쥐었지만 숨소리도 내지 않는다. 앞쪽 검은 바다를 본 채 이광이 말을 이었다.

"잘 아시겠지요. 다국적군 무장을 위한 새 무기 대금이 군산연으로 나갑니다. 시간이 지날수록 쿠웨이트 금고가 줄어들겠지요."

그 금고를 쥐고 있는 것이 이광이다. 핫산이 맡겼기 때문이다. 이광이 길게 숨을 뱉었다.

"미국 정부는 군산연의 조종을 받는 다국적군 지휘부의 요청대로 무기를 구입하지 않을 수가 없습니다. 부담도 없는 데다 결국은 미군 무기가 되니까요."

그리고 그 무기 대금은 이광에게 청구해서 가져가는 것이다. 핫산이 승인했기 때문에 군산연은 이광을 볼 필요도 없다. 이광이 말을 이었다.

"후세인 대통령은 쿠웨이트 원유 판매 루트를 확보해서 하루 1억 불씩 원유 대금을 걷습니다."

"……."

"며칠 전에 CIA와 이라크군 사이에 비밀 협정이 맺어졌다고 합니다. 30억 불에 쿠웨이트 진입을 6개월에서 8개월까지 늦췄다는군요."

"……."

"CIA가 진입 날짜를 보증해준 것이지요. 미국 정부의 승인은 아니지만 CIA 능력으로는 가능한 일이니까요."

"……."

"앞으로 6개월 또는 8개월이라고 했지만 어떤 핑계를 대고 얼마나 더 길어질지 아무도 모릅니다. 모두 제 배만 불리고 있으니까요."

그때 핫산이 말했다.

"고맙소, 형제여."

핫산이 어둠에 덮인 밤바다를 바라보면서 말을 이었다.

"나도 예상은 하고 있었소. 담만에서 다국적군이 하루면 쿠웨이트로 진군할 수 있는데 지금 세 달째 머물고 있지 않습니까?"

이라크가 쿠웨이트를 점령한 지 벌써 5개월이다. 맞는 말이다. 미군 전투기가 날아가 폭격만 하면 끝난다. 현재의 미군 전력만 해도 압도적인 것이다. 핫산이 말을 이었다.

"이렇게 모두 득을 보면 쿠웨이트는 천천히 역사에서 사라지게 되겠지요. 그것이 인류의 역사요, 형제."

그때 이광이 핫산을 보았다.

"그래서 내가 찾아온 겁니다, 왕자 전하."

"앞으로 나한테 형제라고 불러주시오, 형제여."

"형님, 내가 내일 이라크에 가서 후세인 대통령을 만나고 오겠습니다."

놀란 핫산이 숨을 들이켰을 때 이광이 번들거리는 눈으로 시선을 주었다.

"이런 상황에선 가장 악질(惡質)과 부딪치는 게 더 효과적이지요."

강정규가 리스타 랜드에 도착했을 때는 한낮이다. 미 해군기지에 닦아놓은 활주로에 C-140을 타고 착륙한 것이다. 대원들과 함께 바닷가의 휴양호텔로 들어간 강정규는 바로 이광 앞으로 불려갔다. 이곳은 랜드 중심부에 위치한 이광의 집무실, 마침 랜드에 와 있던 해밀턴, 비서실장 안학태까지 이광의 좌우에 서서 강정규를 맞는다.

"수고했어."

이광이 활짝 웃는 얼굴로 강정규를 맞는다. 이렇게 활짝 웃는 모습은 드물다.

"내가 자주 일을 시키는구나, 잘했어."

"감사합니다."

이광과 악수를 나눈 강정규가 차례로 해밀턴, 안학태에게 인사를 하고는 자리에 앉았다. 이광이 강정규를 보았다.

"너를 이번에 진급시키기로 했다. 해밀턴 사장의 리스타 연합 기조실 이사다. 해밀턴 사장이 적극 추천했다."

강정규가 숨을 들이켜고 나서 고개를 숙였다.

"감사합니다."

덧붙일 말도 생각나지 않아서 계속 감사하다고 했지만 강정규의 가슴은 감회가 소용돌이쳤다. 자위대 소좌로 임무수행을 하다가 실패, 리스타의 포로가 되어서 죽는 줄만 알았다가 이렇게 인생 역전이 되었다. 서울의 리스타 상사에서 사원급으로 일을 배우던 때가 6년 전이다. 그때 해밀턴이 말했다.

"미스터 강, 너는 리스타 연합이 어떤 회사인 줄 잘 알 거다. 리스타 그룹의 정보관리를 맡고 있는 데다 세계 각국의 주요 인사가 리스타 연합 회원이야."

정색한 해밀턴이 강정규를 보았다.

"넌 회장님의 기대에 어긋나면 안 된다."

"예, 사장님."

강정규가 소리 죽여 숨을 뱉었다. 리스타 연합 회원에 세계 각국 인사가 포함되어 있다는 말은 처음 듣는 것이다. 이것이 말로만 듣던 '프리메이슨' 조직 같은 것인가? 그때 강정규의 머릿속을 읽고 있었던 것처럼 안학태가 말했다.

"리스타 연합 회원은 프리메이슨과는 급이 다르다. 모두 세계 정보기관 고위층이나 지도자급이야."

안학태의 말을 해밀턴이 받았다.

"넌 앞으로 회원관리를 맡아라. 그것이 회장님의 지시다."

숨이 막히는 느낌을 받은 강정규가 이광을 보았다. 이광은 시선은 주고 있었지만 눈동자의 초점이 흐리다. 다른 생각을 하고 있는 것 같다.

"뭐? 이광이 바그다드로?"

놀란 후버가 눈을 크게 뜨고 윌슨을 보았다. 뉴욕의 안가, 후버는 1주일에 사흘은 이곳에서 보낸다. 그러다 윌슨의 보고를 받은 것이다.

"뭐 하러 가는데?"

"글쎄요, 그것이……."

"연락을 했을 것 아닌가?"

"예, 했지요."

쓴웃음을 지은 윌슨이 앞쪽 소파에 앉더니 말을 이었다.

"이광 비서실장이 후세인 비서실장한테 '찾아뵙겠습니다.'라고만 했습니다."

후버가 눈만 끔벅였고 윌슨이 말을 이었다.

"그랬더니 '예, 오시죠.' 하더군요. 그것으로 끝났습니다."

지금 윌슨은 '도청' 이야기를 한 것이다. 후버가 연락을 했을 것 아니냐고 물은 것은 도청 내용을 말하라는 뜻이다. 그때 후버가 혀를 찼다.

"이 새끼들이 무슨 수작을 하려는 거야?"

"세계에서 사담 후세인을 아무 때고 만날 수 있는 인간은 이광뿐입니다."

"그걸 내가 모르나?"

후버가 책상 위를 두리번거렸다. 파이프를 찾는 것이다. 파이프는 윌슨이 앉아있는 소파 앞 탁자에 놓여 있었지만 윌슨은 모른 척했다. 그것도 모르는 후버가 두리번거리다가 다시 투덜거렸다.

"우리가 쿠웨이트에서 합의한 내용은 이광 측에 흘러갔겠지?"

"이광의 부하 권가 놈이 페트리샤를 휘어잡고 있으니까요."

다시 파이프를 찾던 후버가 마침내 탁자 위에 놓인 것을 보았다.

"그거 이리 내."

후버가 손을 내밀자 윌슨이 시치미를 떼었다.

"뭐 말씀입니까?"

"페트리샤."

화가 난 후버가 눈을 부릅떴다. 그때 윌슨이 서둘러 파이프를 집어 후버에게 건네주었다. 그러고는 달래듯이 말했다.

"페트리샤가 권가한테 넘긴 정보는 이미 한 번 구른 것이라 지장 없습니다. 보안대장 아지르한테서 빼낸 정보가 실속이 있지요."

"페트리샤가 아지르한테서 빼낸 건 권가 놈한테 안 주겠지?"

"당연하지요."

"권가 놈이 페트리샤를 애인으로 만들었겠지?"

"그랬겠지요."

"개아들 놈. 쿠웨이트에서 할렘을 운영하고 있더군."

그러다가 파이프가 비어 있는 것을 보고는 다시 투덜거렸다.

"그런데 이광 이놈은 무엇 때문에 바그다드로 가는 거야?"

이광의 전용기는 리스타 랜드에서 바그다드로 직행하고 있다.

그 시간에 군산연의 회장 볼룸은 피셔와 마주 앉아 있었는데 둘도 뉴욕에 와 있다. 후버의 안가에서 직선거리로 1킬로밖에 떨어지지 않은 저택이다. 이곳은 3층 저택으로 시설이나 분위기가 후버의 안가와 비교가 안 된다. 후버의 안가가 여관이라면 이쪽은 별 7개짜리 호텔이다. 볼룸이 찌푸린 얼굴로 피셔에게 물었다.

"몬트레이 말을 들으니까 후버는 오리발을 내면서 협박까지 했다는데, 들었어?"

"예, 들었습니다."

피셔가 쓴웃음을 짓고 말했다.

"후버는 입만 열면 거짓말입니다. CIA 해외기동대가 어디 하나둘입니까? 만일 그놈들을 이용하지 않았다면 리스타 용병대를 썼을 겁니다."

"내 생각에는 리스타 같아."

"그놈들이 전문이니까요. 특히 강정규가 아랍권 전문이거든요."

"그놈이 또?"

"지난번 호르무즈 해협에서 온전하게 빠져나갔거든요. 호르무즈에서 쿠에타까지는 거리도 얼마 안 됩니다."

"이번에는 다른 방법을 써야겠어."

목소리를 낮춘 볼룸이 번들거리는 눈으로 피셔를 보았다.

"오마르한테 갈 물건은 언제 준비가 되지?"

"일주일쯤 후면 끝납니다."

지난번에 쿠에타에서 재가 된 무기를 다시 준비한 것이다. 볼륨이 고개를 끄덕였다. 무기는 얼마든지 있다.

바그다드, 사담 후세인은 웃음 띤 얼굴로 이광을 맞았다. 이제 후세인은 대통령궁의 집무실에 앉아있다. 이란과의 8년간 전쟁 때 지하 벙커에서 생활하던 후세인이다. 그때는 한낮에 시내에 나가 시장을 둘러보거나 시민들을 만날 때 '대역'을 썼는데 이광도 만난 적이 있다.

"갑자기 무슨 일이야?"

이광의 뺨에 볼을 비비고 난 후세인이 어깨를 껴안고 소파로 다가가며 물었다.

집무실에는 비서실장 아메드, 경호실장 모하메드 둘이 있었는데 이들이 최측근이다. 지금 쿠웨이트 점령군 사령관인 카심 대장까지 3인방이라고 부른다. 이광이 자리 잡고 앉았을 때 후세인이 지그시 시선을 주면서 물었다.

"핫산은 잘 있나?"

리스타 랜드에 망명 정부를 수립하고 있는 쿠웨이트 왕세자 핫산을 묻는 것이다.

"예, 대통령 각하."

이광이 시선을 받은 채 대답했다.

"제가 각하 만나러 가는 것도 알고 있습니다."

"잘 지내나?"

"예, 저하고 자주 만납니다."

"하긴 쿠웨이트 해외자금을 네가 맡고 있으니까."

쓴웃음을 지은 후세인이 물었다.

"비자금은 얼마나 되냐?"

"예, 대략 1,700억 불쯤 됩니다."

"그 돈을 갖고 부자로 살지 뭐하러 돌아온다더냐?"

후세인이 농담처럼 물었지만 좌우에 앉은 아메드와 모하메드는 긴장으로 굳어진 표정이다. 농담이 아닌 줄 아는 것이다. 이광이 눈만 껌벅였더니 후세인이 길게 숨을 뱉고 나서 물었다.

"너도 들었지? CIA하고 합의한 사항 말이다."

"예, 각하."

후세인의 얼굴에서 웃음이 지워졌다.

"나는 너를 자식처럼 생각하고 있지만 너를 믿는 CIA를 배신하기를 바라지 않아. 그래야 나도 지켜줄 테니까."

"감사합니다, 각하."

이광은 길게 숨을 뱉었다.

"최악의 경우에는 제가 각하 편에 설 생각입니다. 각하는 목숨을 거셨지만 후버는 CIA 뒤에 숨어 있거든요."

"그렇지, CIA는 수십 명의 후버를 내세울 수 있지."

그러더니 후세인이 초점이 흐려진 눈으로 이광을 보았다.

"언젠가는 내가 CIA 손에 제거될지도 모르지."

"각하, 그 상황은 피하셔야 됩니다."

"내가 쿠웨이트를 점령한 것은 CIA가 약속을 지키지 않기 때문인 것을 너는 알 거다."

이광이 숨만 들이켰다. 그렇다. 10년 전, 이란의 팔레비 왕조가 호메이니한테 붕괴되었을 때 CIA는 후세인을 부추겨 이란을 공격하게 했다. 호메이니는 극렬한 반미(反美)주의자였고 미국 대사관원들을 포로

301

로 잡는 강경파였기 때문이다. 후세인은 쿠웨이트 왕가(王家)를 인정하지 않는 인물이다. 그리고 쿠웨이트가 본래 이라크 영토였다고 주장했기 때문에 CIA에게 조건을 내걸었던 것이다. 이란의 호메이니 정권을 무너뜨리건 못하건 간에 쿠웨이트는 이라크 영토가 되어야 한다는 조건이다. 그때 이광이 입을 열었다.

"각하, 군산연 때문에 전쟁을 치르고 끝내야 할 상황이 되어가고 있습니다."

후세인이 탁자 위의 담배를 꺼내 입에 물었다. 아메드가 라이터를 집어 들었을 때 후세인은 손바닥을 펴 놔두라는 시늉을 했다. 빈 담배를 입에 문 후세인이 잠자코 이광을 보았다. 계속하라는 신호다.

"담만에 다국적군을 모아놓고 계속해서 신형 무기를 공급하고 있습니다. 다국적군 무기 체제를 통일시켜야 한다는 명분이라 지휘관들도 이의가 없습니다."

"……."

"제가 관리하고 있는 '쿠웨이트 해외자금'을 계속해서 쓰겠다는 것이지요. 벌써 신형 무기대금으로 400억 불이 나갔습니다."

"……."

"앞으로 6개월간 400, 500억 불이 더 나갈 것 같습니다. 제가 반대를 할 명분이 없습니다."

그때 후세인이 입을 열었다.

"내가 이란과의 전쟁으로 막대한 전비를 썼어. 지금 쿠웨이트의 원유를 팔기 시작하고 있지만 그것을 대금으로 만들려면 1년이 걸려야 돼."

이라크도 산유국이지만 미국의 제재에 걸려 원유 판매를 못 하고 있는 실정이다. 쿠웨이트산 원유를 겨우 비밀 합의를 통해 중국에 넘기고 있지만 그 자금도 미국에서 쥐어 받는다. 그때 이광이 헛기침을 했다.

"그래서 각하, 제가 핫산 왕자하고 상의를 하고 왔습니다."

후세인이 소파에 등을 붙이더니 빈 담배를 입에 물고 아메드에게 손짓을 했다. 불을 붙이라는 시늉이다. 재빠르게 일어선 아메드가 라이터를 켜 담배 끝에 불을 붙였다. 이광은 후세인이 담배 연기를 길게 내뿜을 때까지 기다렸다가 말을 이었다.

"핫산 왕자는 군산연에 휘둘리는 미국 정부, 군부, CIA는 물론이고 대통령까지 믿지 못하겠다고 했습니다."

후세인이 다시 연기를 내뿜었고 이광의 말이 이어졌다.

"차라리 후세인 대통령 각하를 믿는 것이 낫다고 했습니다."

"……."

"그래서 제가 각하께 가서 제의를 하겠다고 했지요."

"네가 그럴 줄 예상했어."

후세인이 담배 연기 속에서 눈을 가늘게 뜨고 웃었다.

"네가 군산연하고 전쟁을 하는 유일한 인간이니까. 아마 핫산에게 제의했겠지."

"각하, 이란과의 전쟁에서 소비한 전비를 쿠웨이트 정부에서 얼마쯤 보상해 드리겠습니다."

이광이 똑바로 후세인을 응시한 채 말을 이었다.

"이라크도, 쿠웨이트도 피해자입니다. 강대국과 강대국의 군수업체인 군산연의 조종에 놀아나고 있는 것입니다."

이제 후세인은 재가 길게 달린 담배를 손가락 사이에 낀 채 시선만 주었고 이광의 목소리가 집무실을 울렸다.

"3백억 불을 쿠웨이트 해외재산에서 내일이라도 빼 드리겠습니다. 그러니 각하께선 전쟁으로 이라크군이 손상을 입기 전에 극비리에 쿠웨이트에서 철군하시지요."

"……."

"다국적군, 군산연 놈들의 허를 찌르고 철군하시는 것입니다. 그러면 철군하는 이라크군을 누가 공격하겠습니까?"

"……."

"핫산 왕자도 제 제의에 적극 찬성했습니다. 군산연에 퍼줄 전비를 차라리 국가재건에 쓰도록 이라크에 기증하겠다는 것입니다."

아지르의 경례를 받은 카심 대장이 눈을 가늘게 떴다. 아지르는 점령군 보안대장으로 계급은 대령이다. 그러나 부대 특성상 장군들도 아지르의 눈치를 본다. 아지르는 군(軍) 보안사령관 파이랄에게 직보하고 파이랄은 후세인에게 직보하는 시스템이기 때문이다. 그러나 쿠웨이트 점령군 체제는 다르다. 카심 대장이 후세인의 심복이었기 때문이다. 파이랄 중장이 카심의 눈치를 보는 상황이라 아지르는 영리하게 양다리를 걸치고 있다. 줄 두 개에 양쪽 다리를 걸치고 있다는 뜻이다. 그때 카심이 입을 열었다.

"대령, 너, 대령이 된 지 몇 년이지?"

"예, 4년 되었습니다, 각하."

"장군 될 때가 지났는데, 안 그런가?"

"아닙니다, 아직 부족합니다."

아지르는 카심 앞에 부동자세로 서 있다. 44세, 보안대에서만 근무한 보안통이다. 고개를 끄덕인 카심의 얼굴에 웃음이 떠올랐다.

"너, 특별수사대 알지?"

그 순간 아지르의 얼굴이 굳어졌다.

"예, 압니다, 각하."

"겪어본 적이 있나?"

"어, 없습니다, 각하."

말만 들은 것이다. 특별수사대는 말 그대로 '특별한 수사대'다. 후세인 대통령의 지시만 받고 수사를 하는 기관으로 지휘관은 후세인 대통령, 대원은 대통령이 지명한 장군이다. 그때 카심이 말을 이었다.

"너한테만 비밀을 알려주지. 내가 특별수사대장이다."

순간 아지르가 숨을 멈췄다. 카심을 바라보는 눈동자의 초점이 흐리다. '특별수사대'는 현장에서 지위 고하를 막론하고 총살을 시킨 적도 있다. 지금까지 딱 2번 있었는데 대통령의 지시를 받은 장군 하나가 건설부 장관을 쏴 죽였고 또 한 번은 전방 사단장을 현장에서 총살했다. 카심이 담배를 꺼내 입에 물더니 말을 이었다.

"이번에 내가 대통령 각하의 지시를 받아 특별수사대장이 되었다."

"예, 각하."

"네 직속상관 파이랄도 내가 현장에서 총살시킬 수 있단 말이다."

기가 질린 아지르가 숨만 쉬었을 때 카심이 말을 이었다.

"오늘 이 시점부터 쿠웨이트에서 일어나는 일은 파이랄은 물론이고 네가 밤마다 올라타는 CIA 여자 요원한테 말하면 안 된다."

"……."

"그래서 네 옆에 부관 하나를 붙여주마."

카심이 벨을 누르자 장교 하나가 들어섰다. 대위 계급장을 붙인 사내가 아지르 옆에 섰다. 그때 카심이 대위에게 말했다.

"넌 아지르 대령이 그 CIA 여자하고 같이 잘 경우에도 도청을 해야 한다, 알았나?"

"예, 각하. 알고 있습니다."

대위가 어깨를 펴고 대답했다. 카심이 고개를 끄덕이고 말을 이었다.

"쿠웨이트 점령군은 내일부터 철수 준비를 할 것이다. 이 비밀이 아지르 대령 입에서 나갈 경우에는 아지르는 물론이고 그것을 들은 연놈들은 다 죽여라."

"예, 각하."

대위가 기운차게 대답했다.

다국적군의 '군수지원 사령부'는 군수품 일체를 관리하고 있다. 모든 군수품은 군수지원 사령부를 통해 공급되는데 군산연이 바로 생산자가 된다. 군수지원 사령관은 데이비드 맥칼럼 중장, 군수품 심사관은 제임스 스튜드 소장, 실무국장이 토드 설리반 대령이다. 오전 10시, 토드 설리반 대령이 리스타 연합의 토니 장 부장에게 전화를 걸었다. 토니 장은 한국인 3세 미국인으로 '자금 지급책'이다. 쿠웨이트 해외자금은 리스타 연합이 관리하면서 해밀턴 사장, 패트릭 전무, 토니 장 부장의 결재 라인으로 형성되었기 때문이다. 그런 식으로 지금까지 385억 불의 무기 구매 및 군수품 자금이 리스타 연합에서 군수지원 사령부로 빠져나간 것이다. 물론 군수지원 사령부로 보내진 385억 불은 바로 군산연으로 전해졌다. 따라서 리스타 연합과 군산연은 직접 거래가 형성되지는 않는 것이다.

"아, 토니, 나 설리반이오."

설리반이 토니에게 말했다.

"저기, 이번에 3차분 무기하고 장비 구입 내역 보셨지요?"

"아, 봤습니다."

토니가 억양 없는 목소리로 말했다. 지금 집행부장 토니가 결재하면 패트릭과 해밀턴은 자동으로 사인을 한다. 실무 책임자를 믿기 때문이다. 군수지원 사령부 시스템도 같다. 설리반이 군산연의 내역을 받고 납기확인을 하면 바로 '지급 결정서'를 작성하는 것이다. 스튜드 소장이나 사령관도 사인이나 한다. 설리반이 말을 이었다.

"이번에는 325억 불입니다. 그걸 아메리카 은행에 입금시켜 주셨으면 합니다만."

"예, 알고 있습니다."

"언제 입금시켜 주실 겁니까?"

"아, 그게 은행관계에 문제가 있어서요."

토니가 말을 이었다.

"저희들 자금하고 쿠웨이트 해외자금이 섞이는 바람에 정산에 차질이 생겼어요. 그것이 1, 2백만 불도 아니고 몇억 불 차이가 나서 지금 3개 은행이 정산을 맞춰보고 있는 중입니다."

말은 그럴듯했지만 하나도 이해가 안 가는 말이 바로 이런 종류다. 은행 업무는 알 리가 없는 터라 설리반이 한숨을 쉬고 나서 물었다.

"그럼 언제 지급됩니까?"

"글쎄, 내가 연락을 드리면 안 될까요?"

"대충 언제쯤이라고 예상도 할 수 없습니까?"

"은행에서 우리도 연락을 받아야 하는 입장이라서요."

"금액이 325억 불이나 되어서 말입니다."

"우리도 답답합니다, 대령."

토니가 여전히 억양 없는 목소리로 말을 맺는다.

"은행에서 연락이 오면 말씀드리지요."

30분 후, 군산연의 피셔가 설리반과 통화를 한다.

"대령, 지난번에는 군수품이 입고 확인이 되자마자 385억 불이 입금되었지 않습니까?"

설리반은 조금 전 군산연의 담당 전무인 오토한테 설명을 한 터라 이맛살이 저절로 찌푸려졌다. 그래도 참는 것은 피셔가 사령관 맥칼럼과 골프 친구라는 것을 알고 있기 때문이다. 그때 피셔가 말을 이었다.

"은행 간 문제가 있다는 건 그쪽 사정이지 우리하고는 아무 관계가 없지 않습니까?"

설리반은 내년이 준장 진급의 마지막 기회라는 것을 떠올렸다. 군수병과는 티오(TO)가 적어서 진급이 진짜 별 따기다. 이번 다국적군 사령부에서 근무한 경력이 참조되면 준장 진급은 0순위다. 다시 피셔의 목소리가 귀를 울렸다.

"대령, 그놈들한테 이번 주 내에 입금 안 시키면 곤란해진다고 말해주시죠. 배후의 이광이 일부러 지연시키고 있을지도 모르니까요."

설리반이 숨만 쉬었을 때 피셔가 지시하듯 말했다.

"이광이 후세인과도 친하니까 그럴 가능성도 있단 말입니다. 다국적군 사령부에서 오해할 가능성이 있다고 말해주시죠."

역효과가 났다. 설리반은 자금 집행 책임만 있는 것이 아니라 군수품 검수 책임자이기도 한 것이다. 피셔와 통화가 끝난 후에 설리반은 검사과장 토마스 소령을 불러 검수원 전체를 동원, 군산연으로부터 납

품받은 군수품 재검사를 시켰다. 지금까지 군산연을 통해 들어온 1, 2차분 385억 불 물량의 군수품 검사는 설렁설렁한 터라 검사담당 전문병들은 고급 장교들이 뇌물을 먹었다고 생각했던 것 같다. 검수원 350명이 밤샘 작업을 한 결과 총 275개 품목의 수량 부족, 148개 품목의 불량, 627개 품목의 포장 상태 불합격, 421개 품목의 기준치 미달, 특히 미사일 품목 중 14개가 뇌관 상태 불량이라는 엄청난 결과가 나왔다. 다음 날 오전 결과 보고를 받은 사령관은 펄쩍 뛰었고 결산을 보류시켰다. 전 군수품에 대한 재확인, 반품, 재보급 지시가 내려지면서 군산연은 날벼락을 맞았다. 다국적군 사령관도 장비가 재정비, 재보급될 때까지 기다리겠다고 선포했다. 피셔는 입이 열 개라도 할 말이 없게 되었다.

<끝>

영웅의 조건 2

초판1쇄 인쇄 | 2019년 6월 20일
초판1쇄 발행 | 2019년 6월 25일

지은이 | 이원호
펴낸이 | 박연
펴낸곳 | 한결미디어

등록 | 2006년 7월 24일(제313-2006-000152호)
주소 | 서울시 마포구 모래내로 83 한올빌딩 6층
전화 | 02-704-3331
팩스 | 02-704-3360
이메일 | okpk@hanmail.net

ISBN 979-11-5916-119-3 979-11-5916-117-9(set) 04810

ⓒ한결미디어 2019